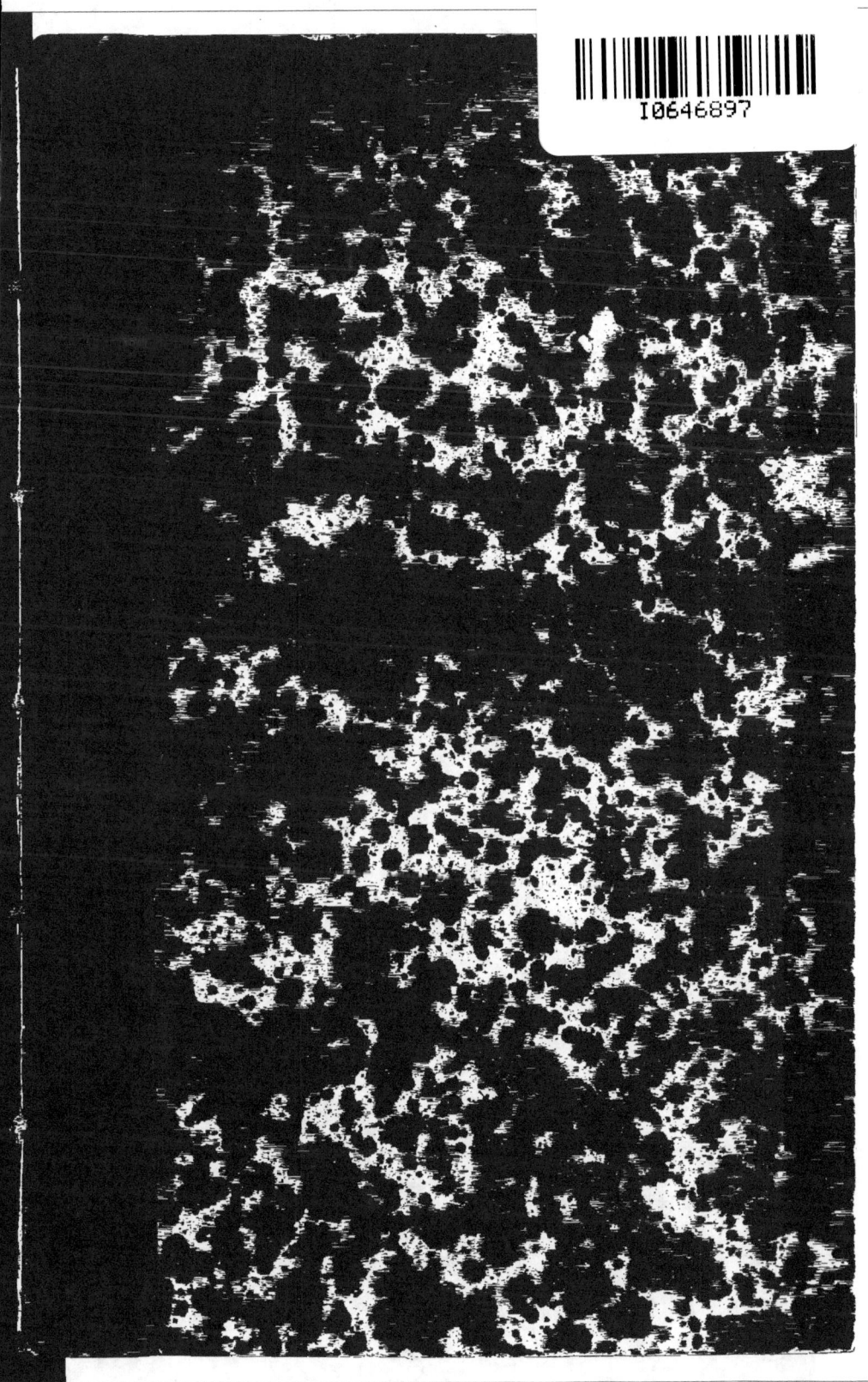

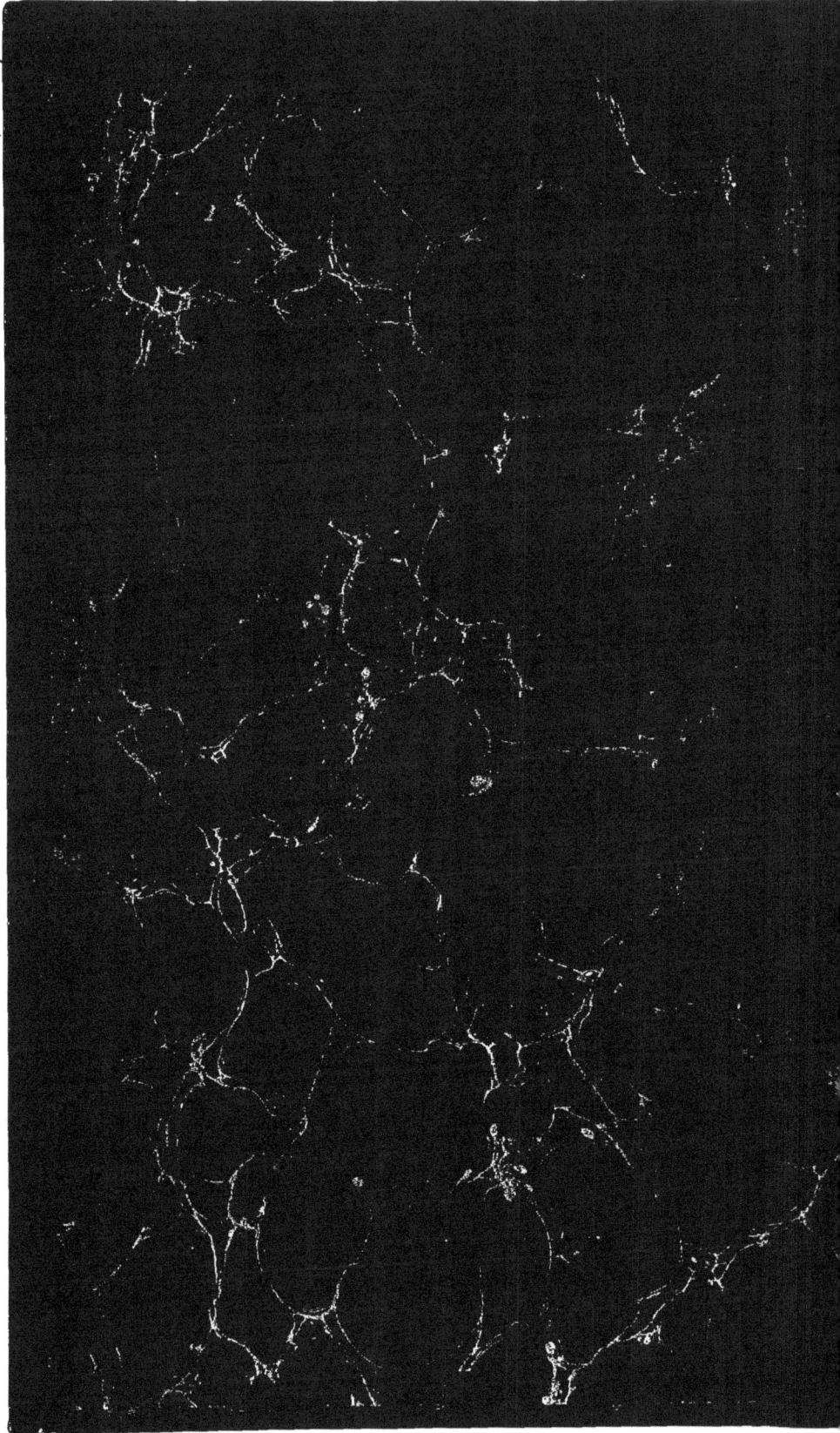

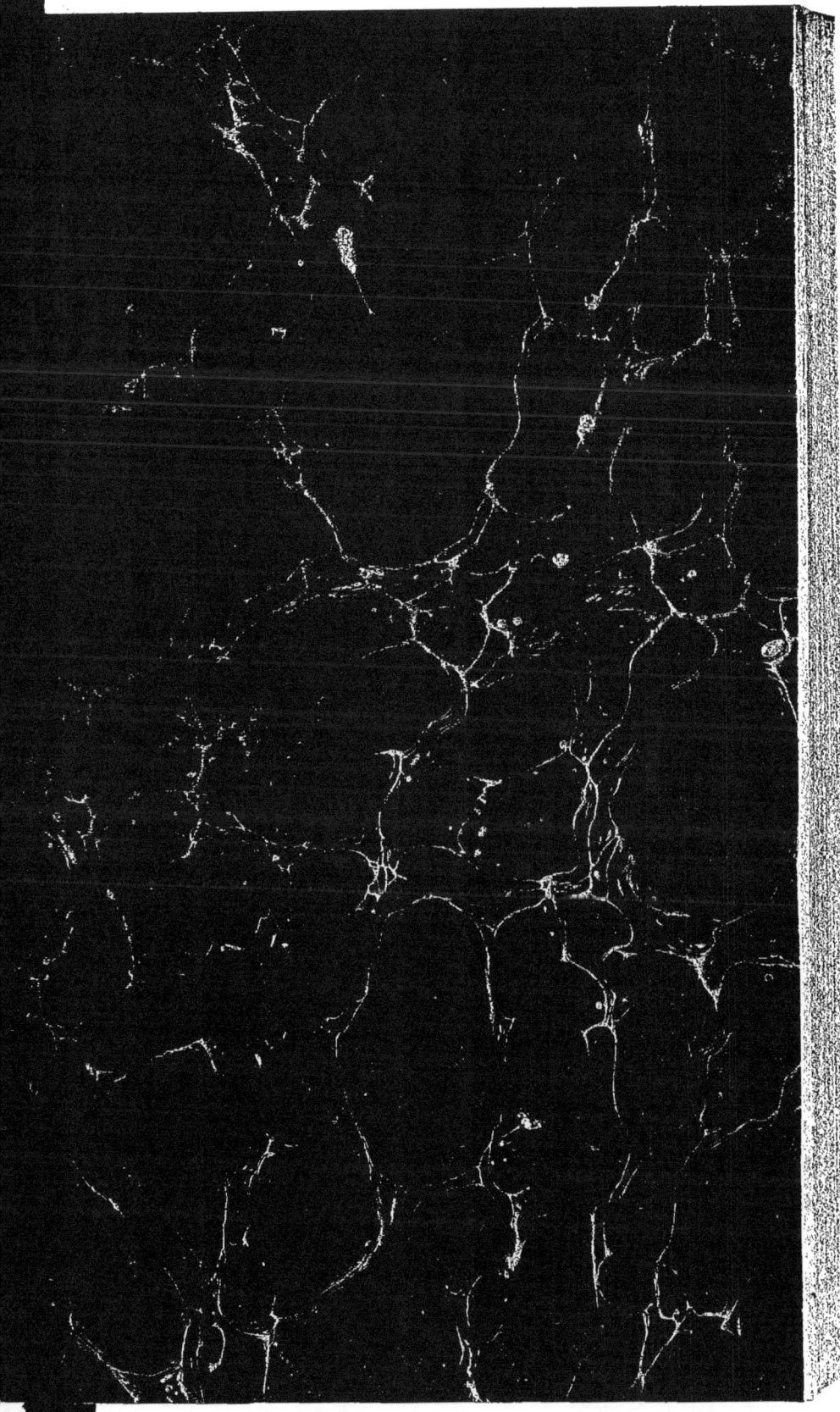

LES ÉCHOS DU JURA.

LES

ÉCHOS DU JURA,

PAR M. G. DE MANCY.

Non è questo il terren ch'i' toccai pria ?
Non è questo 'l mio nido
Ove nudrito fui si dolcemente ?
Non è questa la patria in chi'o mi fido,
Madre benigna e pia ?
PÉTRARQUE.—Canzone XXVIII.

LONS-LE-SAUNIER,

IMPRIMERIE ET LITHOGRAPHIE DE FRÉDÉRIC GAUTHIER.

1841.

A MON PAYS NATAL,

Hommage de Reconnaissance,

de Respect,

de Dévouement et d'Amour filial.

GINDRE DE MANCY.

PRÉFACE DE L'ÉDITEUR.

DEPUIS long-temps les amis de la belle poésie désiraient qu'on pùt réunir, sous un format élégant, les petits poèmes que M. de Mancy a publiés dans divers recueils, et ceux qui, n'étant point encore sortis de son portefeuille, ne sont connus que d'un petit nombre de lecteurs privilégiés.

Pour répondre à ce désir, nous nous sommes adressé à l'auteur, qui a bien voulu mettre à notre disposition et choisir lui-même les morceaux dont il a pensé que la publication pourrait être agréable à ceux qui ont accueilli et encouragé ses premiers essais.

Le volume que nous publions fournira une lecture agréable et un délassement utile aux esprits préoccupés des évènements politiques et fatigués de nos discussions sociales. Des poésies mêlées, et qui embrassent presque tous les genres, sans pourtant jamais les confondre, remplissent la première partie. La seconde est presque entièrement composée de sonnets, dont la plupart ne laissent rien à envier à ceux de Pétrarque. Là, en effet, quoique maniant un instrument beaucoup moins docile, M. de Mancy a su constamment se montrer facile, élégant, harmonieux comme le poète italien, et souvent plus vrai dans la peinture du sentiment qui inspira le chantre de Laure.

Quelques chants guerriers, inspirés par le patriotisme le plus pur, terminent le recueil. On les croirait échappés du fond de l'ame de notre Rouget-de-l'Isle, dans l'intimité duquel vécut l'auteur des ÉCHOS DU JURA, et dont il reçut les derniers soupirs.

M. de Mancy est une des gloires littéraires dont s'honore à bon droit le Jura qui l'a vu naître. Élevé au sein de nos montagnes, il y a puisé ce goût et cet amour de la belle nature qui caractérisent les productions de sa Muse. C'est à cette nature sévère, agreste, et même un peu sauvage, qu'il doit ces fortes émotions, charme des ames naïves, et dont il reproduit avec tant de bonheur les vives impressions dans ses ouvrages.

On nous demandera peut-être si M. de Mancy est romantique, et nous serons fort embarrassé de répondre à cette question. Romantique, il l'est sans doute quant aux sujets qu'il affectionne, et qui font tous allusion à des scènes de la vie intime et contemporaine. Mais, quant à son style, on n'y rencontre ni inversions forcées, ni enjambements vicieux, ni bizarre accouplement de mots, étonnés de se trouver ensemble. Quelque sujet qu'il traite, son vers, toujours pur et harmonieux, appartient plus particulièrement à l'école de Racine et à celle de l'abbé Delille. Déjà M. de Mancy s'était montré l'heureux émule du chantre des Géorgiques françaises, dans sa belle traduction des Églogues de Virgile, dont l'abbé Delille avait senti toutes les difficultés et qu'il n'avait osé entreprendre.

Pour dire toute notre pensée sur M. de Mancy et l'apprécier en peu de mots, nous ajouterons que sa phrase, toujours pittoresque, sonore et virgilienne, nous semble comme un écho, un dernier accent de la muse de notre André Chénier, avec lequel il a plus d'un rapport.

M. Chevillard, président de la Société d'Émulation du Jura, que ses compatriotes trouvent toujours disposé à prendre l'initiative de ce qui peut leur être honorable ou utile, a eu, le premier, l'heureuse idée de cette souscription.

Le zèle admirable de quelques amis dévoués a dignement répondu à ce généreux appel, et nous permet d'ouvrir ce recueil par une liste dont l'auteur a tout sujet de s'énorgueillir. Interprète de la reconnaissance de M. de Mancy envers les nombreux souscripteurs des Échos du Jura, nous l'exprimons ici tout entière, tant en son nom qu'au nôtre. Un aussi beau succès est en même temps un bien flatteur encouragement pour ceux qui cultivent l'art si difficile des vers, et leur doit prouver que, de nos jours même, il ne faut pas désespérer de la sainte cause de la poésie.

FRÉDÉRIC GAUTHIER.

LISTE GÉNÉRALE

DES SOUSCRIPTEURS AUX ÉCHOS DU JURA.

Souscriptions recueillies à Paris.

MM.

CHEVILLARD, ancien intendant militaire, président de la Société d'Émulation du Jura, 100 francs.

PERRAUD, d'Arlay (Jura), capitaine de voltigeurs au 7.ᵉ régiment d'infanterie légère, 5 exemplaires.

GOY, de l'Étoile (Jura), capitaine au 45.ᵉ régiment de ligne, 5.

Le lieutenant-général baron DELORT, pair de France, aide-de-camp du roi, 10.

TERCY, de Lons-le-Saunier, ancien sous-préfet, littérateur, au Mans, 1.

HUGUENIN, de Dole, statuaire, à Paris, 4.

P. J. DE BÉRANGER, chansonnier, 2.

Mme. AMABLE TASTU, femme de lettres, à Paris, 1.

M. TASTU, conservateur de la bibliothèque Sainte-Geneviève, à Paris, 1.

M. EUGÈNE TASTU, vice-consul, à Syra, 1.

Mme. ÉLISE VOIART, femme de lettres, à Choisy-le-Roi, 1.

VOIART, propriétaire, ancien fournisseur des vivres, ibid, 1.

Mlle. ÉLISE VOIART, leur fille, ibid, 1.

MARCEL VOIART, secrétaire aux archives du gouvernement, à l'île Bourbon, 1.

DE LAMARTINE, membre de l'Académie française et de la chamb. des députés, 1.

CHARLES NODIER, membre de l'Académie française, directeur de la bibliothèque de l'Arsenal, à Paris, 1.

Mme. MARIE NODIER-MENNESSIER, sa fille, 1.

THÉODORE JOUFFROY, député du Doubs, membre de l'Institut et du conseil royal de l'instruction publique, 1.

POUILLET, député du Jura, membre de l'Académie des sciences et directeur du Conservatoire des arts et métiers, 1.

LEBRUN, de l'Académie française, pair de France, directeur de l'imprimerie royale, 1.

DROZ, du Doubs, de l'Académie française, 1.

WEISS, bibliothécaire de la ville de Besançon, 1.

L. J. G. DE CHÉNIER, avocat, chef du bureau de la justice militaire au ministère de la guerre, neveu d'André et de Marie-Joseph de Chénier, 1.

ALFRED DE VIGNY, littérateur, à Paris, 1.

ÉMILE DESCHAMPS, littérateur, à Paris, 1.

Mme. LOUISE DE CONSTANT D'ESTOURNELLES, sœur de Benjamin Constant, directrice des postes, à la Flèche, 1.

ROUX DE ROCHELLE, de Lons-le-Saunier, ancien ministre plénipotentiaire aux États-Unis, 1.

GUYÉTANT père, de Lons-le-Saunier, docteur en médecine, à Bellevue-les-Meudon, 1.

MM.

LAUMIER, de Dole, littérateur, à Paris, 1.

DE BLANCHEMAIN, littérateur, à Paris, 1.

Duc DE DOUDEAUVILLE, pair de France, 1.

Comte VILLENEUVE DE BARGEMONT , ancien directeur général des postes, 1.

CONTE, conseiller d'état, directeur de l'administration des postes, 1.

ALEXIS MONTANDON, secrétaire de l'administration des postes, 1.

AUGUSTE MONTANDON, pasteur de l'église réformée, à Paris, 1.

MEYERBEER, auteur de la musique de Robert-le-Diable et des Huguenots, 1.

GOUIN, chef de division à l'administration centrale des postes, 1.

LEPAILLEUR , chef de bureau,   ibid, 1.

PORNAIN,   idem,   ibid, 1.

LEMOINE, employé,   ibid, 1.

D'ALLEYRAC,   idem,   ibid, 1.

LACROIX,   idem,   ibid, 1.

BOISSON, d'Arlay, employé au bureau des passeports, à Paris, 1.

EUGÈNE TYRODE, ibid, 1.

ALPHONSE GIRAUD, ibid, 1.

MYOT (du Jura), libraire, pour des souscripteurs de Paris, 24.

PELLIAT , de Lons-le-Saunier, géomètre , éditeur de l'Album de Saône-et-Loire, à Mâcon, 1.

BONDIVENNE, d'Orgelet, professeur, à Paris, 1.

GRAPINET, commis marchand, à Paris, 1.

Mlle. CLAIRE BOILLAT, rentière, à Paris, 1.

Mlle. MARIE-LOUISE HAUTEFEUILLE, rentière, à Paris, 1.

Mme. XAVIER BOILLAT, à Paris, 1.

ALFRED BOILLAT, à l'imprimerie royale, 1.

QUEYRAS, de Gray, capitaine-trésorier au 4e. régiment de dragons, à Moulins, 1.

QUIROT, major au 4e. régiment d'infanterie légère, à Arras, 1.

TEPPING fils, à Liverpool, 1.

LACROIX, directeur de la fabrique de soude, à Chauny (Aisne), 1.

FLORIMOND, employé à la fabrique, ibid, 1.

VALETTE fils , ibid, 1.

VRAYER DE SURCY, contrôleur des douanes, ibid, 1.

CLÉMENT GINDRE père, de Conliège (Jura), préposé des douanes, ibid, 1.

Mme. veuve de BARJON, propriétaire, à Arbois, 1.

Mme. THÉRÈSE CORMANN, propriétaire, à Vaucelles-les-Arbois, 1.

Souscriptions recueillies à Choisy-le-Roi, par les soins de la famille Voïart.

Mlle. AMÉLIE D'AUMONT, directrice des postes, à Choisy-le-Roi, 1.

Le général BLEIN, ibid, 1.

CARRERE, docteur en médecine, ibid, 1.

TOYOT, ingénieur des ponts et chaussées, ibid, 1.

MARTIN, receveur des contributions, ibid, 1.

PERRAUD, propriétaire, ibid, 1.

LE ROY DE LA BRIÈRE, propriétaire, à Orly, 1.

GRAMMACINI, chirurgien-major à l'hôpital militaire du Dey, à Alger, 1.

Souscriptions recueillies au Mans, par M. Tercy.

M.

Le maréchal-de-camp baron GUYE, de Lons-le-Saunier, à St.-Dié (Vosges), 1.

PASQUIER, peintre, au Mans, 1.

Mme. OLYMPE PASQUIER, ibid, 1.

Mlle. OLYMPE PASQUIER, professeur de musique, ibid, 1.

Mme. la comtesse de RENEAULME, ibid, 1.

Mme. la comtesse DE LA GIROUARDIÈRE, ibid, 1.

Mlle. LEMARCHAND, ibid, 1.

Mlle. TOUCHARD, femme de lettres, ibid, 1.

PYRAULT, lieutenant-colonel en retraite, ibid, 1.

HERVÉ, de la Sarthe, littérateur, à Paris, 1.

BARRIÈRE, artiste, au Mans, 1.

BORDEAU, artiste, ibid, 1.

GERBEAU, ibid, 1.

Mme. FANNY TERCY, femme de lettres, à Quintigny (Jura), 1.

Mlle. FANNY DÉCORS, professeur de musique, à Paris, 1.

DEFIEUX DE MONTONET, receveur de l'enregistrement, à la Trinité (Morbihan), 1.

Souscriptions recueillies à Lyon, par M. Vayssié, employé des postes.

ROUSSEAU, directeur des postes, à Lyon, 1.

ROCHER, inspecteur des postes, ibid, 1.

CIVIEL DE BEAUPRÉ, sous-inspecteur des postes, ibid, 1.

ABEL DE VILLE, employé des postes, ibid, 1.

BÉROD,   idem,   ibid, 1.

BOISSERÉNE,   idem,   ibid, 1.

DUBOIS DE MEYRIGNAC, idem,   ibid, 1.

JANNIN,   idem,   ibid, 1.

ROCH,   idem,   ibid, 1.

SAINTE-COLOMBE,   idem,   ibid, 1.

VAYSSIÉ,   idem,   ibid, 1.

JACQUES, de Voiteur, chef de division à la préfecture du Rhône, 1.

BRUCHON, pharmacien, ibid, 1.

BOITEL, libraire-éditeur, ibid, 1.

Souscriptions recueillies, à Besançon, par M. Weiss, bibliothécaire de la ville.

BÉCHET, conseiller à la cour royale, membre de l'académie des sciences, belles-lettres et arts, de Besançon, 1.

BOURGON, idem, ibid, 1.

BOURGON, professeur d'histoire à la faculté des lettres, idem, ibid, 1.

BRETILLOT (LÉON), banquier, idem, ibid, 1.

DE MESMAY (AUGUSTE), littérateur, idem, ibid, 1.

PERRON, professeur de philosophie, idem, ibid, 1.

MM.

Le baron de SAINT-JUAN, propriétaire, idem, ibid, 1.

VIANCIN (CHARLES), idem, ibid, 1.

PÉRENNÈS, doyen de la faculté des lettres et secrétaire perpétuel de l'académie des sciences, belles-lettres et arts, ibid, 1.

DE MAGNONCOUR (FLAVIEN), député du Doubs, ibid, 1.

Souscriptions recueillies, à Lons-le-Saunier, par *M. Frédéric Gauthier, éditeur des* Échos du Jura.

La ville de LONS-LE-SAUNIER, 1.

La SOCIÉTÉ D'ÉMULATION DU JURA, 4.

THOMAS, préfet du département du Jura, 2.

Mme. GRUIZARD, à Rochelle, près Lons-le-Saunier, 3.

Mlle. CHATEL, à Lons-le-Saunier, 2.

BARON, propriétaire, ibid, 2.

BAUMAL (MAXIME), ibid, 1.

GERRIER, conseiller de préfecture, ibid, 1.

HOURY, géomètre en chef du cadastre, ibid, 1.

JOBIN, greffier en chef du tribunal civil, ibid, 1.

PERRIN, avocat, ibid, 1.

PIARD, archiviste de la préfecture, 1.

RUBIN DE MÉRIBEL, sous-intendant militaire, ibid, 1.

GACON (HENRI), à Larnaud, 1.

MONNIER (DÉSIRÉ), membre de la Société des antiquaires, à Domblans, 1.

MOREL, membre du conseil général du département, à Arinthod, 1.

REGNAULT (VICTOR) maire, à Conliége, 1.

CLERC (JOSEPH), propriétaire, à Salins, 1.

TURQUOIS, de Lons-le-Saunier, géomètre triangulateur, à Bourg, 2.

DÉMOLY, de Lons-le-Saunier, président du tribunal civil, à Gray, 1.

ARMAND MARQUISET, sous-préfet, à Dole, 1.

PALLU, bibliothécaire de la ville de Dole, 1.

RABUSSON fils, à Dole, 1.

DAILLE, docteur en médecine, à Arlay, 1.

BOBILLIER, propriétaire, à Nance, 1.

TAMISIER, de Lons-le-Saunier, capitaine au 11.e d'artillerie, à Saint-Etienne.

RECY, médecin, à Saint-Amour, 1.

GAUTHIER (FRÉDÉRIC), adjoint à la mairie de Lons-le-Saunier, 1.

Toutes les souscriptions qui suivent, jusqu'à la fin de la liste, sont dues aux démarches personnelles ou aux vives recommandations du capitaine Perraud, du 7.e léger.

Souscriptions recueillies par lui-même.

Mme. DE VANNOZ, de Salius, femme de lettres, à Nancy, 1.

DE SCITIVAUX, ancien aide-de-camp, chevalier de la Légion d'honneur, gendre de Mme. de Vannoz, à Nancy, 1.

ROCHE, de Saint-Claude, professeur au collège royal de Strasbourg, 1.

COLLENOT, directeur de la poste aux lettres, à Toulouse, 1.

MM.

COLLENOT, employé des postes, à Nancy, 1.

JOUEN, proviseur du collége royal de Nancy, 1.

MICHEL, professeur de rhétorique au collége royal, ibid, 1.

Mme. DE MARCHIS, épouse de M. le professeur de 4e. du collége royal, ibid, 1.

HANRIOT, professeur de physique au collége royal, ibid, 1.

HENRIOT, agent-voyer en chef, ibid, 1.

BOBAN, élève en philosophie au collége royal, ibid, 1.

L'HUILLIER,   idem.   ibid, 1.

MARS,   idem.   ibid, 1.

Mlle. GONET, libraire, ibid, 1.

Mlle. OUDIN, propriétaire, ibid, 1.

Le marquis de VILLENEUVE-TRANS, membre de l'institut, ibid, 1.

DE HALDAT, membre de la Société des sciences, des arts, etc., de l'académie de Nancy, 1.

HUGHES (Anglais), propriétaire, ibid, 1.

DARD, imprimeur, ibid, 1.

Mme. AIMÉE BAILLY, propriétaire, ibid, 1.

FOURNEL, employé à la munitionnaire, ibid, 1.

Mme. MAILLET, propriétaire, ibid, 1.

Mme. ADÈLE DESROCHES, propriétaire (hôtel de la Providence), ibid, 1.

TARD, cafetier, ibid, 1.

VIDART, docteur en médecine, ibid, 2.

PARANT, officier d'administration à l'hôpital militaire, ibid, 1.

PINELLE, employé des postes aux lettres, ibid, 1.

BREFFORT, préposé en chef de l'octroi, ibid, 1.

VIVENOT, architecte, ibid, 1.

CHATELAIN, idem.   ibid, 1.

RANQUETAT, agent comptable de première classe à l'hôpital militaire, ibid, 1.

Mme. BREVILLERS, propriétaire, ibid, 1.

LE FORESTIER, officier supérieur en retraite, officier de la Légion d'honneur, ibid, 1.

DE CAUMONT, recteur de l'académie du collége royal, officier de la Légion d'honneur, ibid, 1.

GÉNI, artiste, ibid, 1.

WOUTERS, ancien négociant, ibid, 1.

AD. JARDOT, avocat, ibid, 1.

Comte de BIZEMONT, propriétaire, ibid, 1.

PAULLET, imprimeur lithographe, ibid, 1.

GOGUILLOT, capitaine de gendarmerie en retraite, ibid, 1.

TARDIEU aîné, ex-député, ibid, 1.

JOSEPH TARDIEU, avocat, ibid, 1.

BERGERY, ancien capitaine d'artillerie, professeur à l'école royale d'artillerie, à Metz, 1.

MARÉCHAL DE CORNY, propriétaire, ibid, 1.

D'HANIÈRES, propriétaire, ibid, 1.

J. JACQUEL, prêtre, de Bousseraucourt (Haute-Saône), 1.

BAUR, chez son père notaire à Neufbrisach, 1.

L. DE CHERRIER, agent d'affaires, à Strasbourg, 1.

H. DE CHERRIER, garde général des forêts, à Nevers, 1.

MM.

BONZON, maire, à Salins, 2.

BOUSSON, directeur de l'école normale, ibid, 1.

CORNU, libraire, ibid, 2.

MARSOUDET, membre de la Société d'émulation du Jura, ibid, 1.

ECOIFFIER, prêtre, ibid, 1.

BERTHOD, propriétaire, ibid, 1.

MARÉCHAL, imprimeur, ibid, 1.

CL. DE GAUDREY, élève à l'école forestière, à Strasbourg, 1.

GUYOT, de Lons-le-Saunier, principal du collége, à Vitry-le-Français, 1.

BAUER, marchand papetier, passage des Petits-Pères, à Paris, 1.

Mme. ROUSSEL, propriétaire, rue Royale-saint-Honoré, 20, ibid, 1.

MAGIMEL, artiste, ibid, 1.

PATAUD, chef d'institution, rue Sainte-Geneviève, n.° 23, ibid, 1.

ROUSSEAU, de Paris, chef de bataillon au 7.° léger, 1.

MACRON, d'Amiens, major, ibid, 1.

PELLIAT, de Lons-le-Saunier, capitaine-adjudant-major, ibid, 1.

JULLIEN, de Rainans (Jura),   idem.   ibid, 1.

BARRAUX, de Sellières, capitaine-trésorier, ibid, 1.

LOUIC, du Luc (Var), capitaine de carabiniers, ibid, 1.

PAQUETTE, d'Arbois,   idem,   ibid, 1.

COTOLENDY DE BEAUREGARD, de Lons-le-Saunier, capitaine, ibid, 1.

DANIEL, de Saint-Amour, capitaine de voltigeurs, ibid, 1.

DELAVELLE, de Trévillers (Doubs), lieutenant de voltigeurs, ibid, 1.

MIGNOT, de Dole,   idem,   ibid, 1.

BAUSSE, de Paris, lieutenant, ibid, 1.

FONFRÈDE, lieutenant, ibid, 1.

CHATTE, de l'Yonne, lieutenant, ibid, 1.

ABRY, sous-lieutenant, ibid, 1.

MÉLIATTE, enfant de troupe, sous-lieutenant de carabiniers, ibid, 1.

PAVI, du Doubs, sous-lieutenant, ibid, 1.

PIÈTRI, de la Corse, sous-lieutenant, ibid, 1.

GUSTIN, de l'Isère, sous-lieutenant adjoint au trésorier, ibid, 1.

MERME, du Jura, sergent-major vaguemestre, ibid, 1.

GAUTHIER, du Jura, maître cordonnier, ibid, 1.

ESTÈVE, de la Charente-Inférieure, sous-lieutenant, ibid, 1.

LAXAGUE, sergent-major, ibid, 1.

BOURGEOIS, de Seine-et-Marne, sergent-major, ibid, 1.

BOUTET, de la Charente-Inférieure, sergent-major de voltigeurs, ibid, 1.

CATHERINET, du Jura, sergent-major de voltigeurs, ibid, 1.

HONTARRÈDE, des Landes, sergent-major, ibid, 1.

DAYET, de Nozeroy, sergent-major, ibid, 1.

SIMON, du Jura, sergent-major, ibid, 1.

LAFFARGUE, de Lot-et-Garonne, sergent-major, ibid, 1.

JUILLET, capitaine-adjudant-major au 19.° léger, à Marseille, 1.

MONNOT, capitaine au 2.° régiment de carabiniers, à Sédan, 1.

REGAUD, de Lons-le-Saunier, capitaine au 6.° rég. de cuirassiers, à Beauvais, 1.

Baron de LABAREYRE, chef d'escadron au 3e. régiment de chasseurs à cheval,
    à Thionville, 1.

MM.

ITIER, major au 5e. régiment de chasseurs à cheval, à Poitiers, 1.

Le comte de CABOT DE LA FARE, chef de bataillon au 24e. régiment d'infanterie légère, à Rouen, 1.

MULLER, lieutenant trésorier au 1er. bataillon de chasseurs à pied, 1.

GRELLET, lieutenant au 22e. léger, à Metz, 1.

MACREAU, sous-lieutenant au 65e. de ligne, à Paris, 1.

GOY, capitaine au 45e. de ligne, 5.

Souscriptions recueillies par M. le professeur Roche.

THEVENIN, propriétaire, à l'Ermitage, près Mâcon, 1.

VICTOR DELAVELLE, négociant, à Saint-Etienne, 1.

A. PAPPAS, licencié ès-lettres, à Montpellier, 1.

JOLY, docteur ès-sciences, ibid, 2.

DUMAS, professeur au collège royal, ibid, 1.

Souscriptions recueillies par M. le capitaine Pelliat, du 7.e léger.

Le baron de VINCENT, sous-préfet, à Toul, 1.

NOROY, adjoint à la mairie, ibid, 1.

ALBERT, propriétaire, ibid, 1.

VIRIOT, architecte, ibid, 1.

CHRISTOPHE, agent-voyer de première classe, ibid, 1.

D'ORUS DE PESAR, capitaine adjudant-major au 1er. régiment de carabiniers, 1.

BORDES, sous-lieutenant de voltigeurs au 7e. léger, 1.

LEBRUN, capitaine adjudant-major au 22e. léger, à Metz, 1.

DURAND, lieutenant, ibid, 1.

DUSSERT, sous-lieutenant, ibid, 1.

Souscriptions recueillies par M. le capitaine Goy, du 45.e de ligne.

Comte D'HAUTPOULT, maréchal-de-camp, commandant le département des Pyrénées-Orientales, à Perpignan, 1.

DE TOULGOET, capitaine au corps royal d'état-major, aide-de-camp de M. le général d'Hautpoult, à Perpignan, 1.

DE CHENNEVIÈRE, lieutenant-colonel au 46.e de ligne, à Lille, 1.

CIAVALDINI, chef de bataillon en retraite, à Bastia (Corse), 1.

MEUNIER, major au 70e de ligne, à Verdun, 1.

GOUJET, chirurgien major au 14.e d'artillerie, à Valence, 1.

BROCHAND, chirurgien aide-major à l'hôpital militaire de Saint-Denis (pour remettre à sa tante Mme. la comtesse de Diwoff), 1.

PIERRE, chirurgien sous-aide à l'hôpital militaire de Marseille, 1.

DE BRASDEFER, capitaine au 9.e bataillon de chasseurs à pied, à Saint-Omer, 1.

RISTORI, capitaine au 73.e de ligne, à Rennes, 1.

LAZAROTI, sous-lieutenant de voltigeurs au 72e. de ligne, à Nantes, 1.

COUDER, idem, ibid, 1.

LIOTET, sous-lieutenant au 5.e bataillon de chasseurs à pied, à Saint-Omer, 1.

BARBÉ, chef de bataillon commandant la place de la Rochelle, 1.

MM.

DE NAGLES, ex-capitaine, chef de bataillon de la garde nationale de la Rochelle, 1.

W ISS, sous-intendant militaire, à la Rochelle, 1.

DUCHATEL, capitaine adjudant de place, ibid, 1.

GUÉRILLOT, ex-commandant de la garde nationale, ibid, 1.

BESSÈDE, tailleur, ibid, 1.

LEBAS DE SAINTE-CROIX, colonel du 45e. de ligne, 1.

ROTHWILLER, lieutenant-colonel, ibid, 1.

POURCELOT, chef de bataillon, ibid, 1.

BÊME, capitaine trésorier, ibid, 1.

PELLET, capitaine adjudant-major, ibid, 1.

LÉCUYER,   ibid,   ibid, 1.

D'ÉLICHÉRY, capitaine, ibid, 1.

DE LABROUSSE, capitaine de voltigeurs, ibid, 1.

OSHÉE DE SHUSTONN, capitaine, ibid, 1.

GAILLARD, capitaine, ibid, 1.

DROUILLARD, capitaine, ibid, 1.

DE LA BIOULLE, capitaine, ibid, 1.

BERT, capitaine, ibid, 1.

Comte MICHEL, capitaine de voltigeurs, ibid, 1.

DE LALAURENCIE, capitaine, ibid, 1.

DU MINIL, capitaine, ibid, 1.

FOLACCI, capitaine, ibid, 1.

ARBANÈRE, lieutenant, ibid, 1.

Vicomte de ROUGERIE, lieutenant, ibid, 1.

THOLON, lieutenant de voltigeurs, ibid, 1.

ALQUIÉ, lieutenant de voltigeurs, ibid, 1.

BUGNET, lieutenant, ibid, 1.

DESSALEUX, lieutenant, ibid, 1.

MERMET, lieutenant, ibid, 1.

MAUSSIER, lieutenant, ibid, 1.

COUPELLE, sous-lieutenant, ibid, 1.

ANQUETIL, sous-lieutenant de voltigeurs, ibid, 1.

FOUCAULT, sous-lieutenant, ibid, 1.

PROYE, sous-lieutenant de grenadiers, ibid, 1.

MOUZIN, sous-lieutenant, ibid, 1.

MENARD, sous-lieutenant, ibid, 1.

ARBAUDY, sous-lieutenant, ibid, 1.

PERROT, sous-lieutenant, ibid, 1.

CHOLLET, adjudant sous-officier, ibid, 1.

REY, sous-lieutenant, ibid, 1.

LELARGE, sous-lieutenant, ibid, 1.

PALIS, sous-lieutenant, ibid, 1.

VERMOREL, sous-lieutenant, ibid, 1.

LOCHE, lieutenant, ibid, 1.

COUPEDEVENT, sous-lieutenant, ibid, 1.

QUENY, adjudant sous-officier, 1.

LIÉBAUD, sergent-major, ibid, 1.

BONNET, sous-lieutenant, ibid, 1.

A M. Weiss.

Parva...... sub ingenti umbrâ.

VIRGILE.

ILS se viennent aussi placer sous ton égide,
Ces simples vers, enfants de mon rare loisir
Et de mes longs regrets..... Est-il un meilleur guide,
Un plus aimable abri qu'ils se puissent choisir ?

Y puisses-tu trouver un souffle de nos brises,
Un écho de nos monts, un frais parfum de thym,
Et ce charme qui fait que les ames éprises
Se prennent à rêver au doux pays lointain !

Toi, des fils du Jura vénéré patriarche,
Vieillard des anciens jours, juste du siècle d'or,
Qui, dans ton noble cœur, comme Israël dans l'arche,
Des lois du Sinaï gardes le pur trésor.

Toi, dont notre Comté s'honore et qu'y réclame
Tout ce qu'échauffe encor le saint amour du beau,
Tout ce qui vit d'amour, d'intelligence et d'ame,
Et dont le regard perce au-delà du tombeau.

Toi qui, comme un ami, comme un père, encourages
Nos timides efforts et leur marques le but,
Et qui, comblé de vœux, environné d'hommages,
Souris, affable et bon, au plus humble tribut.

Tel un antique chêne, orgueil de la montagne,
Protége l'arbrisseau contre les noirs autans,
Et joyeux voit au loin s'émailler la campagne
De la jeune verdure et des fleurs du printemps !

Paris, 6 mai 1841.

LES ÉCHOS DU JURA.

PREMIÈRE PARTIE.

Le Retour dans la Patrie.

A MON AMI TERCY.

> Hic amor, hæc patria est...
> C'est mon amour, ma patrie.
> VIRGILE, Énéide.

QUAND le joyeux printemps revient sur la nature
Verser à pleines mains les fleurs et la verdure,
Que la terre et les cieux célèbrent son retour ;
Par un heureux instinct, la sœur de Philomèle
Des plus lointains climats ramène un vol fidèle
     Au lieu qui lui donna le jour.

Ainsi, long-temps captif aux rives étrangères,
Je vais revoir enfin le berceau de mes pères,
Les sommets du Jura, leurs fortunés vallons.
C'en est fait..... des cités j'ai franchi la barrière,
Et, loin derrière moi secouant leur poussière,
     J'ai pris mon essor vers les monts.

Comme l'aigle voisin des voûtes éternelles,
Dans les champs de l'éther, qui déployant ses aîles,
Sur le globe abaissé jette un œil orgueilleux ;
Tel j'aime à contempler, debout sur la colline,
Le pays enchanteur que mon regard domine ;
     Tel j'y promène au loin mes yeux.

Ce pays, c'est le mien !... C'est là que la lumière
De ses premiers rayons effleura ma paupière ;
Là, le sein maternel me nourrit de son lait ;
Là, comme un beau printemps s'écoula mon enfance,
Et l'amour, souriant à mon cœur sans défense,
     Le perça de son premier trait.

Salut ! trois fois salut ! terre à jamais chérie !
Charme de ma pensée, ô ma belle patrie !
Saluts, rocs escarpés, monts qui bravez les cieux !
Et vous, ô bois touffus, coteaux, vallons fertiles,
Ouvrez-moi votre sein, et dans vos frais asiles
     Recevez votre enfant joyeux !

O mon Dieu ! qu'il est doux, après un long voyage,
De ramener sa barque au paternel rivage,
Aux lieux où s'élançaient tant de vœux superflus !
De sentir en son cœur, sous leur molle influence,
Renaître ces beaux jours d'amour et d'espérance,
     Ces jours d'un bonheur qui n'est plus !

Qu'avec ravissement on revoit les théâtres
Et des jeux enfantins, et des plaisirs folâtres
Dont n'approcha jamais ni trouble, ni remords ;
Aussi purs, mais d'un cours, hélas ! aussi rapide
Que ce ruisseau caché dont le cristal limpide
     Murmure en caressant ses bords !

Les voilà, ces vallons, ces prés, où la Vallière [1]
Promène en longs détours son onde hospitalière,
Sous le saule argenté qui se courbe en berceaux.
Mon œil la suit encore en ces plaines fleuries

Qui m'ont vu tant de fois livrer mes rêveries
    Au cours incertain de ses eaux.

Là, contre les rochers adossé comme un aire,
Montaigu vers le ciel lève sa tête altière,
Et plane sur un vaste, un immense horizon.
Ici, les verts coteaux du riant Ermitage [2]
Rappellent au printemps, sous le naissant feuillage,
    Les jeunes vierges du vallon.

Plus loin j'ai vu souvent, au dessus de ma tête,
Le nuage livide amasser la tempête,
Et la foudre irritée en déchirer les flancs.
Les monts étaient déserts... Seul, debout sur leur cime,
Attentif, j'écoutais au loin le bruit sublime
    Rouler dans les échos tremblants.

Par delà tous ces monts s'enfonce la vallée
Où le furtif regard d'une vierge troublée
Alluma dans mon sein mille nouveaux transports ;
Où, pour la célébrer, prenant en main la lyre,
Au murmure de l'onde, au souffle de Zéphyre,
    Je mêlai mes premiers accords.

Salut aussi ! salut ! ô débris poétiques,
Qui jadis répétiez sous vos voûtes gothiques
Les chants du ménestrel et les cris belliqueux.
Aujourd'hui tout se tait, hélas ! et les collines
N'étalent aux regards que les tristes ruines
    Des castels de nos anciens preux !

Ici, fut Montmorot dont les hautes murailles

Ont survécu debout à tant de funérailles,
Et d'un front si hardi se dressent dans les airs ;
Montmorot où Gontran tint Clotilde captive [3],
Où le soir, on croit voir encor l'ombre plaintive
    Errer sur les coteaux déserts.

Dirai-je, et de Pymont la tour mélancolique,
Et le Pin orgueilleux, et le manoir rustique
Où Lacuson bravait les menaces des rois ?
Et ce temple entouré de ses vieux ifs funèbres,
Et qui vit le premier, au milieu des ténèbres,
    Briller l'étendard de la croix [4] ?

C'est ainsi qu'évoquant d'antiques souvenances,
Je réveillais en moi les jeunes espérances,
Et m'inondais encor de vie et de fraîcheur ;
Et le timbre connu de la cloche natale
Dans les airs ébranlés venait par intervalle
    Frémir jusqu'au fond de mon cœur.

Ta belle ame, ô TERCY, me saura bien comprendre [5],
Toi qui pour ton pays brûles d'un feu si tendre,
Et qui l'as célébré dans des vers si touchants !
Qui préfères encor nos montagnes sauvages
Au luxe des cités, et même aux doux suffrages
    D'un peuple entraîné par tes chants.

Oh ! quand verrai-je enfin mollement te sourire
Ces jours délicieux, enfants de ton délire,
Qu'au coin de ton foyer tu te plais à rêver ?
Sur les monts du Jura, loin d'un monde profane,
Quand, du sein des vallons, verrai-je une cabane
    Humblement pour toi s'élever ?

Là, suivi de la muse et d'une tendre épouse,
Foulant d'un pied distrait les fleurs de la pelouse,
Tu laisserais couler tes jours sans les compter.
Là tu pourrais, tranquille, au gré de ton envie,
Livrant aux aquilons les vains soins de la vie,
Dormir, ne rien faire et chanter.

Avenir enchanteur ! aimable perspective !
Ah ! si, dans la candeur de mon ame naïve,
Il m'est aussi permis de joindre un vœu pour moi ;
Si, conduit par la main de celle qui m'est chère,
Je pouvais habiter une simple chaumière,
Une chaumière auprès de toi !

Et tandis que, superbe et dédaignant la terre,
Comme l'oiseau hardi ministre du tonnerre,
Tu déploierais ton vol au céleste séjour ;
Moi, timide alouette, et d'une aîle incertaine
Au dessus des épis me soulevant à peine,
J'essaierais quelques chants d'amour.

Ma Mère.

Imité de l'anglais.

Va, tombe aux pieds d'un sexe à qui tu dois ta mère!
LEGOUVÉ.

Qui me nourrit d'un lait et pur et salutaire ?
Qui, des plus tendres soins m'entourant chaque jour,
Imprimait sur mon front tant de baisers d'amour ?
       Ma mère.

Quand le sommeil fuyait ma débile paupière,
Qui venait me bercer mollement par ses chants,
Et suspendait mes cris dans ses bras caressants ?
       Ma mère.

Qui veillait attentive à ma tête si chère,
Quand la paix de la nuit descendait sur mes yeux,
Et long-temps reposait sur moi son œil joyeux ?
       Ma mère.

Qui, lorsque je souffrais quelque douleur amère,
Fixant sur mon berceau des regards attendris,
Pleurait.... et tremblait tant pour les jours de son fils ?
       Ma mère.

Qui jouissait si bien de ma gaîté légère,
Inventait chaque jour pour moi de nouveaux jeux,
Devinait ma pensée et lisait dans mes yeux ?
      Ma mère.

Qui prêtait à ma chute une main tutélaire,
Calmait le moindre mal par un si doux baiser ?
Par des contes charmants qui savait m'apaiser ?
      Ma mère.

Qui, vers l'enfant Jésus élevant ma prière,
M'enseignait à l'aimer dans son livre divin ?
De l'aimable vertu qui m'ouvrait le chemin ?
      Ma mère.

Ah ! quand se courbera ton front sexagénaire,
Je veux veiller sur toi, t'épargner les douleurs,
Et sur tous les sentiers semer aussi des fleurs,
      Ma mère !

Je veux, par un amour, des soins que rien n'altère,
Payer à tes vieux ans, autant qu'il est en moi,
La vie et les bienfaits qui me viennent de toi,
      Ma mère !

Et le Ciel me sera bienveillant et prospère,
Et de grâce et de paix t'environnant toujours,
Rendra mes jours heureux en prolongeant tes jours,
      Ma mère !

Elle.

. . . . . . Segetis per summa volaret
Gramina.
Elle volerait sur la pointe des épis.

VIRGILE, Énéide.

Oh ! qu'elle était charmante en sa grâce enfantine !
Comme son pied léger courait sur la colline !
Et comme du matin le souffle frais et pur
Enflait les plis mouvants de sa robe d'azur !
Moins agile en son vol est la jeune sylphide,
Qui, par un soir brumeux, glissant sur l'herbe humide,
Effleure la prairie et les coteaux déserts ;
Moins rapide la nef rasant le sein des mers ;
Et le zéphyr de mai laisse encor moins de trace
Sur les flots dont il ride en passant la surface.

Les Prémices du Printemps.

A MON AMI T.

Émule harmonieux du chantre d'Aréthuse,
Toi qui daignes sourire à ma timide muse,
Et qui, dans le secret des vallons retirés,
Suis d'un œil indulgent ses pas mal assurés,
Viens, avec la candeur de ton ame divine,
Viens jouir avec moi d'une joie enfantine.
Ecoute... ce matin, quand d'un reflet vermeil
L'aurore rougissait les portes du soleil,
J'errais à travers champs, promeneur solitaire.
Le ciel était serein, l'air suave, et la terre,
Libre enfin des frimas et des sombres autans,
Rouvrait son sein fertile aux zéphyrs du printemps.
Avec leur tiède haleine, en mon ame attendrie
Je sentais pénétrer la molle rêverie,
Et les jeunes désirs, et ce vague tourment,
De la saison des fleurs avant-coureur charmant...
Quand tout à coup jetant les yeux sur le bocage
Qui bordait le sentier, ô fortuné présage!
J'ai cru voir, oui, j'ai vu, sur un bel arbrisseau,
Des bourgeons entr'ouvrir leur feuillage nouveau,
Qui semblait, tout joyeux de sa jeune verdure,
Appeler les regards de toute la nature.
Comme une tendre mère, au berceau de son fils
S'attache, en savourant son doux premier souris,

Ainsi, le cœur ému d'ineffables délices,
J'aimais à contempler ces heureuses prémices,
Et, sur leur frêle espoir, j'assemblais à l'entour
Les plus riants tableaux de la saison d'amour.
Oui, déjà j'invoquais sur la plante naissante,
Et des brises de mai l'haleine caressante,
Et la fraîche rosée, et le beau ciel d'azur,
Et de l'astre du jour le rayon le plus pur.
Déjà je la voyais, par les vents balancée,
Ouvrir mille bourgeons sur sa tige élancée,
S'épanouir en fleurs, se courber en berceaux,
Et pousser vers le ciel de fertiles rameaux ;
Puis les nymphes des monts, des grottes, du bocage,
S'enlaçant par la main sous son immense ombrage,
Entouraient en chantant l'arbre chéri des cieux,
Et frappaient l'air ému de leurs accords joyeux.
Ou bien (spectacle encor plus doux et plus doux rêve !)
Quand le calme du soir se répand sur la grève,
Et que l'astre des nuits de sa pâle clarté
Perce à peine des bois la vague obscurité,
Deux fortunés amants, que cache l'ombre humide,
Sous l'arbre protecteur venaient, d'un pas timide,
Se raconter tout bas le secret des amours,
Avec mille serments de s'entr'aimer toujours.

Alors, sur un rayon de l'aube matinale,
Invitant près de moi la muse virginale :
« Va, lui dis-je, aussitôt, devançant le soleil,
« Du plus aimable ami surprendre le réveil.
« Va, ta flûte à la main, te montrer à sa vue
« Dans la simplicité de ta grâce ingénue,

« Les cheveux couronnés du feuillage naissant,
« Le souris sur la bouche et le front rougissant,
« Avec les tendres vœux et les souhaits propices
« Porte-lui du printemps ces naïves prémices ;
« Dis-lui qu'à son bonheur mon bonheur est lié ;
« Vas, et rapporte-moi le baiser d'amitié. »

Brise d'Est.

L'aura gentil . . . .
Al soave suo spirto riconosco.

PÉTRARQUE, sonnet CLXI.

La douce brise, je la reconnais à son
souffle suave.

QUELLE est cette brise qui glisse
Si suave à travers les cieux,
Qui porte au cœur joie et délice,
Et de douces larmes aux yeux ?

C'est le vent léger qui se lève
Avec le soleil souriant,
L'air du sol aimé que je rêve,
La molle brise d'Orient.

Elle a passé limpide et pure
Sur les monts où j'ai vu le jour,
Et m'en apporte frais murmure
Et parfums de paix et d'amour ;

Les parfums de ces cîmes vertes
D'où le sapin au ciel surgit,
Et des plaines d'épis couvertes,
Où la rose aux buissons rougit.

C'est le premier souffle de vie
Qu'aspira mon cœur, quand soudain
Ma mère troublée et ravie
Sentit battre un fils dans son sein.

C'est la brise qui sous les saules
Me caressait dans le sommeil,
Et qui bouclait sur mes épaules
Mes blonds cheveux d'enfant vermeil.

C'est elle qui, dans les campagnes,
Agitait la robe aux longs plis
De ces gracieuses compagnes
Sveltes et blanches comme un lys....

Premier amour de la jeunesse,
Et qu'à travers l'étroit sentier,
Mon œil suivait avec ivresse
Le long des bosquets d'églantier.

Et je restais le cœur plein d'elles,
Et la brise, à l'ombre des bois,
En secouant sur moi ses ailes,
Me murmurait encor leurs voix.

C'est elle aussi qui jusqu'aux nues
Portait avec de joyeux cris
Nos chansons d'amour ingénues,
Quand, couchés sur les prés fleuris,

Tous, d'un cœur, d'une ame unanime,
Nous vidions la coupe à pleins bords,

Et que l'écho de cîme en cîme
Prolongeait nos bruyants accords.

Souffle encor, souffle à mon oreille,
En l'air attiédi qui se tait,
Avec l'aurore qui s'éveille,
Avec le printemps qui renaît.

Souffle, molle brise embaumée,
Avec le ruisseau qui gémit,
Avec l'ondoyante ramée
Qui sous ton haleine frémit.

Rends-moi le beau ciel sans orage
Qui luisait sur mon front d'enfant,
Et mes frais sommeils sous l'ombrage,
Et mes rêves d'adolescent.

Rends-moi, sous l'abri des charmilles,
Avec les derniers bruits du jour,
Ces douces voix de jeunes filles,
Qui tout bas nous parlent d'amour,

D'amour, de gloire et de génie...
Et qui, ravissant l'ame au corps,
L'inondent des flots d'harmonie
Dont Dieu se garde les trésors.

Rends-moi tout ce calme champêtre
Dont mon cœur aime à se nourrir ;
Rends-moi le sol qui m'a vu naître,
Le sol où je voudrais mourir !...

La Vierge du Salbert.

Un soir j'étais près d'elle, assis sur le Salbert [6].
Nous pressions l'herbe tendre, et le feuillage vert
Sur nos fronts s'inclinait avec un frais murmure.
Tantôt, comme ravi dans une extase pure,
J'admirais sa naïve et touchante beauté,
Mélange de candeur, de grâce et de bonté ; ·
Tantôt j'allais cueillir la rose et l'anémone,
Et j'en formais pour elle une simple couronne,
Et mes mains enlaçaient en ses cheveux dorés
Ces agrestes trésors, dépouilles de nos prés.
Ou bien, lorsqu'effeuillant la blanche marguerite,
Mon amour y cherchait sa destinée écrite,
Je la voyais sourire, et, bien mieux que la fleur,
Ce sourire ingénu m'expliquait tout son cœur.
Mais à l'heure où la nuit laisse tomber ses voiles,
Que parsèment les feux des premières étoiles,
Elle se lève, et vient, non sans quelque embarras,
Appuyer sur mon bras timidement son bras,
Puis m'entraîne avec elle au pied de la colline.
Mon bras la soutenait, cette vierge divine !
Oh ! comme du fardeau j'étais fier et léger !
Mon ame de ses fers se sentait dégager,
Et, vers le beau séjour de la paix éternelle,
Je croyais, esprit pur, m'envoler avec elle !

Le Rameau printanier.

Ami, l'hiver a fui, le ciel est sans nuage ;
Zéphyr baise les fleurs d'un souffle frémissant ;
Le beau printemps renaît ; je t'en offre pour gage
    Ce rameau fleurissant.

Je l'ai cueilli pour toi, tout moite de rosée,
Dans un bois solitaire et des muses chéri ;
Philomèle, en chantant, s'est déjà reposée
    Sous son naissant abri.

Et, comme la colombe heureuse messagère,
Moi, je viens t'apporter avec ce vert rameau
L'espoir de tous les biens que le ciel sur la terre
    Verse au printemps nouveau.

Qu'ainsi puisse toujours un doux soleil te luire,
T'offrir partout des bois, des prés semés de fleurs,
Où tu laisses, au bruit des vers et de la lyre,
    S'endormir tes douleurs !

La Couronne de Fleurs.

VIERGE au charmant souris, vierge de nos vallons,
Viens ; je veux, ce matin, parmi tes cheveux blonds
Mêler les dons nouveaux de la saison fleurie ;
Viens ; je les ai pour toi cueillis dans la prairie.
Au pourpre du pavot, à l'azur du bluet,
J'ai joint la blanche fleur de l'odorant muguet,
Et le léger carmin de la simple églantine,
Qui si bien se marie à ta grâce enfantine.
Laisse—moi sur ton front, ô vierge, mes amours,
Laisse—moi déposer ces champêtres atours.
Amis, contemplez-la dans sa beauté nouvelle,
Et dites si jamais il en fut de plus belle !

Le Mai.

Vekia veni lo zouli Ma.
Voici venir le joli Mai.
(Chanson bressanne.)

Voici venir le joli Mai,
Le mois des œillets et des roses,
Le mois de toutes belles choses,
Le beau mois qui rend le cœur gai.

Oh ! viens, ma jeune bien-aimée,
Viens ! est-il de printemps sans toi ?
Viens cueillir des fleurs avec moi,
Des fleurs dans la plaine embaumée.

Viens avec moi, d'un pied joyeux,
Au bord de l'onde caressante,
Viens bondir sur l'herbe naissante,
Ma blanche gazelle aux doux yeux !

Sur ton cou de nacre si pure,
Laisse, au gré des zéphyrs nouveaux,
Laisse en capricieux anneaux
Flotter ta blonde chevelure.

Au souffle de la brise aux bois,
Aux premiers chants de Philomèle,
Viens mêler aussi, jeune belle,
Le suave accent de ta voix.

Tu chanteras, et suspendue
A tes accords mélodieux,
La terre dira que des cieux
Une Harmonie est descendue.

Et, d'échos en échos plaintifs
Ta voix expirant affaiblie,
D'amour et de mélancolie
Remplira les bois attentifs.

Viens près de moi, sous le feuillage,
T'asseoir sur le gazon vermeil,
Et te bercer d'un frais sommeil
Au bruit du flot qui bat la plage.

Et moi, j'aurai soin d'écarter
Le papillon d'or ou la mouche,
Qui pour rose prenant ta bouche,
Tout autour viendra voleter.

Et, pour te faire encore mieux fête,
Quand tu t'éveilleras, ma main
De fleurs ornera ton beau sein,
De fleurs couronnera la tête.

Puis nous reviendrons pas à pas,
L'ame de délice oppressée,
Ta main dans la mienne pressée,
Et ton bras posé sur mon bras.

Viens, déjà partout la campagne
Dans sa grâce s'épanouit,
Et tout être se réjouit,
Et l'oiseau chante à sa compagne :

« Voici venir le joli Mai,
« Le mois des œillets et des roses,
« Le mois de toutes belles choses,
« Le beau mois qui rend le cœur gai ! »

La Prière du Soir.

Les derniers feux du jour rougissaient les montagnes,
Et le voile du soir flottait sur les campagnes.
Avec des chants joyeux, du sommet des côteaux
Les bergers à pas lents ramenaient leurs troupeaux,
Et l'écho prolongeait, faible et mélancolique,
Le timbre encor vibrant de la cloche rustique,
Qui pour l'hymne du soir à la reine des cieux
Rassemblait le hameau devant l'autel pieux.
J'avais suivi le pâtre errant dans la vallée,
Et, d'un naissant amour l'ame émue et troublée,
J'entre aussi, tout pensif, dans le temple sacré
De mourantes lueurs faiblement éclairé.
Là, le vieillard fidèle au culte de ses pères,
La vierge au front naïf, les épouses, les mères
Conduisant à Jésus leurs enfants nouveau-nés,
Tous, dans le sanctuaire humblement inclinés,
Y déposaient des vœux, des soupirs pour offrande,
Et l'encens d'un cœur pur, le seul que Dieu demande.
Touché d'un saint respect et prosterné comme eux,
J'allais joindre tout bas ma prière à leurs vœux,
Lorsqu'à mes yeux, soudain, sous l'ogive gothique,
Je vois se dessiner une forme angélique,
Un de ces êtres purs qui descendaient du ciel
Pour s'offrir au pinceau du divin Raphaël ;
Et mes yeux enchantés l'ont d'abord reconnue.
Oui, c'était ma Thérèse, et sa grâce ingénue,

Et son front rougissant, et ses beaux cheveux d'or
A leurs anneaux bouclés donnant un libre essor.
C'est elle qui venait, à l'autel de Marie,
Prier pour les longs jours d'une mère chérie.
Son visage exprimait, en sa naïveté,
La timide candeur, la sainte piété ;
Et l'espoir tour à tour et de tendres alarmes
Se peignaient dans ses yeux baignés de douces larmes.
Non, jamais Séraphins vers la voûte d'azur
N'ont sur leurs aîles d'or porté de vœu plus pur
Ni d'offrande plus chère à leur reine immortelle !
Dans un songe d'amour jamais vierge plus belle
N'apparut en ce monde à nos regards ravis !
Et lorsque, sur le seuil du champêtre parvis,
Elle vint à passer comme une ombre légère,
J'ai cru que son beau corps allait quitter la terre ;
J'aurais voulu baiser la trace de ses pas,
Et ma voix en tremblant lui murmura tout bas,
Tandis qu'elle baissait son front chaste et modeste :
« Oh ! dis-moi, n'es-tu pas une vierge céleste,
« Un ange que bientôt les cieux vont rappeler ?
« Et les faibles mortels osent-ils te parler ? »

L'Alouette.

La gentille alouette a chanté tire-lire.

(Vieille chanson.)

L'ALOUETTE au matin s'éveille avec l'aurore,
Et par des chants joyeux elle annonce aux hameaux
Le jeune astre du jour qui de pourpre colore
    Les riants sommets des côteaux.

L'ombre s'efface alors et fuit sur les montagnes ;
Tous les chœurs des oiseaux commencent leurs concerts,
Et le parfum des fleurs s'élève des campagnes
    Avec la musique des airs.

Puis, lorsque la nature, affaissée et muette,
Sous les feux du midi succombe au poids du jour,
Sur l'or flottant des blés seule encor l'alouette
    Voltige avec des chants d'amour.

Seule, enfin, quand le soir demi–voilé s'avance,
Et qu'un calme profond règne aux champs, dans les bois,
L'alouette éveillée, au milieu du silence
    Fait encore entendre sa voix.

Et sa voix réjouit l'ame ingénue et pure,
Qui, dans un saint transport, loin du monde et du bruit,
Va du jour expirant recueillir le murmure
    Et les beaux accords de la nuit !

Le Château de Vereux.

A M. le lieutenant-général baron DELORT.

Ille terrarum mihi præter omnes
Angulus ridet.

HORACE, liv. 2, ode 6.

Ce coin de l'univers
Me charme plus que le reste du monde.

(Traduction du général DELORT.)

Au pied des monts, parmi ces frais bouquets de bois,
Où se cache à demi la verdoyante Arbois,
Comme sous un chapeau de fleurs et de verdure
Une vierge dérobe en riant sa figure,
Il est un beau manoir, d'ombrage environné,
Et de ses tours encor fièrement couronné,
Mais dont l'aspect gothique et respecté par l'âge
N'est plus, comme jadis, l'effroi du voisinage.
D'une vivace haie et d'espaliers enclos,
Derrière le castel s'étend un vaste clos,
Délicieux Éden, où la sage culture,
Par des soins variés secondant la nature,
Fait sur cet heureux sol éclore en leur saison
Et de suaves fleurs et des fruits à foison.
De là, sous la ramée et par la pente douce,
Des sentiers onduleux et tapissés de mousse,
Au murmure de l'onde, aux chansons de l'oiseau,
Conduisent à pas lents au sommet d'un coteau

D'où l'œil embrasse au loin de beaux amphithéâtres
De collines, de monts et de rochers bleuâtres,
Et du pampre odorant qui d'un cercle embaumé
Ceint la joyeuse ville au nectar renommé.
Sous le paisible abri de ses vieilles murailles,
Vit un noble guerrier, fameux par cent batailles,
L'un de ces preux vaillants du vaillant empereur,
De l'Europe tremblante autrefois la terreur,
Et qui, déposant là son invincible glaive,
Jusqu'à ce que le jour des vengeances se lève,
Vint, fier et résigné, du tumulte des camps
Se reposer à l'ombre et dans la paix des champs.
Là, des soins bienfaisants le charme inexprimable,
La douce affection d'une compagne aimable,
Les arts, baume du cœur, source des vrais plaisirs,
Partagent ses instants, enchantent ses loisirs.
Dans toute sa candeur, là, prodigue, s'épanche
De la vieille Comté l'hospitalité franche ;
Là viennent réunir leur ame et leurs lauriers,
Quelques fils de la Muse et d'antiques guerriers ;
Et, tandis qu'à grands flots l'Arbois fumeux ruisselle,
Que le jus pétillant dans la coupe étincelle,
Eux, dans l'intimité versant leurs cœurs émus,
Rappellent à l'envi les temps qui ne sont plus,
Tous les faits merveilleux de la gloire passée,
Sous leurs pieds triomphants l'Europe terrassée,
La liberté guidant leurs premiers bataillons,
Le sang français partout fécondant les sillons ;
Comme une faible proie, en sa terrible serre,
Sous le foudre vengeur l'aigle étreignant la terre ;
Et ce héros qui, fort par le glaive et les lois,
Disposait à son gré des peuples et des rois.....

Puis les retours soudains du sort, ses jeux infâmes [*],
Et, triste dénouement enfin de ces grands drames,
L'homme étonnant sous qui s'affaissa l'univers
Expirant au loin, seul, sur un rocher des mers !
Alors de larges pleurs baignent les yeux des braves ;
Alors, impatients de plus longues entraves,
Frémissant de courroux, tous à leurs flancs, soudain,
Pour en tirer l'épée, ils ont porté la main ;
Et leurs cœurs s'exaltant au nom des vieilles gloires,
Ils vont rêvant encor de nouvelles victoires,
Et la France aux combats précipitant ses fils,
Et Waterloo vengé par un autre Austerlitz.

Mais à ces souvenirs pleins de trop d'amertume,
A ces regrets cuisants où l'ame se consume,
Quel chant pur et suave a soudain succédé,
Et ramène la joie au banquet déridé ?
Oh ! silence ! écoutez ! c'est la lyre d'Horace,
Qui sous la main guerrière ainsi vibre avec grâce.
Aux sons du luth encore humide de ses pleurs,
C'est Achille en sa tente apaisant ses douleurs !

    « Amis, pourquoi cette tristesse
    « Et ce tourment de l'avenir,
    « Et ce long regret qui vous presse
    « D'un temps qui ne peut revenir ?
    « Qu'il reste en votre ame, et l'embrâse
    « Comme un parfum qui dans le vase
    « Survit à l'absente liqueur,

[*] Fortuna, sævo læta negotio, et
Ludum insolentem ludere pertinax.
                HORACE.

« Et non comme un glaive perfide
« Qui rouvre la plaie homicide
« Et s'enfonce au vif dans le cœur.

« Couronnons nos coupes des roses
« Que l'automne encor fait fleurir ;
« Sur leurs tiges à peine écloses
« Ce soir les verra se flétrir.
« De biens, de maux entre-suivie,
« Ainsi s'évapore la vie.
« Sans trop songer au lendemain,
« Sans nous abuser d'un vain leurre,
« Jouissons du jour et de l'heure.
« Qui sait si nous serons demain ?

« Ici, défiant la fortune,
« Loin des fantômes décevants,
« Bannissons la crainte importune
« Et livrons les chagrins aux vents.
« Ici se plaît aussi la Muse ;
« Ici coule une autre Blanduse
« Au flot brillant, limpide et pur ;
« Et les arbres de ces rivages
« Nous versent d'aussi frais ombrages
« Que ceux des bosquets de Tibur.

« Oh ! cet heureux coin de la France,
« Qu'il me sourit ! comme il est beau !
« C'est le sol où j'ai pris naissance,
« Le sol qui sera mon tombeau.
« Là, je retrouve avec délices
« Les amis, les cieux plus propices,

« Après la tempête le port ;
« Et l'élan du jeune délire,
« Et le don sacré de la lyre,
« Par qui l'homme échappe à la mort !

« Allons ! que la coupe s'emplisse !
« Que les fronts soient épanouis !
« Qu'à flots pressés le vin jaillisse !
« Le vin dissipe les ennuis.
« Buvons aux nobles funérailles !
« Au brave qui, dans les batailles,
« Tomba sous les foudres de Mars !
« Buvons aussi, sans plus d'alarmes,
« A la paix qui succède aux armes,
« A l'amitié douce, aux beaux-arts ! »

Vers ce temps, par un jour de joyeuse vacance,
Écolier voyageur et plein d'insouciance,
Je cheminais gaîment, aux approches du soir,
Vers ma bonne marraine et son petit manoir (*) ;
Par le sentier pierreux grimpant avec les chèvres,
Approchant le cristal dû ruisseau de mes lèvres,
Cueillant la mûre noire aux ronces du buisson,
Ou cherchant quelque fleur parmi le vert gazon.
Je côtoyais ainsi le domaine fertile,
Et, parfois m'arrêtant, j'admirais, immobile,
Les tours du vieux château que dorait le soleil,
Et le clos, et la vigne, et tout cet appareil
De paix et d'opulence et de bonheur champêtre.
Et, si de ces beaux lieux je demandais le maître :

(*) A Vaucelles, joli hameau au-dessus du château de Véreux.

« C'est notre bienfaiteur et notre père à tous, »
Me répondait le pauvre avec un souris doux.
Le soldat, relevant fièrement sa moustache :
« C'est le bon général et sans peur et sans tache,
« Le vainqueur de l'Espagne, et qui, dans Montereau,
« Sauva l'aigle blessée et l'honneur du drapeau ! »
Mais, de son souffle pur, la brise à mon oreille
Apportait tout à coup les chants pleins de merveille ;
Et moi, qui ne rêvais que vers et beaux acccords,
Je recueillais ces chants avec de saints transports,
Et, le cœur palpitant, l'ame tout inquiète,
Je me disais : « C'est plus encor, c'est un poète ! »

A Thérèse.

Dis-moi, Thérèse, en confidence,
Qui te rend si chère à mon cœur ?
D'où te vient le charme vainqueur
Que partout répand ta présence ?

D'où vient qu'assis auprès de toi,
Je vois, comme une ombre éphémère,
Les noirs soucis, la peine amère,
S'enfuir aussitôt loin de moi ?

Où prends-tu ce souris céleste,
Plus doux qu'un beau jour au matin,
Et la grâce du séraphin
Qui brille sur ton front modeste ?

Qui verse en l'azur de tes yeux
Cette vive et subtile flamme,
Qui jusques au fond de mon ame
Se glisse en traits délicieux ?

D'où vient qu'en la plaine embaumée,
La rose et l'aubépine en fleur
Exhalent moins suave odeur
Que ton haleine parfumée ?

Qui donne à ta voix cet accent
Plus harmonieux que la lyre,
Ou que le souffle de Zéphyre
Dans le feuillage frémissant ?

N'es-tu qu'une simple mortelle ?
Ou bien, sur un rayon du jour,
As-tu du céleste séjour
Sur la terre abaissé ton aile ?

Des champs d'azur du firmament
Viens-tu m'apporter le dictame,
Qui des blessures de mon ame
Peut seul apaiser le tourment ?

Avec toi la jeune Espérance
Descend de son trône éthéré,
Et ranime un cœur ulcéré
Par l'injustice et la souffrance.

Un seul de tes regards d'amour
Calme en mon sein les sourds orages,
Comme se fondent les nuages
Aux rayons de l'astre du jour.

Eh ! qui ne cède à ton empire ?
Quels pleurs n'essuirait pas ta main !
Et de quel sombre ennui soudain
Ne guérirait pas ton sourire ?

Mais pourquoi me laisser encor
Gémir, loin de toi, solitaire ?
Ah ! permets que , loin de la terre ,
Je prenne avec toi mon essor !

Qu'un même souffle nous enlève
Vers ce ciel où tend mon désir ,
Et là, que je puisse saisir
Le bonheur... s'il n'est point un rêve !

L'Absence.

Quand le chagrin d'amour vient affliger notre ame,
Il n'est point aux forêts de suave dictame,
Point de baume qui puisse en adoucir le fiel,
Comme le chant divin des neuf vierges du ciel.
Heureux donc le mortel que protége une Muse ;
Qui, livré tout entier à l'erreur qui l'abuse,
D'un amour malheureux peut charmer les douleurs,
Et chanter sur un luth amolli par ses pleurs !

Tel, en vers pleins de grâce et de mélancolie
Tibulle soupirait, éloigné de Délie ;
Ainsi Gallus absent pleura sa Lycoris,
Chénier redit Camille aux échos attendris,
Et l'aimable Parny, sur la lyre sonore,
Consacra le beau nom de son Éléonore :
Mortels chéris des cieux, trop fortunés amants,
Dont les Muses ainsi consolaient les tourments !

Elles m'ont refusé cette faveur suprême.
Étranger sur ces bords, loin de celle que j'aime,
Seul et privé des soins de la tendre amitié,
Des chastes sœurs en vain j'implore la pitié ;
Je cherche en vain la paix dans leurs secrets asiles.
Il n'en est plus pour moi — plus de ces vers faciles,
Qui d'eux-mêmes venaient, sur le bord des ruisseaux,
Me bercer, au doux bruit de la brise et des eaux.

3

C'était pour toi, Thérèse, et c'était sur tes traces
Qu'accouraient près de moi les Muses et les Grâces ;
Je les voyais briller dans tes regards chéris ;
Elles me souriaient dans ton charmant souris,
Et leurs vers amoureux de ta bouche mi-close
Me semblaient découler comme un parfum de rose.
Mais quels divins accords, quelle harmonie au ciel
Peut valoir un seul mot de tes lèvres de miel !
Ah ! je ne veux plus vivre exilé sur ces rives ;
Il me faut tes baisers, tes caresses naïves,
Et tes bras enlacés autour de ton amant,
Et tes beaux yeux sur lui tournés languissamment !
J'irai, je reverrai ces demeures paisibles,
Où près de toi coulaient les heures insensibles ;
J'y veux suivre partout la trace de tes pas ;
Je veux, seul avec toi, t'y redire tout bas
Ces paroles d'amour dont le secret mystère
Faisait battre ton cœur d'un trouble involontaire,
Soulevait mollement la gaze de ton sein,
Et ta tremblante main frémissait dans ma main !
Hélas ! cet heureux sort, cette belle chimère,
La seule qui mérite un soupir sur la terre,
De sa première ivresse ai-je à peine joui,
Et je pleure déjà le rêve évanoui ;
Et je suis seul encore.... en vain ce cœur fidèle
Partout te cherche, en vain partout ma voix t'appelle ;
Un silence de mort règne au sein de ces bois,
  Et l'écho du désert seul répond à ma voix.
Ah ! que puissent du moins les Muses plus propices
De ces beaux jours encor me peindre les délices !
Que près de moi leurs chants purs et consolateurs
Ramènent l'espérance et les songes flatteurs ;

Et lorsque, m'égarant en des courses lointaines ,
Je confie aux forêts le secret de mes peines,
Que ma blanche Thérèse , au souris gracieux,
Parmi leur troupe vierge apparaisse à mes yeux !

Un Jour d'Été.

QUAND, par un beau matin, la vermeille rosée
Distille en perles d'or du calice des fleurs,
Et verse sur le sein de la terre arrosée
    Le brillant tribut de ses pleurs....

J'aime, au doux bruit de l'onde, au souffle du Zéphyre,
Avec l'oiseau chantant saluer le soleil,
Et sur les verts côteaux épier le sourire
    De la nature à son réveil.

J'aime, quand le midi dessèche la verdure,
Et que l'ombre des bois rassemble les troupeaux,
Sur un lit de gazon, dans une grotte obscure,
    Goûter un nonchalant repos.

J'aime aussi, quand le soir descend sur la bruyère,
Ouïr le vieux refrain d'une agreste chanson,
Et voir les derniers feux du dieu de la lumière
    S'éteindre aux bords de l'horizon....

Tandis qu'à l'orient, dans la voûte étoilée,
Le flambeau de la nuit s'élève avec lenteur,
Et que son pâle éclat répand sur la vallée
    La paix et le vague enchanteur.

Élégie.

Oh ! que tu sais bien lire au cœur de ton ami,
Quand, le suivant au loin sous un ciel ennemi,
Tu le vois inquiet et sans rien qui lui plaise,
Occupé tout entier de toi, de sa Thérèse;
Ou quand l'illusion d'un songe complaisant
Le montre dans l'absence à tes regards présent,
Transfuge auprès de toi d'une foule abhorrée,
T'amenant par la main sa compagne adorée,
Et, content de vous voir, partageant entre vous
Ses plus secrets désirs, ses transports les plus doux!

Objets chéris, partout je cède à votre empire:
C'est par vous que je vis, par vous que je respire,
Par vous que la nature est si belle à mes yeux,
Et que j'aime à jouir de la clarté des cieux.
Oui, mon cœur n'est heureux que par votre présence,
Tous ses maux les plus grands lui viennent de l'absence,
Et, sous leur triste poids s'il se laisse accabler,
Absents, vous seuls encor le pouvez consoler.
Il songe à vous; vers lui son désir vous rappelle,
Et tous deux, à l'instant, épris du même zèle,
Je vous vois accourir pour essuyer mes pleurs,
Et d'un mot caressant apaiser mes douleurs.
En tous lieux avec moi je vous porte en mes courses,
Aux vallons, dans les bois, près des limpides sources,
Où je vais seul, rêvant, sur le déclin du jour,
Me nourrir à mon gré de tristesse et d'amour;

Lieux sombres et déserts, pleins d'une horreur sauvage,
Mais qu'éclaircit soudain votre charmante image.
Le ciel se peint d'azur et la terre fleurit;
Thérèse est avec moi, Thérèse me sourit;
Et notre heureux ami, d'un œil plein d'indulgence,
Nous suit parmi les bois, nous contemple en silence;
Il jouit dans son cœur de nos chers entretiens,
De nos jeunes amours, douce image des siens,
Et nous semblons tous trois vivre de la même ame.
Ma Muse, à ces pensers, d'un feu nouveau s'enflamme;
Et si, pour prolonger mes rêves, mes transports,
J'essaie à les soumettre aux lois des saints accords,
C'est sous vos traits encor que m'apparaît la Muse.
Avec vous, sur les pas du chantre d'Aréthuse,
J'ose aussi m'égarer loin des sentiers connus,
Et tirer quelques sons des pipeaux ingénus;
C'est à vous qu'en secret mon timide génie
Vient demander la grâce et la molle harmonie;
C'est vous qui l'éclairez du feu de vos rayons,
Qui dans mes faibles mains remettez les crayons,
Et, comme avec candeur tu me l'as su bien dire:
« Vous conversez tous deux, et je ne fais qu'écrire. »

À une Fontaine.

O fons Blandusiæ, splendidior vitro !
O fontaine de Blandusie, plus transparente que le verre!
HORACE, liv. III, ode 13.

CHASTE nymphe de la fontaine,
Qui, du milieu de ces roseaux,
Epanches l'urne de tes eaux
De la colline dans la plaine;

Reçois ces agrestes trésors,
Cette simple et fraîche guirlande
Que ma main suspend en offrande
Aux rameaux courbés sur tes bords.

O Naïade chère à ma muse,
O toi dont les flots argentés
Rappellent les flots si vantés
De Blandusie et d'Aréthuse!

C'est toi qui, dans les feux du jour,
Au bruit de tes ondes plaintives,
M'offres sur l'herbe de ces rives
Long sommeil et songes d'amour.

Que j'aime aussi dans les prairies
Suivre les détours sinueux,
Laissant s'égarer avec eux
Et mes pas et mes rêveries!

Et quand le jour, sur les coteaux,
Lutte contre l'ombre incertaine,
Et que le pâtre dans la plaine
Ramène en chantant ses troupeaux ;

Fidèle à l'attrait qui me guide,
Je reviens, murmurant des vers,
Fouler encor les tapis verts
Qui bordent ta source limpide ;

Où souvent, en secret, le soir,
Se penche une vierge naïve,
Qui vient, rougissante et furtive,
Consulter ton discret miroir,

Un Rêve.

Où le mourir est calme et le vivre tranquille.

ANTONY DESCHAMPS.

POÈTE et malheureux, j'ai dû rêver souvent.
Eh ! qui jamais connut le bonheur qu'en rêvant ?
Mais si, libre, un beau jour, d'une chaîne importune ,
Et fixant sur mon seuil la volage fortune ,
Je puis réaliser quelque rêve charmant,
O Muses, devant vous j'en ai fait le serment !
Je veux qu'un cœur toujours bon, rempli d'indulgence ,
Me fasse pardonner ma modeste opulence ;
Que tous les compagnons de mon sort rigoureux
Ne retrouvent en moi qu'un frère plus heureux ,
Plus sensible à des maux qu'il a connus lui—même ;
Que leur bonheur à tous soit mon bonheur suprême ;
Qu'au sein de leur ami leur libre intimité
S'épanche, comme aux jours de notre adversité ;
Que, de moi seul éprise, et non de mes richesses,
Ma gentille Thérèse, aux naïves caresses ,
Me garde le trésor de son cœur ingénu.
Aussi, n'irai-je point, orgueilleux parvenu,
Aux regards éblouis de la foule surprise ,
De mon luxe insolent promener la sottise,
Tandis qu'un ami pauvre, en accusant les cieux,
Rougirait de me voir, et baisserait les yeux.
Je n'irai pas non plus, à flatter inhabile,
Tendre au joug des grandeurs une tête servile....

Non, non, je saurais mieux priser ma liberté,
Et mon cœur est trop plein de sa noble fierté.
Trop heureux mille fois d'échapper aux entraves
Dont la nécessité chargeait mes mains esclaves,
J'irais, j'irais aux champs, me choisir un séjour,
Loin des sots en faveur, loin des puissants du jour,
Loin du riche endurci que l'infortune offense,
Des lâches oppresseurs du faible sans défense,
Qui n'ont jamais souffert que par la vanité,
Et foulent à leurs pieds la sainte humanité.
Oui, s'il est sur la terre un pur et chaste asile,
Dans le fond des vallons quelque chaume tranquille,
Où leur triste regard n'ait jamais pénétré,
C'est là que je veux vivre et mourir ignoré.
Là je vole, entraînant ma compagne chérie,
Amante aussi des bois, des champs, de la prairie,
Et quelques cœurs sans fard formant toute ma cour,
Cultiver l'amitié, les Muses et l'amour.
Là, les vers, les chansons, l'allégresse commune,
Des banquets où le pauvre oublierait l'infortune,
Et les soins empressés, et les propos charmants,
Se viendraient tour à tour disputer nos moments.
Heureux, si chaque jour la jeune colonie
Pouvait croître en bonheur, en grâce, en harmonie,
Et si, de toutes parts, sous un règne si doux,
Joyeuse, elle voyait accourir près de nous
Ceux qui cherchent en vain, battus par la tempête,
Quelque lieu sur la terre où reposer leur tête !

L'Étranger.

« Heureux qui n'a point vu la fumée des fêtes de
« l'étranger, et qui ne s'est assis qu'aux festins de
« ses pères ! »

CHATEAUBRIAND.—Atala.

HEUREUX qui, près des vieux parents
Qui sourirent à sa naissance,
Près du berceau de son enfance,
Peut couler en paix tous ses ans !

Heureux, si la vaine espérance,
Si le besoin impérieux,
Ne chassent pas de lieux en lieux
Son aventureuse existence !

D'un secours long–temps mendié
Il ne subit point l'obligeance,
Ni les dédains de l'opulence,
Ni l'insulte de la pitié.

Il ne boit point jusqu'à la lie
Le calice de l'indigent,
Et le pain de l'ignominie
Ne se brise point sous sa dent.

Son ame reste vierge et fière ;
La vanité, l'ambition,
Ne courbent point sa tête altière
Sous le joug de l'opinion.

Assis à la table étrangère,
Seul, hélas ! et silencieux,
Il ne porte point sa misère
Au milieu du festin joyeux.

Il ne voit point l'apprêt des fêtes
Où jamais il n'est invité,
Ni les confidences secrètes
D'un bonheur qu'il n'a pas goûté.

Et si son cœur tendre et sensible
Cherche à s'épancher au dehors,
Partout un airain inflexible
Ne repousse point ses transports.

Son œil, plein de mélancolie ,
Ne redemande point au ciel
Le beau soleil de la patrie,
Les vallons, le toit paternel ,

Et la prairie et le bocage,
Où seul avec l'ami discret ,
Il lui contait le doux secret
Des premiers amours du jeune âge.

Jamais il ne serra la main
D'un ami traître et sacrilége ;
C'est le confident du collége
Qu'il presse encor contre son sein.

Il ne souffre point de l'absence,
Ni des infidèles amours ;
La compagne de son enfance
Est celle encor de ses vieux jours.

Jamais surtout la solitude,
Ne lui fit sentir ses horreurs,
Sa tourmentante inquiétude,
Ses soucis, ses vagues terreurs.

Mais, autour d'une longue table,
Il boit avec de bons voisins
Un vieux vin du crû délectable,
Et l'oubli de tous les chagrins.

Il voit le foyer domestique
Se couronner de ses enfants,
Et leur mère belle et pudique
Sourire à leurs jeux triomphants.

S'il rit, soudain les ris volages
Épanouissent tous les cœurs,
Et s'il pleure, d'autres visages
Se baignent aussi de ses pleurs.

Ainsi, tout pour lui dans la vie
Est peuplé, sensible, animé ;
A son bonheur tout s'associe ;
Il aime enfin, il est aimé.

Comme un fleuve aux riants rivages,
Qui ne réfléchit dans son cours
Qu'un ciel pur et de beaux ombrages,
Ainsi s'écoulent tous ses jours.

Et quand de son heure suprême
Vient l'avertir le Créateur,
Il se résigne, et la mort même
Ne lui sera pas sans douceur.

Son dernier regard voit encore
Des amis les larmes aux yeux ;
Il meurt.... et l'éternelle aurore
A brillé pour lui dans les cieux.

O ma jeunesse printanière,
Vous faut-il regretter toujours ?
O mon pays ! ô mes beaux jours !
O mon père ! ô ma tendre mère !

Heureux qui près des vieux parents
Qui sourirent à sa naissance,
Près du berceau de son enfance,
Peut couler en paix tous ses ans !

Invocation.

CHASTE vierge des cieux, ô Muse enchanteresse ,
Qui comme un beau printemps fis fleurir ma jeunesse,
Toi dont la voix ouvrit mon cœur à la pitié ,
Qui l'inspiras des feux de la tendre amitié,
Et qui m'as fait trouver la volupté suprême
Dans l'ineffable amour de cette autre moi-même ,
Simple, aimable, naïve et pure comme toi ;
Oh! laisse encor tomber un œil riant sur moi!
S'il est vrai que toujours ma main reconnaissante
Porta sur les autels une offrande innocente ,
Si, pour prix de mes soins, dans le secret des bois,
Tu daignas à mes vœux répondre quelquefois,
Il est un autre bien, un trésor plein de charmes,
Que nuit et jour encor te demandent mes larmes,
Don céleste et trop rare , inestimable bien ,
Saint trésor, sans lequel les autres ne sont rien!
La liberté.... l'essence et l'ame de la vie!
La liberté, qu'en vain partout j'ai poursuivie ,
Et dont le nom sacré vient, traversant les airs,
Résonner tristement sur le poids de mes fers!

La Nuit.

Déjà le lourd marteau de l'église gothique
A dix fois retenti sur le bruyant airain ;
Et, dix fois répété, le son mélancolique
Expire lentement dans un vague lointain.

Avec lui vient mourir le dernier bruit des villes ;
Tous les feux sont éteints, tous les chemins déserts,
Et le vaste silence, aux ailes immobiles,
Sur les toits des humains plane du haut des airs.

Entre deux noirs sommets des montagnes brumeuses
Le flambeau de la nuit se montre à l'horizon,
Et sa pâle clarté, chère aux ames rêveuses,
S'abaisse par degrés et blanchit le vallon.

Qu'il est beau, ce ciel pur! Qu'il est grand, ce silence !
Que cette solitude a pour moi de douceur!
Et, dans le calme heureux d'une oisive indolence,
Que j'aime à m'y livrer aux rêves de mon cœur !

Jeune encor, j'ai connu le néant de la vie,
Et le plaisir volage, et les longues douleurs,
Lorsqu'à nos yeux soudain l'illusion ravie,
S'enfuit, ne nous laissant que regrets et que pleurs.

Gloire, amour, amitié, courts et riants mensonges,
Qui de l'adolescence enchantez le sommeil,
Dans vos bras caressants, et bercé par vos songes,
Je m'étais endormi, sans songer au réveil.

Tel l'imprudent nocher, sur la foi des étoiles
Qui, d'un éclat trompeur, brillent dans un ciel pur,
Au souffle favorable abandonnant ses voiles,
Laisse flotter sa nef sur le liquide azur.

De l'Océan paisible effleurant la surface,
Il vogue, et ne voit point, à la proue attaché,
L'orage qui déjà sur sa tête s'amasse,
Et l'écueil menaçant sous les ondes caché.

Tel mon errant esquif a sombré sur la plage,
Sous un ciel ennemi, loin du natal séjour ;
Et, dans l'affreuse nuit de ce vaste naufrage,
Tout a péri pour moi.... tout, excepté l'amour !

Oui, ce rêve, dit-on, de tous le plus fragile,
L'amour seul est resté, consolant mes douleurs.
Dans son fidèle sein seul il m'ouvre un asile,
Et de sa douce main vient essuyer mes pleurs.

Par-delà tous ces monts qu'efface la nuit sombre,
Est un vallon paisible, abri délicieux,
Où croît timidement et s'élève dans l'ombre,
La vierge, le trésor que me gardaient les cieux.

Pure comme un rayon de l'aube matinale,
Fraîche comme un souris de la jeune saison,
A toutes les vertus sa candeur virginale
S'ouvre, comme aux zéphyrs la rose du vallon.

De modestes travaux, le soin de son vieux père,
Le souci d'un bienfait, occupent ses loisirs;
Ou quelquefois, pensive au foyer solitaire,
Elle étouffe en son cœur quelques tendres soupirs.

C'est là que, franchissant les temps et la distance,
Et libre enfin des fers qui me pèsent encor,
C'est là qu'avec ardeur tout entier je m'élance,
Que je voudrais fixer à jamais mon essor.

Là je retrouverais le port dans la tempête,
Et le calme des champs et leur air embaumé,
Un ciel d'or et d'azur au-dessus de ma tête,
Et, sous un humble toit, le bonheur d'être aimé.

C'est là peut-être aussi, qu'au milieu du silence,
Contemplant de la nuit l'astre mystérieux,
Elle rêve et gémit d'une trop longue absence,
Vers son ami lointain tournant aussi les yeux.

Les Muses.

A Mme FANNY E***.

O Muses, accourez, solitaires divines,
Amantes des ruisseaux, des grottes, des collines !
André CHÉNIER.—Élégies.

Vous voulez donc, Fanny, que mon cœur se refuse
A la douceur des chants, au culte de la Muse,
Et qu'avec complaisance il courbe sa fierté
Sous l'indomptable loi de la nécessité ?
Eh quoi ! vous, des beaux-arts, vous, la fidèle amante,
Vous que nos maux toujours trouvent compatissante,
Et qui m'avez offert cet accord enchanté
Des grâces de l'esprit jointes à la bonté ;
Vous voulez, sans égard pour mon destin funeste,
Ravir au malheureux le seul bien qui lui reste,
Le seul bien consolant, et qui de quelques fleurs
Parsème encor pour lui le sentier des douleurs !...
Ah ! sous le joug de fer qui flétrit ma jeunesse,
Absent de mes amours et pleurant leur ivresse,
N'accordant qu'avec peine à la tendre amitié
Quelque rare moment, encor trop envié,
Que ferais-je, ô Fanny, de cette triste vie ?
Dans les secrets tourments dont elle est poursuivie,
Qui m'en allégerait le pénible fardeau,
Si, guidé par l'éclat de l'immortel flambeau,
Je n'allais quelquefois, sur la double colline,
Me retremper aux eaux de la source divine ?

Oui, quand le noir poison de l'outrage récent
D'un impuissant courroux fait bouillonner mon sang,
Quand ces faquins, sonnant leur clinquant de richesse,
Ces honteux parvenus, haussés sur leur bassesse,
Sots, lâches et pervers, viennent tous à la fois
Sur mon cœur affaissé peser de tout leur poids,
Et qu'expiant les torts de l'amère infortune,
Je me débats en vain sous leur charge importune,
Souvent, vaincu, je cède, et, las de tant d'efforts,
Un sombre abattement succède à mes transports.
Je déteste la vie et l'astre qui l'éclaire,
Et, rongeant en grondant le frein de ma misère,
Le front chargé d'ennuis vers la terre incliné,
Je maudis, comme Job, le jour où je suis né.
Tout à coup..... je ne sais quelle flamme secrète,
Se glissant par degrés en mon ame inquiète,
Vient ranimer encor ses ressorts languissants ;
C'est la flamme sacrée, oui, déjà je la sens !
Et des Muses vers moi le cortége s'avance.
Elles viennent, Fanny, dans leur simple élégance,
Le sein demi-voilé, la grâce dans les yeux,
Et les bras enlacés, formant le chœur joyeux ;
Elles viennent chasser la sombre rêverie.
Détachant de son front la guirlande fleurie,
L'une en riant de moi s'approche, et doucement
M'entraîne vers ses sœurs à ce lien charmant.
Et moi, sous leur abri paisible et tutélaire,
Comme le jeune enfant sous l'aile de sa mère,
Je marche, je m'égare en d'innocents ébats.
De beaux songes bercé, partout je suis leurs pas,
Partout où me conduit leur caprice volage,
Au sommet des rochers, dans les bois, sur la plage,

Dans le profond secret de ces réduits sacrés
Que le regard mortel n'a jamais pénétrés.
Là, tranquille, je dors au penchant des collines ;
Là, sous l'ombrage frais, près des vierges divines,
Je revois accourir, avec de gais souris,
Et les Illusions, et les Rêves chéris.
Là, planant sur les monts, comme l'eau qui s'écoule
Des méchants à mes pieds je vois passer la foule ;
Là viennent expirer tous leurs traits envieux,
Et j'élève un front libre à la face des cieux.

Chant d'une Mère

au berceau de son fils.

BALLADE ALLEMANDE (*).

——

Le clair ruisseau de la montagne
Vers nous précipite son cours ;
Mais, loin de nous, dans la campagne,
Il fuit et s'égare toujours.
Sur nos têtes passe et repasse
Le nuage toujours mouvant ;
Il court au hasard dans l'espace,
Il court où l'emporte le vent.

Ainsi va la brume légère,
Et le ruisseau capricieux ;
Dors, mon enfant, près de ta mère,
Dors, mon enfant, ferme les yeux.

De sa bouche fraîche, embaumée,
Le printemps caresse la fleur :
« Éveille-toi, ma bien-aimée,
« Éveille-toi pour le bonheur ! »

(*) Le Salmigondis a publié cette ballade dans l'Homme vert, conte traduit de l'allemand sous le nom de Kauffmann.

Il dit, et la fleur virginale
S'épanouit légèrement,
Et dans sa robe nuptiale
S'offre aux baisers de son amant.

Ainsi la rose printanière
Entr'ouvre son sein gracieux.
Dors, mon enfant, près de ta mère,
Dors, mon enfant, ferme les yeux.

Mais, à l'Occident, vers la plage,
Quand le soleil quitte les cieux,
Comme lui, le printemps volage
Fait à la terre ses adieux.
Le vent glacé du soir se lève,
Et vient frapper la pauvre fleur ;
Et la pauvre fleur sur la grève
Tombe flétrie et sans couleur.

Ainsi meurt la fleur passagère,
L'amour du printemps et des cieux ;
Dors, mon enfant, près de ta mère,
Dors, mon enfant, ferme les yeux.

Ainsi chantait la jeune mère
A son enfant qu'elle endormait,
Et dans la solitude amère
Son cœur brisé se consumait.
Ce matin, son ami, près d'elle,
Jurait de l'aimer constamment ;
Le soir arrive, et l'infidèle
Avait oublié son serment.

Ainsi chaque voix mensongère,
Hélas! nous trompe à qui mieux mieux.
Dors, mon enfant, près de ta mère,
Dors, mon enfant, ferme les yeux!

Le Juste mourant.

A mon ami MAURICE, sur la mort de son père.

In memoriâ æternâ erit justus.
La mémoire du juste sera éternelle.

PSAUME 111.

VERS l'horizon lointain, aux bords du firmament,
Déjà l'astre du jour s'abaisse lentement.
Déjà de l'Occident il rougit la barrière,
Et, près de terminer sa brillante carrière,
Semble avec plus d'amour, de ses derniers rayons,
Caresser les coteaux, les plaines, les vallons,
Et jouir des bienfaits qu'il verse sur le monde.
Mais son disque, toujours plus incliné vers l'onde,
S'y plonge tout à coup, disparaît... et les yeux
Suivent les traces d'or qu'il laisse dans les cieux.

Ainsi, touchant enfin au terme du voyage,
Le juste sur la terre a marqué son passage :
Heureux d'avoir toujours, dans la foi de son cœur,
Suivi paisiblement les sentiers du Seigneur !
De pouvoir à ses fils, comme un saint témoignage,
Léguer de ses vertus l'immortel héritage,
Et de les voir, autour de son lit de douleurs,
Tristes et n'étouffant qu'avec peine leurs pleurs,

Dans ses yeux, sur sa bouche, épier en silence
Quelque vaine lueur de vie et d'espérance !
Pour la dernière fois, sur ces êtres chéris,
Il porte, en soupirant, ses regards attendris ;
Pour la dernière fois il les bénit encore.
C'est pour eux que sa voix, Dieu de bonté, t'implore ,
Qu'il réclame les dons, l'appui de cette main
Qui console la veuve et nourrit l'orphelin ;
Et, confiant pour eux dans ta grâce infinie,
Il résigne en tes bras son ame avec sa vie.
Il expire... ou plutôt, joint aux chœurs des élus,
Il voit luire ce jour qui ne finira plus.
Ainsi l'astre qui semble abandonner la terre,
Rayonne au même instant sur un autre hémisphère,
Et, brillant de jeunesse, hôte de nouveaux cieux,
Poursuit, en s'élevant, son essor glorieux.

Au Printemps.

Imité de Schiller.

Sois le bien-venu, beau Printemps,
Dans les vallons, dans la prairie !
Avec ta corbeille fleurie,
Sois le bien-venu dans nos champs !

Du haut de la céleste sphère,
Tu reviens, toujours gracieux,
De tes parfums délicieux
Tu reviens embaumer la terre.

Et, joyeuse, comme un amant
La terre en son giron t'accueille,
Et l'oiseau chante sous la feuille,
Et l'azur rit au firmament.

Viens aussi, d'une aile légère
Effleurant la rosée en pleurs,
Viens aussi m'apporter des fleurs,
Des fleurs pour ma jeune bergère.

A mes regards, dans ce séjour,
C'est toi qui l'offris douce et belle ;
C'est toi qui m'inspiras pour elle
Timide espoir et long amour.

Oh ! fais sur tes pas qu'elle vienne
S'égarer encor dans ces bois,
Et, pour te chanter, que sa voix
En tremblant s'unisse à la mienne !

Sois le bien-venu, beau Printemps,
Dans les vallons, dans la prairie !
Avec ta corbeille fleurie,
Sois le bien-venu dans nos champs !

Le Déjeûné.

A mon ami TERCY.

« J'AIME, j'aime surtout le repas du matin, »
   Disait le bon Jean–Jacque ; « Au plus pompeux festin
« J'ai toujours préféré, sous quelque chêne antique,
« Aux bords d'une onde claire, un déjeûné rustique,
« Quand le cœur d'un ami m'en fait gaîment les frais,
« Et qu'à mes yeux charmés il offre pour apprêts
« Le lait pur, les beaux fruits de l'automne vermeille,
« Et les dons de Cérès, et le miel de l'abeille ;
« Vrais mets de l'âge d'or, simples, délicieux,
« Qui valent l'ambroisie et le nectar des Dieux. »

Et moi, comme Jean–Jacque, ami du calme agreste,
Je souris à l'espoir de ce repas modeste
C'était jadis pour moi le repas des amours,
Souvenir enchanteur qui me revient toujours !
L'amitié bienveillante aujourd'hui m'y convie ;
L'amitié, saint trésor, doux charme de la vie,
Que garde aux malheureux l'indulgence du Ciel,
Et qui d'un cœur souffrant seul apaise le fiel.

Mais déjà le jour brille, et vers l'heureux asile
Au rendez–vous donné je cours d'un pas agile.
Là, sous un humble toit, loin d'un monde ennemi,
Le Ciel, en sa bonté, me gardait un ami,

Un cœur tel que le mien, simple, sans artifice,
D'un repos studieux faisant tout son délice,
Oublié de Plutus, mais chéri d'Apollon,
Et glanant avec moi, dans le sacré vallon,
De ces champêtres fleurs que l'indulgente Muse
Prodiguait sur les pas du chantre d'Aréthuse.
Là, de vers enchanté, de chimères nourri,
Entre le doux sommeil et l'auteur favori,
Il partage son temps dans une paix profonde,
Et, penché mollement sur sa nef vagabonde,
Bercé par l'amitié, la gloire et les amours,
Vers leur terme incertain il laisse aller ses jours.

Lève-toi, lève-toi ! déjà l'heure s'avance,
Et l'âtre étincelant n'attend que ta présence.
Mais non !... reste plongé dans tes rêves flatteurs ;
C'est moi de ta maison qui ferai les honneurs.
Oui, je veux aujourd'hui, d'une main libérale,
Moi-même te servir notre table frugale.
Tu me l'as dit cent fois, ami, je m'en souviens :
« Ici tout est à toi ; mes Lares sont les tiens ;
« Heureux si je pouvais te donner davantage ! »
Va, j'ai ton cœur ; je suis content de mon partage.

Vois, déjà par mes soins la table du festin
Se couvre proprement d'un blanc tissu de lin.
Vois ces abricots d'or, ces fraises, ces groseilles,
Comme avec art rangés dans de fraîches corbeilles,
Ils charment à la fois l'odorat et les yeux !
Je veux t'offrir aussi ce miel délicieux ;
Jamais le mont Hymète, au renom poétique,
N'en fournit de meilleur aux gourmets de l'Attique,

Et ce Gruyère exquis pour qui, dans un châlet,
Io même a donné le plus pur de son lait,
Et qui des monts Jura, la lointaine patrie,
Rappelle un souvenir en notre ame attendrie.

Mais trève à d'autres soins ! il en est temps, accours !
Ma main novice encore implore ton secours.
Viens, viens nous distiller la liqueur de la vie,
Cet inspirant Moka, qu'aux champs de l'Arabie
Mûrit pour le poète un ciel toujours serein.
Accours, l'onde déjà bouillonne dans l'airain,
Et demande à grand bruit la poussière odorante.
Moi, je vais cependant sur cette braise ardente
Placer le lait tout frais qu'avec son doux souris
Vient de nous apporter une agreste Phyllis ;
Tandis que, pratiquant les leçons de Delille,
Tu te surpasseras dans l'art si difficile
De préparer à point cette exquise liqueur,
Qui stimule la verve en égayant le cœur.

Comme on voit, sur un lac plus uni que la glace,
Et dont la brise à peine a ridé la surface,
Deux cygnes voyageurs, tantôt, d'un cours égal,
Sillonner lentement le limpide cristal,
Tantôt plonger dans l'onde, ou, rasant le rivage,
Chercher les mêmes fleurs, le même doux ombrage,
Et, confondant enfin leurs chants harmonieux,
Ensemble s'envoler à la voûte des cieux ;
Ainsi, tous deux enfants de la même patrie,
Tous deux nourris au sein d'une Muse chérie,
Et sur le même esquif rapides passagers,
Tantôt dans les vallons, les bois et les vergers,

Honneur du sol natal, amour du premier âge ,
Nous ramenons tous deux notre course volage ;
Et tantôt, plus hardis, nous osons dans les airs
Élever notre essor et porter nos concerts.

Oui, souvent, au sommet d'une montagne nue ,
Je crois te voir, l'œil fier et le front dans la nue ,
Du vaste firmament mesurant la hauteur,
Planer sur l'univers d'un vol dominateur ;
Puis, rabaissant ton aile au vallon solitaire,
Rêver à cet amour tout rempli de mystère,
Que, semblable à Jacob, quinze ans avant l'hymen ,
Pour une autre Rachel tu nourris dans ton sein.
Et moi, le cœur bercé des mêmes rêveries,
Je vais de près suivant ta trace en nos prairies ;
Un songe, un souvenir, m'offre aussi mille appas,
Et, ramassant les fleurs écloses sous tes pas,
J'en compose sans art ma modeste guirlande,
Dont la Muse des champs daigne agréer l'offrande,
Et qu'enlaçant pour elle avec de verts rameaux ,
Je suspends en trophée aux branches des ormeaux.

Mais, tandis qu'égarés sur les rives lointaines ,
Nous suivons au hasard nos courses incertaines ,
Quel bruit sourd au foyer nous rappelle soudain ?
Ah ! malheureux ! le lait a débordé l'airain,
Et, sans le prompt secours de ma main qu'il réclame,
L'espoir du déjeûné s'éteignait dans la flamme.
Respirons maintenant, dans leur suavité,
Les parfums du Moka par tes soins apprêté.
Je ne sais, mais j'y trouve un délice suprême.
Tout poète est gourmet, tu le disais toi-même ;

Et des Muses, d'ailleurs, quel ingrat nourrisson
Pourrait ne pas aimer l'enivrante boisson !
Je plains fort les anciens ; ils ne l'ont pas connue.
Ah ! mieux que Blandusie et que l'onde un peu crue
Que pour eux l'Hélicon versait de ses coteaux ,
Elle eût enflé leur veine, échauffé leurs cerveaux.
C'est la boisson des dieux, le nectar délectable
Que versait Ganymède à la céleste table ;
Et, bien que de la vive et belle Sévigné
Le goût capricieux l'ait, dit-on, dédaigné,
Que même elle ait médit de la liqueur divine,
Je la chante immortelle, aussi bien que Racine !

Muses, c'est avec vous, sous vos auspices saints,
Que l'amitié m'offrit le plus doux des festins ;
C'est avec vous encor, sous vos mêmes auspices,
Que l'amitié l'achève, ô déités propices !
Je vous vois près de lui, le souris dans les yeux,
Lui murmurer tout bas ces vers mélodieux
Qu'en secret quelquefois il aime à me redire,
Et dont les miens ne sont qu'un écho qui soupire,
Comme le dernier bruit du champêtre hautbois,
Expirant sur le soir dans le calme des bois.
Oh ! restez avec nous, célestes messagères !
Ou, tous deux emportés sur vos ailes légères ,
Revolons vers ces lieux de jeune souvenir,
Dont notre ame rêveuse aime à s'entretenir ;
Aux sources du Solvan, aux bords de la Vallière,
Sur les riants coteaux où fleurit Pannessière,
Et sous les saules verts des vallons du Jura,
Où jadis avec vous l'amour nous égara.
Que votre voix toujours enchante nos oreilles ;

Conservez sur nos fronts toujours fraîches, vermeilles,
Ces fleurs dont Quintigny couronne son printemps,
Et que ne flétrit point le souffle des autans.
Que votre souris chasse au loin toues alarmes.
Viennent, viennent souvent ces moments pleins de charmes
Où, par vous réunis, tous deux, chaque matin,
Gaîment nous entourions la table du festin !
Ah ! quelque jour aussi, quand nos belles absentes
Y viendront apporter leurs grâces séduisantes,
Muses, que pourra-t-il manquer à nos transports.....
Riches de tous les biens et comblés des trésors
Que l'amitié, l'amour et vos faveurs secrètes
Peuvent accumuler dans le cœur des poètes ?

Rachel et Jacob.

Servivit ergò Jacob pro Rachel septem annis ; et videbantur
illi pauci dies præ amoris magnitudine.

GENÈSE, chap. 29, v. 20.

Serviens septem annis aliis.

Idem, v. 30.

Rachel, objet sans prix, qu'un amoureux courage
Ne crut pas trop payer de quinze ans d'esclavage !

André CHÉNIER.—Élégies.

JEUNE fils d'Isaac, idole de ta mère,
Trop heureux fugitif, que, loin de Chanaan,
Dieu dérobant lui-même aux vengeances, d'un frère,
Conduisit par la main dans les vallons d'Harran !

Oh ! combien de ton sort j'enviai le partage,
Toi qui, dans la maison du fils de Bathuel,
Ne crus pas trop payer de quinze ans d'esclavage
L'ineffable bonheur de posséder Rachel !

Ah ! du moins, tu pouvais jouir de sa présence ;
Près d'elle tout entiers s'écoulaient tous tes jours ;
Et près d'elle, enchanté de joie et d'espérance,
Chaque instant te semblait trop rapide en son cours.

Dès que l'astre du jour, rougissant les montagnes,
Rappelait les pasteurs aux champêtres travaux,
A ses naissants rayons, dans les mêmes campagnes,
Ensemble vous guidiez vos paisibles troupeaux.

Vos voix se confondaient dans l'hymne matinale,
Pour bénir le Seigneur, votre aide, votre appui ;
Et vers son ciel d'azur votre ame virginale
Comme un parfum d'encens s'élevait jusqu'à lui.

Tu la pouvais servir, cette vierge céleste !
Esclave fortuné, tu vivais sous sa loi !
Tu préparais pour elle, et le repas agreste,
Et sous le tabernacle un siége près de toi !

A l'ombre des palmiers et du frais sycomore,
Tu redisais Rachel aux échos du vallon ;
Les palmiers agitaient leur feuillage sonore,
Et Rachel à ses chants mêlait aussi ton nom.

Avec elle, au désert, partout, dans les prairies,
Sur le sommet des monts, au penchant des coteaux,
Tu la guidais surtout vers les sources fleuries
Où les pasteurs d'Harran abreuvaient leurs troupeaux.

C'est là que, belle et douce et pleine de décence,
Pour la première fois elle charma tes yeux ;
Et toi, comme une sœur qu'on chérit dès l'enfance,
Tu courus l'embrasser, versant des pleurs joyeux.

C'est là qu'elle apparut, comme un divin message,
Comme un ange de paix pour le jeune exilé ;
Là naquit cet amour inconnu de notre âge,
Et qu'aucun autre amour n'a jamais égalé.

Le soir, quand le soleil d'une teinte dorée
Peignait à l'horizon les neiges du Liban,
A tes côtés encor ta Rachel adorée
Ramenait ses troupeaux sous le toit de Laban.

Les nuits même souvent, éclaircissant leur voile,
Multipliaient pour toi les délices du jour ;
Souvent l'heureux sommeil, comme une belle étoile,
L'offrit à tes regards dans un songe d'amour.

Tu la voyais aussi, sur l'échelle des anges,
Descendant avec eux des portiques sacrés,
Et, brillante de gloire en leurs saintes phalanges,
Avec eux remontant les sublimes degrés.

C'était Rachel enfin, qu'un instinct prophétique
Te montrait à travers la nuit des temps lointains,
Comme la fleur d'Éden, la rose symbolique,
D'où sortirait un jour le Sauveur des humains.

Près de la vierge aimée, ainsi de ton jeune âge,
Sous l'aile du Seigneur, se succédaient les jours.
Ah ! faut-il s'étonner si quinze ans d'esclavage
Te semblèrent si doux à porter et si courts !

Pour sa Fête.

Candidior semper, candidiorque veni.

Reviens, ô jour heureux ! reviens toujours plus beau,
toujours plus fortuné.

TIBULLE.—Élégies.

C'EST pour toi, ma Thérèse, oui, pour ta douce fête,
Que sourit ce ciel d'or au-dessus de ma tête,
Et que le soleil semble en sa course arrêté,
Nous rendre en ce beau jour les feux de son été ;
Pour toi, qu'à ses rayons, la pâlissante Automne
Des roses du printemps rajeunit sa couronne,
Et soulève à demi le voile de vapeurs
Qui déjà de son front effaçait les couleurs.
Et moi, sur cette rive à tes pas inconnue,
Je viens de l'heureux jour fêter la bienvenue ;
Je viens goûter en paix ses parfums, son air pur,
Les yeux tantôt fixés sur la voûte d'azur,
Et tantôt sur la terre, où, soudain ranimée,
La fleur rouvre au soleil sa corolle embaumée.
Puis aussi je rappelle avec un tendre émoi
Celle qui dans l'absence est toujours avec moi,
Plus charmante à mes yeux, de mon cœur plus chérie,
Que la rose et le ciel dans la saison fleurie ;
Et je me sens renaître avec elle aux beaux jours,
Aux jours si regrettés de nos premiers amours.

Mais, dis-moi, quand viendra ce temps plein de délices,
Où, réunis enfin sous de meilleurs auspices,

Du bonheur de te voir toujours plus enivré,
Dans tes bras, sur ton sein, tout à l'amour livré,
J'expierai les ennuis d'une trop longue absence ?
Où, rassemblant en nous toute notre existence,
Comme aux jours de l'Éden, chaque nouveau soleil
A nos regards charmés reviendra plus vermeil ?...
Au printemps, avec toi, sur la molle verdure,
Saluant le réveil de la jeune nature,
Et sur ton front naïf, parmi tes cheveux blonds,
Mêlant le frais émail de la fleur des vallons ;
Avec toi, dans l'ardeur de la saison brûlante,
Cherchant l'ombre secrète et l'onde ruisselante,
Ou, le soir, essayant, dans le calme des bois,
Quelques champêtres airs modulés sur ta voix ;
Avec toi, sur les pas de l'automne vermeille,
Recueillant les fruits d'or tombés de sa corbeille...
Puis lorsque, couronné de neige et de frimas,
Le sombre hiver viendrait attrister nos climats,
Bravant près du foyer sa rigueur impuissante,
Tandis que, sous tes doigts, l'aiguille obéissante,
Dans un cadre animé des plus vives couleurs,
Me rendrait du printemps la verdure et les fleurs,
Moi, par des chants d'amour charmant la longue veille,
J'irais te murmurant quelques vers à l'oreille;
Je te verrais sourire à ma Muse sans fard ;
Et ce souris céleste, un soupir, un regard,
Quelque baiser ravi sans trop de résistance,
Du poète-amoureux seraient la récompense.

A M. Émile Deschamps.

Sous le ciel azuré de la molle Touraine,
Au bord des clairs ruisseaux où, seul, j'aime à rêver
Sans soins, sans autre loi que l'instinct qui m'entraîne,
ÉMILE, tes beaux vers me sont venus trouver.....

Plus doux que le parfum du thym, des violettes,
Dont au printemps joyeux les bois sont diaprés ;
Plus frais, plus souriants à l'œil que les veuillettes (*),
Dernières fleurs des champs, dernier émail des prés.

La brise modulait leur docte symphonie,
Et les oiseaux chantants, tout le long des hameaux,
En portaient devant moi la suave harmonie
De buissons en buissons, de rameaux en rameaux.

Puis, quand le jour tomba, sur des nuages roses
Je les vis se poser, sylphes aux ailes d'or,
Et, parmi les concerts, les fleurs du ciel décloses,
Jusqu'au trône de Dieu suivre leur vague essor.

(*) Nom vulgaire du Colchique.

A mon ami Tercy.

Égaré tristement aux rives de la Loire,
Et de ton nom chéri rappelant la mémoire,
Tendre ami, c'est pour toi qu'au murmure des eaux,
Je cherche, tout rêveur, quelques accords nouveaux.
Ma Muse est ton ouvrage et te doit ses prémices.
Humble fille des champs, simple, sans artifices,
Elle te plut ; ta voix daigna l'encourager ;
Tu lui redis les airs de ton pipeau léger ;
Docile, elle y prêtait une oreille attentive,
Puis bientôt l'approcha de sa bouche naïve,
Et déjà, faible écho de tes doctes chansons,
Elle ose, moins timide, en tirer quelques sons,
Comme le jeune enfant qui, d'une voix novice,
S'essaie à bégayer les chants de sa nourrice.

Ainsi, toujours fidèle à ton cher souvenir,
C'est près de toi toujours qu'elle aime à revenir :
Veuille encor lui sourire et lui donner asile ;
Des champs de la Touraine où mon destin l'exile,
Elle vient, ingénue, avec ses doux présents
T'apporter d'un ami les vœux reconnaissants.
Dis-lui si la douleur te laisse quelque trêve,
Et quel délire heureux l'endort dans un beau rêve ;
Quelle charmante amie, assise à tes côtés,
Sait, par de tendres soins et des mots enchantés,
Répandre sur ton mal ce suave dictame,
Ce baume que Dieu mit dans le cœur de la femme ;

Quelle sagesse enfin, don si rare du ciel,
Te résigne à souffrir sans plaintes et sans fiel,
A vivre loin des fleurs, de la fraîche verdure,
Loin des riants tableaux qu'étale la nature,
Toi dont l'ame est si bien faite pour les goûter,
Et dont la voix toujours se plut à les chanter.
Ah ! bientôt puisses-tu me ramener toi-même
Au sein des bois ombreux, dans les vallons que j'aime,
Et des matins dorés contemplant le réveil,
T'épanouir encore aux feux d'un beau soleil !
Puis, sans soins nous irions, sans chagrin qui nous pèse,
Suivi de nos amours, de Fanny, de Thérèse,
(Car ma Thérèse est bonne ainsi que ta Fanny),
Livrer aux gais ébats notre cœur rajeuni,
Et, sous le ciel natal, avec reconnaissance,
Chanter l'hymne joyeux, l'hymne de renaissance !

Le Retour.

Voyez-vous, comme un trait, du sommet des montagnes
S'élancer le jeune homme ardent, impétueux ?
Comme ses pieds légers à peine des campagnes
    Rasent le sol poudreux ?

Plus prompt que la pensée, il dévore l'espace.
Libre enfin, jetant loin les fers de sa prison,
Il vole... et d'un regard son œil brûlant embrasse
    Tout l'immense horizon.

Pourquoi cette sueur qui baigne son visage ?
Et ses cheveux sans ordre au gré des vents épars ?
Où bondissent ses pas ? que cherchent sur la plage
    Ses avides regards ?

La voyez-vous là-bas s'avancer dans la plaine,
Cette vierge au front pur, au souris gracieux ?
Elle marche en tremblant, inquiète, incertaine ,
    Portant au loin les yeux.

Mais le bouillant jeune homme a vu celle qu'il aime...
Il l'a vue, et déjà, précipitant son pas,
Il l'atteint, éperdu, ravi, hors de lui-même....
    Elle est entre ses bras !

Elle est entre ses bras, la vierge évanouie !
Et ses bras enlacés la pressent sur son cœur,
Et ses ardents baisers la rendent à la vie,
       Et la vie au bonheur !

Elle rouvre les yeux, et lui rit, et soupire ;
Il voit son front charmant s'appuyer sur son sein ;
Dans sa main frémissante il sent avec délire
       Trembler sa blanche main.

Puis tous deux, mariant leur chaste confidence,
S'enchantent au récit de leurs peines d'amour,
Et cinq ans écoulés, cinq ans d'amère absence,
       S'effacent en un jour.

Encore un Jour.

« Pourquoi veux-tu quitter ton amante chérie ?
« N'es-tu pas bien près d'elle ? Oh ! reste, je te prie,
« Un jour, encore un jour !... » Elle dit, et sur moi
Attache un œil humide avec un tendre émoi,
Puis se jette en mes bras, pâle et tout en alarmes,
Et cache dans mon sein sa tête avec ses larmes.
Et moi, contre mon sein troublé de ses douleurs,
Je la pressais, mêlant mes pleurs avec ses pleurs,
Et, d'une voix émue : — « Un jour, ô mon amie !
« Ah ! je veux avec toi rester toute ma vie ! »
A ces mots, relevant un front tranquille et pur,
Joyeuse elle m'embrasse, et dans son œil d'azur,
Et sur sa bouche rose, un souris plein de charmes,
Comme un rapide éclair brille à travers les larmes.
Jamais elle ne fut si belle qu'en ce jour,
Et jamais n'enivra mon cœur de plus d'amour.

La Solitude.

A mon ami TERCY.

QUAND, descendu sans bruit des montagnes plus sombres,
Le pâle crépuscule étend ses fraîches ombres,
Et que les derniers traits d'un jour faible, incertain,
Expirent dans le vague à l'horizon lointain ;
A cette heure où la nuit, compagne du mystère,
Dans un calme profond enveloppe la terre ;
La seule Philomèle, au sein des bois déserts,
Elève tout à coup d'harmonieux concerts,
Les plus beaux que jamais l'oreille puisse entendre.
La nature, attentive, à ce chant vif et tendre,
Du sommeil commencé s'éveille doucement,
Et le silence écoute avec ravissement.

Du héraut du printemps je n'ai point le ramage ;
Mais, comme lui, des bois j'aime avant tout l'ombrage ,
Et, le soir, retiré dans leur secret réduit,
Je me plais à chanter loin du monde et du bruit.
C'est là que vient la Muse, à mes accords sensible ,
M'apparaître, et descendre en mon ame paisible.
Là, tout ce qui charma le printemps de mes jours,
Les jeunes amitiés, les premières amours,
L'antique attrait des champs et de la solitude,
Tout nourrit à son gré ma vague inquiétude,
Et, réveillant en moi mille pensers divers,
M'attendrit et m'anime et m'inspire des vers.

Et tu veux qu'aujourd'hui, d'une ardeur téméraire,
Abandonnant les bois et l'ombre tutélaire,
J'aille au sein des cités, sous un ciel inconnu,
Forcer les sons naïfs de mon luth ingénu ?
Je l'essaierais en vain. Content de ma fortune,
J'abdique les honneurs d'une gloire importune.
A la molle incurie, aux rêves nonchalants
Je livrai tout mon cœur dès mes plus jeunes ans,
Et je veux que, fidèle à ses premiers mensonges,
Jusqu'au dernier soupir il se berce de songes.
Est-il rien de plus doux ?.. Ainsi, que vingt rivaux,
Consumant leur génie en d'illustres travaux,
Osent, le cœur enflé d'une jalouse audace,
Se disputer la palme au sommet du Parnasse ;
Je porte peu d'envie à leur front radieux.
L'humble fleur du vallon est plus belle à mes yeux,
Surtout lorsque l'amour en couronne ma tête,
L'amour, secret tourment de mon ame inquiète....
Et pourquoi l'opposer à ces simples penchants,
Toi qui leur dois aussi tes plaisirs et tes chants ,
Toi qui sus m'inspirer, plein d'une aimable ivresse,
Avec le goût des vers le goût de la paresse ?
Penses-tu que mon cœur en jouit moins que toi ?
Par des préceptes vains crois-tu détruire en moi
Le charme décevant où ton ame se livre ?
Ah ! mieux que tes leçons j'ai ton exemple à suivre.

Laisse-moi donc toujours à tes pas m'attacher ;
Sous l'ombrage avec toi laisse-moi me cacher ;
Et tous deux, indulgents à notre bon génie,
Allons vivre au désert de miel et d'harmonie.

Si d'un peuple enivré les éclatants bravos
Ne portent point au ciel nos modestes travaux,
Du critique envieux nous ignorons l'injure ;
La brise à nos chansons répond par son murmure,
Et, comme Philomèle aux nocturnes concerts,
N'avons-nous point pour juge et pour prix de nos airs,
La nature, les dieux amis de la campagne,
Et les yeux caressants d'une douce compagne ?

Le Vague.

Le ciel est azuré, la campagne est charmante,
L'onde pure... les fleurs brillent de pourpre et d'or ;
Sous l'ombrage avec moi repose mon amante,
    Et pourtant je soupire encor !

Penché sur le cristal de l'onde fugitive,
J'aime à suivre en rêvant ses contours gracieux ;
Puis soudain je me trouble... une larme furtive
    Tombe malgré moi de mes yeux.

Ah ! du moins qu'un souris de tes lèvres mi-closes,
Qu'un baiser de l'amour m'élève encore au ciel !
Tes souris sont plus doux que le parfum des roses,
    Tes baisers plus doux que le miel.

Aux Muses.

Venez, Muses, à moi, venez me consoler !
Par de nouveaux ennuis je me sens accabler ;
Venez, Muses ! je souffre… Insensés que nous sommes !
Nous en croyons toujours les promesses des hommes,
Et les cruels toujours abusent notre espoir.
Ils m'ont encor trompé ; je l'aurais dû prévoir.
Mais l'ardente jeunesse est facile et légère,
Et l'on croit volontiers à tout ce qu'on espère.
Ainsi donc, éloignant tout présage fâcheux,
Et détachant du bord mon esquif paresseux,
Aux inconstants zéphyrs, sur l'océan du monde,
Je livrai de nouveau ma voile vagabonde.
Mais bientôt, vain jouet du perfide élément,
Par l'orage battu, j'échouai tristement
Sur le seuil des palais, plage inhospitalière.
Leurs hôtes savent-ils comprendre une ame fière ?
Et moi, pouvais-je aussi, démentant vos honneurs,
Prostituer ma plume à leurs dons suborneurs ?
Oh non ! j'ai mieux aimé dans un modeste asile
Revenir avec vous vivre pauvre et tranquille,
Avec vous retiré sous les feuillages verts,
M'entourer de leur ombre et de vos saints concerts.

Me voici dans le port… Serai-je moins volage ?
J'en ai fait vœu du moins, et le malheur rend sage.
O Vierges, mes amours, au pied de votre autel
J'en renouvelle encor le serment solennel.

A vos soins désormais, Muses, je me confie ;
Je remets en vos mains et mon cœur et ma vie ;
Seules disposez-en selon votre plaisir ;
Soyez tout mon espoir, mon bien et mon désir,
Et sur vos lacs d'azur, par un souffle fidèle,
Seules venez guider ma paisible nacelle.
Ah ! lorsque, loin, bien loin des regards envieux,
Vous allumez en moi le feu sacré des cieux,
Vous savez si jamais mes plaintes indiscrètes
Ont troublé le repos de vos belles retraites ;
Si la soif d'un vil gain, si l'appât des grandeurs,
Ont été près de vous l'objet de mes ardeurs.
Loin de moi leur misère !.. Ah ! je la laisse en proie
Aux êtres assez vains pour y trouver leur joie.
Ils ignorent le prix de vos transports si doux.
Mais moi, que viens-je encor solliciter de vous,
Sinon la paix des champs dans le calme de l'ame,
Quelque secret rayon de la divine flamme,
L'accueil de l'amitié, le souris d'un beau jour,
Une vierge aux yeux bleus qui sente mon amour,
Et quelquefois aussi le sommeil sous l'ombrage ?
Ce sont là vos trésors... que faut-il davantage ?

Un Tableau du Poussin.

Ludimus, intereà celeri nos ludimur horâ.
Nous jouons, vains jouets nous-mêmes de l'heure rapide.

Le soleil, au matin, dissipait les ténèbres,
Et splendide et vermeil s'avançait dans les cieux.
Soudain l'astre pâlit... et des vapeurs funèbres
Couvrent l'éclat naissant du disque radieux.

Jeunes filles du Temps, dans les airs balancées,
Les Heures entouraient le char du Dieu du jour,
Et, le front souriant, les mains entrelacées,
Abaissaient sur la terre un regard plein d'amour.

Les Zéphyrs printaniers voltigaient sur leur trace ;
Mais de ses flancs déjà le nuage ennemi
Les presse, les entoure ; et leur front plein de grâce
Sous le voile brumeux disparaît à demi.

Des vierges dans la plaine ont devancé l'aurore,
Formant sur le gazon des chœurs harmonieux ;
Le frais émail des prés sous leurs pas semble éclore,
Et la folâtre joie étincelle en leurs yeux.

Assis près d'une tombe, aux accords de la lyre,
Le Temps conduit les chœurs de l'essaim ingénu ;
Mais il compte leurs pas, et son malin sourire
Au milieu des plaisirs jette un trouble inconnu.

Un bel enfant créait, au gré de son caprice,
Mille globes semés de pourpre et de saphir :
Il admirait l'éclat de leur frêle édifice,
Et, d'un souffle léger, les livrait au zéphyr.

Mais son œil n'a suivi qu'un fantôme, un vain leurre,
Et dans les airs bientôt il les voit s'exhaler ;
Tandis qu'un autre enfant, se jouant avec l'heure,
Au fond d'un sablier la regarde couler.

Ainsi, joignant la grâce à la mélancolie,
Un émule d'Appelle, un moderne Xeuxis,
A peint dans ce tableau l'image de la vie,
Et nos plaisirs d'un jour mêlés de longs ennuis.

La Liberté.

Libertas! quæ sera tamen respexit inertem....

VIRGILE. — Églogue 1.re

JE suis donc libre enfin comme l'air que j'aspire,
Libre au milieu des champs qui semblent me sourire,
Libre comme l'essaim de ces filles du ciel,
Qui partout sur les fleurs vont butinant leur miel !
Et moi, je vole aussi, d'une ardeur enfantine,
De vallons en vallons, de colline en colline ;
Et, joyeux de chanter l'aurore à son réveil,
De m'élancer encor vers ce brillant soleil,
Je viens redemander aux bois, à la verdure,
Ces innocents transports, cette volupté pure,
Qui jadis enchantaient le printemps de mes jours,
Et que d'un vain regret j'ai poursuivis toujours.

Oh ! combien j'aime ici, dans cette paix profonde,
Rêver encore au bruit de la brise et de l'onde !
Qu'il est doux à mon cœur le spectacle des champs !
Qu'il y vient éveiller de souvenirs touchants !
Ah ! c'est là que j'ai vu, sous un ciel sans orage,
Gaîment s'épanouir la fleur de mon jeune âge.
Là s'épanchait mon ame au sein de l'amitié ;
Dans un vallon chéri, là, du monde oublié,

Des premières amours j'ai connu les délices,
Et la Muse reçut mes premiers sacrifices.
Oui, souvent, seul, le soir, égaré dans les bois,
Il me semblait ouïr d'harmonieuses voix
Qui parlaient une langue aux mortels inconnue ;
Et moi, je recueillais dans mon ame ingénue
Tous les sons fugitifs des célestes concerts,
Et j'allais, tout songeur, murmurant quelques vers.
Ah ! si ce temps heureux pouvait encor renaître !
Si la Muse parfois revenait m'apparaître,
Belle, les yeux riants, le front pur, et sa main
Gracieuse semant des fleurs sur mon chemin,
Comme aux jours parfumés de mon adolescence !
Ah ! si... mais, ô charmante et trop folle espérance !
J'ai dû, trop jeune encore, abandonner les champs.
Jeté, faible victime, au milieu des méchants,
Ils ont, comme un roseau, brisé le cœur trop tendre,
Le cœur sensible et fier qu'ils ne pouvaient comprendre,
Et, sous leurs coups affreux, j'ai senti par degré
De l'inspiration mourir le feu sacré.
La liberté, trop tard, hélas ! revient sourire
A l'amant qui l'implore ; et, comme au vieux Tityre,
A peine s'il me reste encore un peu de voix
Pour chanter ses bienfaits à l'ombre de nos bois.

Oh ! qu'à mes vœux du moins elle ouvre un chaste asile,
Où je vive inconnu désormais et tranquille,
Quelque chaume lointain au milieu des déserts,
Avec un frais ruisseau qui serpente au travers.
Là, puissé-je oublier de cruelles injures !
Dans mon sein rafraîchi puisse sur mes blessures

L'aspect des champs, des prés, des bois couverts de fleurs,
Verser ce baume pur qui calme les douleurs !
Que l'ami qui m'est cher, que celle que j'adore,
Achèvent d'y guérir ce cœur qui saigne encore.
Auprès d'elle, avec lui, que me faut-il de plus ?
Ah ! seuls ils me rendront les biens que j'ai perdus,
Quand, leurs mains dans la mienne en silence pressées,
Et le cœur tout ému de leurs mêmes pensées,
Je bénirai le Ciel d'avoir, dans sa pitié,
Créé pour nous l'amour et la sainte amitié.

Regrets.

AINSI, comme un éclair, comme un rapide songe,
Les jours de mon bonheur se sont évanouis ;
L'abîme s'est rouvert, et mon cœur se replonge
Dans un gouffre sans fond de tristesse et d'ennuis.

Hélas ! cinq ans entiers avaient passé loin d'elle ;
A peine huit soleils éclairaient mon retour ;
Et déjà du départ sonne l'heure cruelle,
Et le cri des adieux succède aux chants d'amour.

Tel, rentré dans le port après un long voyage,
Le nocher croit braver l'inclémence des mers ;
Tranquille il s'y repose ; et tout à coup l'orage
Le rejette en furie au sein des flots amers.

O beaux lieux que ravit sa grâce souveraine,
Prés fleuris, verts côteaux et bois mélodieux,
C'en est fait ! loin de vous le sort jaloux m'entraîne,
Et mes yeux en pleurant vous ont fait leurs adieux.

J'ai fui, désespéré jusques au fond de l'ame,
Comme les deux bannis du bienheureux séjour,
Quand l'Archange vengeur, de son glaive de flamme,
Leur interdit l'Éden sans espoir de retour.

Ah ! ce qu'offrait l'Éden de volupté suprême,
Saint trésor, charme exquis d'un amour mutuel,
J'en jouissais alors près de celle que j'aime,
Et mon cœur satisfait n'enviait rien au ciel.

Eh ! que pouvait encor souhaiter mon délire,
Quand, sur mon sein ému la faisant reposer,
Je voyais son souris répondre à mon sourire,
Et sa bouche voler au devant du baiser ?

Quand je sentais en moi ses naïves caresses
Doucement enlever les traces du malheur,
Comme les philtres d'or de ces enchanteresses,
Qui d'un charme magique endorment la douleur ?

Voyez la fleur des champs, pâle et demi-brisée,
Ranimer sa corolle à la brise du soir !
Ainsi sa voix touchante, en mon ame épuisée,
Ramenait la fraîcheur, et le calme et l'espoir.

Pleurs de rage, arrachés par l'injustice amère,
Chagrins, soucis rongeurs, tout était effacé.
Il semblait qu'une main propice à ma misère,
Sur mes yeux étendît le voile du passé.

Le soleil printanier de mon adolescence
Dans toute sa splendeur rayonnant sur mes jours,
Les inondait encor de joie et d'innocence,
Et de l'enchantement des premières amours.

Sentir sa blanche main tressaillir dans la mienne,
Épier un regard dans ses yeux adorés,
Respirer les parfums de sa suave haleine,
Et rouler dans mes doigts ses longs cheveux dorés ;

Voilà les plaisirs purs dont mon ame ravie
S'enivrait à longs traits près de l'objet aimé.
Là, je puisais encore, aux sources de la vie,
Un bonheur qui pour moi ne semblait plus formé.

Là d'un égal amour les flammes fortunées
Dans leur foyer brûlant consumeraient nos cœurs,
Et nous verrions les jours, les mois et les années,
Passer comme un matin de la saison des fleurs.

Et quand, du même trait déliant notre trame,
L'Archange de la mort nous viendrait réclamer,
Tous deux, dans un soupir exhalant la même ame,
Nous monterions aux cieux pour toujours nous aimer ! ...

Oui... tels sont les projets des enfants de la terre !
Ils se bercent ainsi dans leurs songes trompeurs,
Et marchent orgueilleux d'une vaine chimère,
Dont un souffle d'en haut dissipe les vapeurs.

Tel j'ai vu d'un beau jour éclore les prémices,
Et la profonde nuit l'enveloppe soudain ;
Mes lèvres ont touché la coupe des délices,
Et la coupe encor pleine échappe de ma main.

Ah ! sur l'aile des vents que ne puis-je, auprès d'elle,
D'un vol impétueux reporter mon essor !
Et, joyeux messager de paix, d'amour fidèle,
A ses regards ravis me présenter encor !

Que ne puis-je, aux dépens d'une vie abhorrée,
Racheter un seul jour de mon bonheur passé !
Goûter un jour encor sa présence adorée,
Et mourir, dans ses bras et sur son cœur pressé !

Le Pécule.

L'ESCLAVE infortuné ne porte pas toujours
Le fardeau du travail, la fatigue des jours.
Si d'un maître exigeant la favorable absence
Lui permet à regret quelque faible allégeance,
Il en jouit d'un cœur nonchalant et léger,
Et chante avec transport son bonheur passager.
Ou, quand l'ombre des nuits, s'étendant plus obscure,
Lui vient porter l'oubli des peines qu'il endure,
Dans son réduit étroit il compte avec amour
Son pécule grossi de l'épargne du jour,
Ce pécule sacré qui doit briser sa chaîne;
Et s'endort, en rêvant la liberté prochaine.

Tel un penser flatteur, un songe, un souvenir,
Ou l'espoir consolant d'un meilleur avenir,
Vient parfois m'adoucir le joug de l'esclavage.
Les Muses aussitôt de leur secret bocage
Reviennent, l'œil riant, les mains pleines de fleurs,
De leurs illusions caresser mes douleurs ;
Et leur voix me redit, mélancolique et douce,
Les chants qui me berçaient autrefois sur la mousse,
Lorsque au bord des ruisseaux, à l'abri du soleil,
Je goûtais sous l'ombrage un paisible sommeil.
Tout souriait alors à mon ame naïve,
Une fleur fraîche éclose, une onde fugitive,
Le rameau dans les airs balancé mollement,
Des brises du matin le doux frémissement,

Le jeune astre du jour levé sur la montagne,
Ou la vierge rêveuse errant dans la campagne....
Tout me parlait amour, bonheur, joie et plaisirs ;
Tout réveillait en moi mille nouveaux désirs ;
Je contemplais le ciel avec reconnaissance,
Et, d'un cœur satisfait, je portais l'existence.
Jours trop vîte écoulés, jours de cher souvenir,
Et dont seul en secret j'aime à m'entretenir !
Heureux ! en ces instants de liberté trop rare,
Quand livré tout entier au charme qui m'égare,
Je puis encore, ému, troublé des saints transports,
De quelque Muse amie écouter les accords,
Et redire aux échos leur touchante merveille !
Alors, à travers champs, je vais comme l'abeille,
De vallons en vallons, d'un vol capricieux,
Puiser sur chaque fleur un miel délicieux,
Qu'avec soin je recueille en mon humble cellule.
Cher trésor, mon seul bien, mon unique pécule,
Doux fruit de mes travaux amassé lentement,
Où mon cœur met sa joie et son contentement,
Chaque jour je te compte avec plus de délices !
Par toi j'espère encore en des dieux plus propices ;
C'est par toi qu'échappant un jour à ma prison,
Et d'un œil libre et fier embrassant l'horizon,
J'irai sous d'autres cieux respirer plus à l'aise,
Et, désormais tranquille auprès de ma Thérèse,
Entre le frais sommeil, les vers et les amours,
Dans la paix des hameaux laisser couler mes jours.

A la Lyre.

. . . . . O laborum
Dulce lenimen !. . . . .
O doux allégement de mes travaux !

HORACE.

O LYRE, dont les sons éveillent le génie,
Dans un heureux loisir, si j'osai quelquefois
Essayer à l'écart ta divine harmonie,
     Sous l'ombre flottante des bois !

Viens consoler l'ennui de mon cœur solitaire,
Lyre d'Anacréon, toi qui, d'un ton si pur,
Résonnais sous les doigts de l'amant de Glycère,
     Dans les frais bosquets de Tibur !

Quand joyeux il chantait la Muse et son ivresse,
Et la nymphe surprise en son antre caché,
Et Bacchus, et Cypris, et Cupidon sans cesse
     Aux pas de sa mère attaché !

O Lyre, mes amours, sainte et douce merveille,
Charme de tous mes maux, Lyre, présent des cieux !
Viens m'inspirer encore, et ravir mon oreille
     A tes accords mélodieux !

Bagnolet,

A BÉRANGER.

> Ah ! donnez, donnez, s'il vous plaît,
> A l'aveugle de Bagnolet.
> BÉRANGER.—L'aveugle de Bagnolet.

Il est un lieu charmant où ma Muse se plaît,
Qu'elle préfère à tout... Ce lieu, c'est Bagnolet.
Je ne sais quel penchant vers lui toujours m'attire.
Et pourtant il n'est point de vierge au doux sourire,
Qui m'attende, inquiète, au rendez-vous donné ;
Point d'amis qui, le front de lierre couronné,
Et le verre à la main, fêtent ma bien-venue,
Comme aux jours de jeunesse et d'amour ingénue,
Alors que de nos chants, de nos cris redoublés,
Les échos du Jura frémissaient, ébranlés.
Les amis ne sont plus... la patrie est absente,
Et ce n'est plus pour moi que la vierge innocente
Garde le regard tendre et le baiser secret.
Mais de ces jours heureux, seuls dignes de regret,
Ce beau lieu du moins m'offre image et souvenance.
Comme le frais vallon où coula mon enfance,
Entre deux verts coteaux, sous des arbres épars,
Il semble se cacher aux profanes regards ;
Et lorsque, à pas rêveurs traversant la colline,
J'entends tinter dans l'air sa clochette argentine,
Qu'à travers les lilas et les hauts peupliers,
J'entrevois ses jardins, ses toits hospitaliers,

Et que, d'un souffle pur, la brise matinale
M'apporte les parfums de la fleur virginale,
Je crois revoir encor mon pays bien-aimé,
Et goûter la senteur de son air embaumé,
Quand, devançant le jour sur le mont solitaire,
J'allais poursuivre au loin quelque folle chimère,
Et qu'à mes yeux l'aurore et le matin nouveau
Se réveillaient, au bruit des cloches du hameau.
Ainsi, le cœur ému d'une joie enfantine,
Par un secret sentier tout bordé d'aubépine
Et de moi seul connu, j'arrive, ô Bagnolet,
Sur ta molle pelouse où croît le serpolet,
Où la chèvre bondit, où la génisse meugle.
Béranger sur son luth a chanté ton aveugle,
Soldat de Marengo, contant ses vieux exploits
Au jeune laboureur qui tressaille à sa voix.
Il a dit le bonheur des agrestes familles,
Les amours du hameau, les grâces de tes filles,
Qui, tandis que l'aveugle entonne un gai refrain,
Dansent sous la coudraie au son du tambourin.
Moi, je voudrais aussi chanter tes ondes fraîches,
Et tes buissons de rose, et tes bosquets de pêches ;
Cédant à cet instinct qui, par mille détours,
En ton riant vallon me ramène toujours,
Comme l'humble ruisseau qui, joyeux, sur les rives,
De bocage en bocage égare ses eaux vives.
Mais ma voix est trop faible, et pour ses favoris
La Muse a réservé sa grâce et son souris.
Loin de moi tout à coup la brillante Immortelle
Prend son vol, et retourne, à ses amours fidèle,
Vers le modeste asile où l'attend Béranger,
Et près de lui s'arrête, et sur son luth léger

Prélude en se jouant, et fait vibrer encore,
Sur tous les tons divers de la corde sonore,
Ces beaux chants, de l'envie et des siècles vainqueurs,
Qui de gloire et d'amour font battre tous les cœurs.

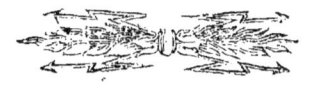

Le Soir.

Déjà le soleil par degrés
Sous l'horizon brumeux s'abaisse,
Et son dernier regard caresse
Les coteaux et les monts dorés.

Tout repose au loin sur la terre.
La blanche reine de la nuit
Élève, à l'orient, sans bruit,
Son disque pâle et solitaire.

Il semble la voir s'assoupir
Sur la nature recueillie ;
La plaintive mélancolie
La contemple avec un soupir.

J'ai fui cette foule abhorrée
Qui pesait sur mon triste cœur,
Et je viens goûter la fraîcheur
Et le calme de la soirée.

Soins ambitieux, vains projets,
Qui troublez les enfants des villes,
Fuyez... et dans ces lieux tranquilles
Seul laissez-moi rêver en paix.

Laissez-moi savourer dans l'ombre
Les parfums de cet air si pur,
Et contempler ce ciel d'azur
Parsemé d'étoiles sans nombre.

Et toi, dont le cher souvenir
Remplit seul mon ame charmée,
Entends ma voix, ma bien-aimée,
Et viens à mes rêves t'unir.

N'est-ce point ta céleste image
Qui brille en ce vague horizon,
Et qui, glissant sur le gazon,
Frémit à travers le feuillage?

Oui, c'est bien Elle, je la vois!
C'est son souffle que je respire,
Et la brise en passant soupire
Le timide accent de sa voix.

La voici vers moi qui s'avance,
Gracieuse comme en ce jour
Où le souris de son amour
Me paya de cinq ans d'absence.

Dis-moi, fille aimable des cieux,
Dis-moi quel bienfaisant génie,
Touché de ma peine infinie,
Te fait apparaître à mes yeux?

Sur son aile es-tu donc venue
Comme un parfum frais et léger ?
Ou, comme l'oiseau passager,
As-tu pris ton vol dans la nue ?

Ah ! sans doute que mes soupirs
Ont franchi l'intervalle immense,
Et tristement, dans le silence,
Ils t'ont murmuré mes désirs.

Et toi, belle de tous tes charmes,
Fuyant ton fortuné séjour,
Par un miracle de l'amour,
Tu viens ici sécher mes larmes.

Oh ! viens, et demeure avec moi,
O mon unique enchanteresse !
Rends-moi ce bonheur, cette ivresse,
Que je goûtais auprès de toi.

Rends-moi ces traits de vives flammes
Qui nous ravissaient jusqu'aux cieux,
Et ces baisers délicieux
Où se confondaient nos deux ames.

Aux sources d'amour et d'espoir
Viens avec moi puiser encore ;
Viens, et qu'à l'amant qui t'adore
T'unisse à jamais ce beau soir.

Je disais... mais mon cœur avide
N'embrassait qu'une illusion,
Et la douce apparition
S'enfuit comme un songe rapide.

À mon ami Tercy.

Non, Tercy, je le sens, plein d'une ivresse sainte ;
Non, la flamme sacrée en moi n'est pas éteinte,
Et les rêves amis et le trouble divin
Reviennent avec elle habiter dans mon sein.
Ce matin, j'étais seul, errant dans la campagne ;
Un air suave et pur soufflait de la montagne ;
L'astre naissant du jour en dorait les sommets ;
Bientôt d'un réseau pourpre il couvrit les guérêts ;
La terre lui sourit, de ses fleurs émaillée,
Et l'oiseau le chanta sous la verte feuillée.
Et moi, d'un cœur naïf et d'un regard joyeux,
J'embrassais à la fois et la terre et les cieux,
Et plein d'enthousiasme et de jeune assurance,
Je m'inondais encor de vie et d'espérance.
Près de là murmurait un limpide ruisseau ;
Deux saules argentés se penchaient sur son eau ;
Un frais gazon formait un siége de verdure.
Je m'assis tout pensif au bord de l'onde pure,
Et je vins à rêver avec un tendre émoi
A ceux que j'aime, hélas ! et qui sont loin de moi.
Thérèse ! objet charmant d'une ardeur immortelle,
Et toi dont j'éprouvai l'amitié si fidèle,
O Tercy ! c'est vers vous que se tournaient mes yeux.
Plus doux que la rosée et les parfums des cieux,
Votre cher souvenir seul remplissait mon ame,
Et venait l'agiter d'une inquiète flamme.

Alors, le front rougi des rayons du matin,
Et les cheveux ornés de pervenche et de thym,
La Muse m'apparut, puis, avec un sourire,
Entre mes faibles mains remit la molle lyre,
Et la lyre en mes mains frémit, depuis ce jour,
Aux beaux noms d'amitié, de nature et d'amour.

Ennui.

Tristis est anima mea usque ad mortem.
Mon ame est triste jusqu'à la mort.

SAINTS ÉVANGILES.

QUEL est donc cet ennui, cette tristesse amère,
Qui, soudain m'accablant de son poids odieux,
Me fait prendre en dégoût les choses de la terre
    Et l'aimable clarté des cieux ?

En vain le beau soleil réjouit la nature,
Et mon pied nonchalant foule l'herbe et les fleurs ;
Les fleurs, le beau soleil, la joyeuse verdure,
    N'ont rien qui parle à mes douleurs.

Cette voûte d'azur qui répand la rosée,
L'air embaumé des champs, le frais réveil du jour,
Ne rappellent plus même en mon ame épuisée
    Un songe, un souvenir d'amour.

Et toi, fille du ciel, mon propice génie ,
Toi qui, sous l'ombre épaisse , en de secrets concerts,
Me venais révéler l'ineffable harmonie
    De la nature et des beaux vers...

O Muse, pour mon front tu n'as plus de couronnes,
Plus de chants qui du sort détournent la rigueur ;
Hélas ! et sans pitié tu fuis, tu m'abandonnes
    Aux profonds ennuis de mon cœur !

Belleville.

A M. ALFRED DE VIGNY.

. . . . C'est vers toi qu'à l'heure du réveil
Court cette jeune fille. . . . .

André CHÉNIER.—Hylas.

J'AVAIS fui la poussière et le bruit de la ville,
Et sur les verts coteaux du riant Belleville,
Aux premiers feux du jour, j'allais goûter en paix
L'ombre, la solitude, et l'air suave et frais.
Puis, appelant ma Muse ingénue et craintive :
« O viens, lui dis-je, aux bords de cette onde plaintive,
« Viens près de moi t'asseoir sur les gazons fleuris !
« Viens, ta flûte à la main, avec ton gai souris...
« Ici, pour couronner ta blonde chevelure,
« Le lierre à l'églantine unira sa verdure,
« L'onde réfléchira tes charmes innocents,
« Et l'écho du vallon redira tes accents. »

Je disais, et soudain vers moi, d'un vol rapide,
Accourt en se jouant la folâtre Sylphide,
Qui, sans plus de façons, d'un air timide et doux,
Vient, les cheveux épars, s'asseoir sur mes genoux.
Et moi, pour retenir la belle enfant volage,
Je couvrais de baisers ses mains et son visage.
Elle rit... et prenant la flûte aux sept tuyaux,
Sa bouche tour-à-tour en parcourt les roseaux ;

Et, le cœur palpitant, j'écoutais, immobile,
Ces beaux airs qui charmaient Théocrite et Virgile,
Et qu'en un saint délire, après André Chénier,
Tercy dans nos vallons répéta le premier.
Mais voilà tout à coup que la flûte légère
Échappe aux doigts distraits de la jeune bergère ;
Son front est recueilli, son air grave... ses yeux
S'élèvent en extase à la voûte des cieux.
Et, comme du regard je suivais l'immortelle :
« Eh quoi ! tu ne vois pas, tu n'entends-pas ? dit-elle ;
(Et son doigt me montrait l'astre naissant du jour),
« Tu n'entends pas, là haut , vers le divin séjour,
« Parmi les chœurs émus des célestes phalanges,
« Sur le luth inspiré Vigny chanter aux anges
« Les amours d'Éloa, la jeune ange leur sœur ?
« Oh ! jamais plus beaux chants n'avaient ravi mon cœur.
« Oh ! laisse, de plus près que j'aille les entendre,
« Ces concerts, cette voix et si noble et si tendre !.. »
Elle fuit à ces mots, elle prend son essor,
Malgré moi qui voulais la retenir encor
Pour soigner quelque peu sa parure ingénue ,
Pour la rendre du moins un peu belle à ta vue ;
Mais, sans plus m'écouter, elle court en émoi,
Et s'en va follement se présenter à toi,
Avec le frais souris de sa bouche rosée,
Et ses cheveux encor tout trempés de rosée.

Invitation.

A MON AMI MAURICE.

Dulce est desipere in loco.
HORACE.

CHER Maurice, un moment dépose la férule ;
Abandonne un séjour des plaisirs ennemi ;
Viens, le front déridé, t'égayer sans scrupule
    Au foyer d'un ami.

Viens, oh ! viens partager sa naïve allégresse.
Il brille enfin pour lui, le plus heureux des jours,
Le beau jour où l'hymen acquitte la promesse
    De ses longues amours !

Déjà l'autel est prêt ; la victime s'avance,
Timide et rougissant près du joyeux époux ;
Le festin des amis n'attend que la présence
    Du plus chéri de tous.

Accours ! je t'offre ici, pour le prix de ton zèle,
Des cœurs à l'unisson, un accueil gracieux,
Et, de plus, un baiser de l'épouse nouvelle
    Chaste et baissant les yeux.

La Fièvre.

Je souffre.... un feu rapide en mes veines circule.
Sur ce lit douloureux il m'agite, il me brûle.
Je souffre, ô ma Thérèse, et je suis loin de toi.
Oh! si mes yeux, du moins, te voyaient près de moi,
Là, tout près de ma couche, attentive, empressée,
Et ta tremblante main dans la mienne pressée....
Si je voyais sur moi, sensible à mon tourment,
Ton œil avec amour s'attacher tristement....
Ah! loin de plaindre alors la douleur qui m'accable,
J'en voudrais prolonger le charme inexprimable.
Oui, tous les maux sont doux au malade attendri,
Qui les voit partagés par un objet chéri,
Dont le regard pénètre et console son ame.
Est-il, est-il au monde un plus exquis dictame?
Oh! viens, Thérèse, ici, t'asseoir à mes côtés;
Ta bouche me dira de ces mots enchantés
Qui savent rappeler un mourant à la vie;
J'appuierai sur ton sein ma tête appesantie,
Et, dans un calme pur, sur ce mol oreiller,
Je sentirai bientôt la douleur sommeiller.

Le Poète mourant.

Gustans gustavi paululùm mellis, et ecce morior !
Liv. 1.er des Rois, chap. XIV.

La vie eut bien pour moi de volages douceurs ;
Je les goùtais à peine, et voilà que je meurs !
André Chénier. — Élégies.

JEUNE encor, j'ai déjà vidé jusqu'à la lie
    La coupe des douleurs.
A peine ai-je effleuré le miel et l'ambroisie,
    Et voilà que je meurs !

A peine le flambeau d'un hymen plein de charmes
    A-t-il brillé pour moi ;
Et je le vois déjà s'éteindre dans les larmes,
    Hélas ! et loin de toi !

Loin de toi, mes amours, mon unique espérance,
    Trésor tant désiré !
De toi pour qui, huit ans, dans l'exil de l'absence
    En vain j'ai soupiré !

S'il est vrai que déjà le Ciel dans sa colère
    Ait compté tous mes jours ;
Et s'il faut te quitter, ô toi qui m'es si chère,
    Te quitter pour toujours !

Ah ! je voudrais, du moins, là, devant que j'expire,
    Pour la dernière fois,
Je voudrais m'enivrer d'un regard, d'un sourire,
    Du doux son de ta voix.

Je voudrais sur mon cœur, de ma main défaillante,
　　Te presser tristement ;
Tourner encor vers toi ma paupière mourante,
　　Au suprême moment.

Et quand l'ange de mort viendrait couper la trame
　　De mon trop court destin,
Comme en un doux sommeil je laisserais mon ame
　　S'exhaler dans ton sein.

Mais, sur ces bords lointains, seul, hélas ! je succombe
　　A toutes les douleurs ;
Et celle que j'aimai n'ira pas sur ma tombe
　　L'arroser de ses pleurs.

Tristesse.

L'absence est le plus grand des maux.
LA FONTAINE.—Les deux Pigeons.

JE suis triste, bien triste, oh! Thérèse, plains-moi.
Sous un ciel inconnu je languis loin de toi ;
Dans ces bois , dans ces champs vides de ton image ,
J'erre comme perdu dans un désert sauvage.
Je t'appelle... l'écho seul répond à ma voix,
Et l'absence partout m'accable de son poids.
Si du moins à mes yeux ces rives désolées
Offraient un seul aspect de nos fraîches vallées :
« Ma Thérèse était là, dirais-je ; là, souvent
« Je la vis sous l'ombrage égarée en rêvant :
« Là j'osai lui parler de ma flamme inmortelle ;
« Un souris gracieux là m'enchaînait près d'elle,
« Et son timide bras s'appuyait sur mon bras ;
« Là, mon œil suit encor la trace de ses pas. »
Mais ici, rien ne peut consoler mon veuvage ;
Son pied léger jamais n'effleura ce rivage ;
Jamais son doux regard n'y fit naître les fleurs,
Et quand le soir répand ses mourantes lueurs ;
A cette heure si chère à la mélancolie,
Jamais elle n'y vint, pensive et recueillie,
Porter le tendre effroi de son cœur inquiet,
Et rêver au mortel qui le trouble en secret.

Le Vallon.

Prêtez-moi seulement, vallons de mon enfance,
Un asile d'un jour pour attendre la mort.

LAMARTINE.—Méditations poétiques.

Au règne de la nuit l'astre du jour fait place,
Et de ses derniers feux les nuages dorés,
Qui marquaient au couchant sa glorieuse trace,
Sous le voile du soir s'effacent par degrés.

Tous les vents sont tombés ; la terre fait silence....
Quand soudain, au milieu du calme universel,
L'airain pieux s'ébranle et dans les airs balance
Le cantique de grâce à la Reine du ciel.

Le son s'affaiblissant dans le lointain expire
Avec le chant du pâtre et le cri des troupeaux.
Un dernier souffle encor dans les rameaux soupire,
Et la nature enfin s'endort dans son repos.

Le sommeil en tous lieux verse avec abondance
L'oubli des maux présents et des soins à venir.
Moi seul, dans ce vallon, je viens de mon enfance
Rechercher en rêvant quelque vieux souvenir.

Oui, cet étroit vallon tapissé de verdure,
Ce ruisseau dont les fleurs me dérobent le cours,
Ces saules blanchissants qui bordent l'onde pure,
A mon cœur attendri rappellent ses beaux jours.

Ainsi, dans le secret de ses fraîches vallées,
Le Jura me cachant aux regards envieux,
A vu de mon printemps les heures écoulées
Comme un matin qui passe en souriant aux yeux.

C'est à l'ombre du saule, aux sources des fontaines,
Qu'inconnu, je croissais comme la fleur des champs,
Et qu'avec les oiseaux, dans mes courses lointaines,
Moi-même, oiseau joyeux, je confondais mes chants.

C'est là que l'amitié reçut dans son mystère
De mon cœur ingénu les longs épanchements ;
Du bonheur idéal là rêvant la chimère,
Je marchais entouré de mille enchantements.

Et quand l'Amour enfin d'une sphère nouvelle
Devant moi tout à coup découvrit la splendeur,
Quand d'un regard brûlant la rapide étincelle
Alluma tous les feux dont je couvais l'ardeur...

O de mon beau pays montagnes sourcilleuses !
C'est vous dont les vallons offrirent à mes yeux
La vierge au frais souris, aux formes gracieuses,
Que mes vagues désirs poursuivaient en tous lieux !

De mille attraits divers ineffable assemblage,
Elle apparut, semblable à ces êtres divins
Qui, chargés par le ciel d'un consolant message ,
Descendaient autrefois au séjour des humains.

Bois touffus, clairs ruisseaux, campagne fleurissante,
Dites quel fut mon trouble et mon ravissement,
Quand sa bouche m'apprit, timide et rougissante,
Que son cœur de mon cœur ressentait le tourment.

Tout partageait alors notre commune ivresse ;
Les arbres mollement s'inclinaient sur nos fronts ;
La terre à notre amour souriait d'allégresse,
Et le ciel l'éclairait de ses plus purs rayons.

Jours de félicité, d'innocence et de fêtes,
Ah ! pourquoi n'ai-je vu briller votre soleil
Que pareil à l'éclair précurseur des tempêtes,
Ou comme un songe vain qu'efface le réveil ?

Bientôt sur ce beau ciel le plus sombre nuage
S'étend, et de ma vie embrasse l'horizon,
Et je me vois au loin emporté par l'orage,
Comme un rameau séché qu'enlève l'aquilon.

Et triste, je languis sur la terre étrangère,
Et mon cœur s'abandonne aux regrets superflus,
Et je recherche en vain quelque ombre mensongère,
Quelque vague lueur du bonheur qui n'est plus.

Non, il n'est plus pour moi de tendre rêverie ;
L'illusion m'échappe, hélas ! et chaque jour,
Je vois avec douleur sur ma tête flétrie
Pâlir et s'effeuiller la couronne d'amour.

Ou si, parfois, autour de ma lyre brisée,
Vient voltiger encor quelque Sylphe charmant,
Il s'éclipse soudain, et mon ame épuisée
Dans son profond ennui retombe tristement.

A Thérèse.

Reviens auprès de moi, ma jeune bien-aimée !
Reviens ; d'un long ennui mon ame est consumée.
Viens près de moi jouir encor du doux soleil
Et des derniers beaux jours de l'automne vermeil.
Viens ! les champs ont encor leur pelouse émaillée,
Les oiseaux des chansons, les bois de la feuillée,
Et, sur tous les coteaux, les vendangeurs joyeux
Cueillent la grappe d'or au jus délicieux.
Viens avec moi te joindre à la rieuse troupe,
Et du nouveau nectar emplir aussi ta coupe,
Et mêler ta voix pure aux agrestes concerts
Qui des vallons émus s'élèvent dans les airs.
Puis, lorsque du sommet des montagnes lointaines,
Le soir, à pas furtifs, descendra dans les plaines,
Que l'astre du berger brillera dans les cieux,
A travers les coteaux, les prés silencieux,
Que d'un souffle embaumé la brise à peine effleure,
Par de secrets détours, vers notre humble demeure,
Heureux, je reviendrai seul à seul avec toi,
Toi dont l'image vierge est toujours avec moi !
Et ta main douce encor frémira dans la mienne ;
Et ma bouche souvent ira chercher la tienne ;
Et, le cœur enivré de bonheur et d'amour,
Nous bénirons le Ciel qui nous fit un beau jour.

A M. de Lamartine.

Ter frustrâ comprensa manus effugit imago.
Trois fois en vain saisie, l'image échappe à mes mains.
VIRGILE. — Énéide.

Souvent ces Esprits purs, ces propices Génies,
Qui ravissent le ciel au son des harpes d'or,
Descendent du séjour des saintes harmonies,
Et viennent sur la terre abaisser leur essor.

On m'a dit que l'un d'eux, que le chantre d'Elvire,
Avait tout récemment apparu sur ces bords,
Et qu'encor tout émue au doux bruit de sa lyre,
La Seine en murmurait les sublimes accords.

Et moi, le cœur troublé de l'heureuse nouvelle,
J'allais partout cherchant le poète divin ;
Et mes pas s'égaraient sur sa trace immortelle,
Et ma voix aux échos le demandait en vain.

Il m'eût été si doux de le voir, de l'entendre !
De voir ces traits si fiers et ce front glorieux !
D'ouïr les purs accents de sa voix noble et tendre,
De sa voix qu'on dirait l'écho même des cieux !

Mais, c'en est fait ! le Dieu m'a voilé son visage ;
Comme un songe léger il a fui dans les airs ;
Et même je n'ai pu recueillir au passage
Quelques sons fugitifs des célestes concerts.

Élégie.

Je n'avais pour tout bien qu'un modeste réduit,
Où, d'un loisir trop rare, à l'écart, loin du bruit,
Je pouvais quelquefois savourer les délices,
Et vouer au sommeil de charmants sacrifices.
Voilà que les méchants me l'ôtent sans pitié !
Eh ! qui croira jamais qu'il me fût envié ?
Voisin du firmament, vrai séjour du poète,
Son toit aérien s'abaissait sur ma tête ;
Un siége, un humble lit, quelques livres épars,
Offraient confusément tout son luxe aux regards.
Mais ce lit mollement endormait mes misères,
Ces livres, compagnons des heures solitaires,
Dans leurs doctes feuillets, aux plus lointains climats,
Par un chemin de fleurs m'égaraient sur leurs pas.
Enfin, auprès de moi, les honneurs de ce siége
N'étaient point dédaignés de l'ami de collége,
Et partout à mon cœur de rêves se berçant,
L'illusion encore offrait l'amour présent.
Muses, et vous aussi, vos chants pleins de merveilles
Y venaient en secret caresser mes oreilles.
C'était mon Louvre enfin et mon Parnasse à moi !
Et j'y vivais heureux, oh ! plus heureux qu'un Roi.

Hélas ! de quel complot suis-je donc la victime ?
Méchants, répondez-moi ; dites, quel est mon crime ?
Ravir à l'indigent son unique trésor,
Vous chez qui le Pactole a roulé des flots d'or !

Mais ces cris vont mourir contre un mur inflexible.
Et faut-il s'étonner si leur cœur insensible
A la tendre pitié ne fut jamais ouvert ?
Malheureux ! je les plains ; ils n'ont jamais souffert.

La jeune Étrangère.

IMITÉ DE SCHILLER.

DANS un vallon lointain qu'habitent des bergers,
Dès qu'aux prés verdissants, aux bois, aux frais vergers,
Par ses plaintifs accords la tendre Philomèle
Annonçait le retour de la saison nouvelle,
On voyait apparaître une jeune beauté,
Vierge au regard pudique, au sourire enchanté.

Quelle était cette vierge, et quels lieux l'ont vu naître ?
C'est ce qu'aucun mortel jamais n'a pu connaître.
Elle arrivait, semblable à l'envoyé des cieux
Sur la terre abaissant son vol silencieux.
Puis elle s'éloignait, rapide messagère,
Et l'œil cherchait en vain sa trace passagère.

Par son aimable aspect tous les cœurs réjouis,
Au plaisir, au bonheur, s'ouvraient épanouis.
Dans ses yeux respiraient l'Amour et l'Espérance ;
Un seul de ses regards apaisait la souffrance,
Et, sur son chaste front, la douce aménité,
La grâce s'alliait avec la dignité.

Elle passait ainsi, pèlerine inconnue,
Partout par des bienfaits marquant sa bienvenue,
Et portant dans ses mains et des fruits et des fleurs,
Aux suaves parfums, aux vermeilles couleurs,
Que, sous un ciel plus pur et voisin de l'aurore,
Dans des champs plus féconds le soleil fit éclore.

Donnant aux uns ses fleurs, aux autres ses fruits d'or,
Elle allait partageant le champêtre trésor
Entre tous les pasteurs de ces paisibles rives.
Femmes, enfants, vieillards, jeunes filles naïves,
Tous ceux que rencontraient ses pas dans le vallon,
De sa main sous leur chaume emportaient quelque don.

Chaque famille ainsi, dans ce séjour agreste,
Avait part aux bienfaits de la vierge céleste;
Mais lorsque, s'égarant sous l'ombrage, à l'écart,
Quelque couple amoureux appelait son regard,
Souriante, elle offrait aux deux amants fidèles
Et ses fruits les plus beaux, et ses fleurs les plus belles.

Offrande à Esculape.

Idylle dans le goût antique.

A MON AMI TERCY.

« Fils d'Apollon–Phébus, Dieu puissant d'Epidaure,
« Père de la santé, que tout mortel adore,
« Toi qu'instruisit Chiron dans l'art venu des cieux
« De calmer la douleur par des sucs précieux,
« Vois, je tombe à genoux au pied de ta statue !
« Entends le cri plaintif de mon ame abattue.
« Prends pitié d'un ami, de mon plus doux ami,
« Qu'atteint un mal cruel de son souffle ennemi !
« Que le pur népenthès, le suave dictame,
« Ranimant la chaleur presque éteinte en son ame,
« Lui rendent la lumière et le soleil joyeux
« Qui, plus faible toujours, pâlit devant ses yeux !
« Qu'enfin de ses tourments ta bonté le délivre,
« Dieu Sauveur !.. Quel mortel est plus digne de vivre ?
« Ton père le protége ; une Muse, en naissant,
« Le reçut, lui sourit d'un regard caressant,
« Et berça dans ses bras l'enfant digne d'envie.
« Quel triomphe pour toi, s'il renaît à la vie,
« Ce fils de Mnémosyne à tes soins confié,
« Et si cher à l'hymen, aux arts, à l'amitié ! »

   Tel, le cœur partagé de crainte et d'espérance,
   Du Dieu libérateur implorant l'assistance,

Pour un ami malade, au pied de son autel,
Un ami de ses vœux fatiguait l'Immortel.
Et pour le rendre encor plus propice à sa plainte,
Il verse sur l'autel, en libation sainte,
Deux coupes de vin frais, deux de lait écumant ;
Il y joint un gateau de miel et de froment,
Et les dons parfumés de Pomone et de Flore,
Hommage simple et pur, cher au Dieu d'Epidaure ;
Puis, ayant par trois fois ses vœux renouvelé,
Immobile, il attend que l'oracle ait parlé.
Près de lui, tout à coup, dans le sacré bocage,
Un bruit léger frémit à travers le feuillage.
Il tressaille... et bientôt, serpent mystérieux,
Le Dieu sur le gazon se déroule à ses yeux,
Lève parmi les fleurs une tête tranquille,
Et traîne en longs anneaux une écaille mobile,
Qui, sur son dos changeant, présente à l'œil surpris
L'or, la pourpre et l'azur de l'écharpe d'Iris.
Superbe, vers l'autel il se glisse avec grâce,
De ses plis tortueux mollement il l'embrasse,
Sur les dons consacrés repose son regard,
Doucement les effleure en passant de son dard ;
Et, regagnant enfin le profond sanctuaire,
Paisible, il disparaît sous l'ombre tutélaire.
Le jeune suppliant, qui le suivait des yeux,
Soudain, à cet aspect, se lève, et, tout joyeux,
S'écrie : — « Il est sauvé ! je le possède encore !
« Oh ! béni mille fois sois-tu, Dieu d'Epidaure,
« Qui le rends à mes vœux ! » — Il dit, et, plein d'amour,
Il court, vole, s'élance au modeste séjour
Où succombant au poids du mal, de l'insomnie,
Il comptait les longs jours de sa lente agonie.

« — Oui, tu seras sauvé ! c'est le Dieu qui l'a dit,
« Esculape lui-même!... » Et, penché sur son lit,
Il couvre ce front pâle, où veillaient tant d'alarmes,
Des plus tendres baisers mêlés avec ses larmes.
Mais déjà le malade, aux feux d'un jour nouveau,
Renaît, comme échappé des portes du tombeau,
Et, sur l'ami fidèle à la voix caressante,
Soulevant à demi sa tête languissante,
L'accueille d'un regard affable et d'un souris
Qui seul de tous les soins porte avec soi le prix ;
Puis, lui tendant la main : « A l'Immortel propice
« Nous devons, en ce jour, un coq en sacrifice ;
« Allons, mon jeune guide, à l'autel fleurissant,
« Lui payer le tribut d'un cœur reconnaissant. »

Fanny D...

Oh ! quelle était, dis-moi, cette vierge naïve
Qu'à tes propos hier je voyais attentive,
Et qui, légèrement suspendue à ton bras,
Rougit, à mon abord, d'un timide embarras ?
Est-ce un ange des cieux? Quinze printemps à peine
De ses jeunes destins semblent former la chaîne.
Autour d'un cou d'albâtre, en longs anneaux mouvants
Ses blonds cheveux flottaient, balancés par les vents.
Le doux souris errait sur ses lèvres de rose ;
Mais sur ce front charmant l'innocence repose ;
Mais cet œil enfantin, aussi pur que le jour,
Ne répond point encore au langage d'amour.
Et cependant, parmi tant de jeunes compagnes
Que la Seine égarait au sein de ses campagnes,
Nulle n'avait sa grâce et sa beauté sans fard ;
Nulle aussi dans sa voix, dans son tendre regard,
Ne promet à l'amour de plus douce conquête,
Ni de cœur plus sensible à l'ame du poète.

Le Poète convalescent.

A MON AMI TERCY.

« Aide-moi, jeune ami, soutiens mes faibles pas,
« Et ne crains rien ; je sens qu'appuyé sur ton bras,
« Je puis sortir enfin de ce lieu de souffrance ;
« Oui, je me sens renaître à la belle espérance.
« Je veux revoir l'azur, la lumière des cieux,
« Qui, depuis si long-temps, ne luit plus pour mes yeux.
« Que son éclat est doux ! que cet air est suave !
« Et qu'il est malheureux, le malade, l'esclave,
« Qu'on prive des bienfaits du soleil et du jour !
« Je reconnais, ami, cet agreste séjour !
« Oui, voici le vallon, les fleurs, la source pure,
« Où, près de toi, souvent, sur un lit de verdure,
« A tes peines d'amour discret initié,
« Je rêvais mon jeune âge et goûtais l'amitié.
« Conduis-moi vers le saule au mobile feuillage,
« Sur ce tertre isolé qu'il couronne d'ombrage,
« Là, vis-à-vis l'aurore et l'orient vermeil,
« Que je salue encor le retour du soleil ! »

Tel, au premier beau jour de sa convalescence,
Un poète inspiré savourait l'existence,
Et vers l'arbre connu son jeune compagnon
Pas à pas le guidait dans l'ombre du vallon.
Là, secouant d'abord les perles de rosée
Dont l'herbe fraîche et tendre était tout arrosée,

D'une soigneuse main, sur le naissant gazon,
Il étend le tissu d'une molle toison,
Puis il y fait asseoir l'ami de sa jeunesse,
Et s'assied près de lui... Dans une vague ivresse
Tous deux long-temps plongés, long-temps silencieux,
Portaient un œil humide et leur cœur vers les cieux.
Mais au matin déjà l'astre du jour s'élance,
Embrassant d'un regard tout l'horizon immense.
Le poète, en son ame, au rayon créateur,
A senti ranimer le souffle inspirateur.
Il se lève, oubliant tout à coup sa faiblesse ;
Il montre à son ami la pompe enchanteresse
Qui devant eux s'étale... et, d'un ton solennel,
Il mêle ainsi sa voix à l'hymne universel :

« O toi, qui du tombeau sais rappeler la vie,
« O Dieu, qui m'as rendu, dans ta grâce infinie, !
« La lumière des cieux, le souffle aérien,
« Et le cœur d'un ami pour épancher le mien ;
« Toi qui, dans ce beau jour que la pourpre colore,
« Des clartés de l'Éden me révèles l'aurore ;
« C'est vers toi, Dieu sauveur, Dieu bon, Dieu tout puissant,
« Que s'élèvent d'abord mon cœur reconnaissant
« Et ma voix attendrie ! acceptes-en l'hommage,
« O toi dont tout me peint la bienfaisante image ,
« Et ce brillant soleil, et ce ciel qui nous rit,
« Et ces champs où, par toi, le printemps refleurit !

« Et toi, qui réfléchis un rayon de sa gloire,
« Qui ramènes le jour sur ton char de victoire,
« Salut ! trois fois salut ! astre aux rayons brûlants,
« Astre au front couronné de feux étincelants.

« Par toi, je sens l'espoir et la divine flamme,
« Et la vie à longs flots redescendre en mon ame ;
« Et, tel qu'un Esprit pur, sur des ailes d'amour,
« Avec toi m'élançant au céleste séjour,
« J'entends déjà, j'entends le concert de louanges
« De la bouche des saints, de l'hozanna des anges,
« Et de ces globes d'or au cours harmonieux,
« Que Jéhova sema dans les déserts des cieux.

« Et vous, ô vous pour qui mon cœur se sent renaître,
« Bois touffus, verts coteaux, doux asile champêtre,
« Frais et riants vallons, prés fleuris tant aimés,
« Vous que cherchaient encor mes yeux demi-fermés,
« A ces heures, hélas ! que j'ai cru les dernières !
« Ranimez en ce jour vos grâces printanières,
« Pour célébrer ce Dieu qui d'un souffle ennemi
« Dissipe la menace, et vous rend votre ami.
« Beaux arbres qui, penchés sur ces claires fontaines,
« Balancez mollement vos ombres incertaines ;
« Brises, qui frémissez à travers leurs rameaux ;
« Hôtes ailés des bois, chantres de ces berceaux ;
« Ruisseaux qui murmurez dans votre urne sonore ;
« Et vous, que de ses pleurs forma la jeune aurore,
« Fleurs, l'émail du printemps, son plus charmant trésor,
« Fleurs, délices des yeux, dont les corolles d'or
« Distillent du matin la brillante rosée ;
« Où, près du papillon l'abeille reposée
« Compose de son miel le suave nectar ;
« Toi surtout, mon ami, dont si doux le regard,
« Et si doux sont les soins... ô moitié de mon ame !
« Toi qui la sens si bien et qui vis de sa flamme !

« Avec moi, tous enfin, oh ! venez à la fois

« Confondre vos parfums, vos couleurs et vos voix !

« Que la nature entière, à nos accords unie,

« Ne forme qu'un concert d'ineffable harmonie,

« Qui, sur les ailes d'or du gracieux matin,

« S'élève, et se marie aux chants du Séraphin ! »

Louveciennes.

Hier, ô mes amis, dans mes courses lointaines,
Là-bas, sur la colline où s'étend Louveciennes,
Où du riant Marly les verdoyants coteaux,
Sur la Seine penchés, se mirent dans les eaux,
Des beaux lieux où fleurit le printemps de notre âge,
Mes yeux avec délice ont retrouvé l'image.
Oui, près de vous, au pied de notre cher Jura,
L'illusion encor quelque temps m'égara.
Là, sont de frais vallons qu'habite le silence,
Des monts d'où l'œil domine un horizon immense,
Des sentiers onduleux qui, de fleurs diaprés,
Se perdent dans les bois, serpentent dans les prés ;
De murmurants ruisseaux où le saule se penche,
Des buissons festonnés de campanule blanche,
Et, sous d'épais rameaux, les suaves concerts
De la brise et de l'onde et du chantre des airs.
Parmi le joyeux pampre, au flanc de la colline,
Là surgit, gracieuse, une blanche chaumine,
Où, sur l'agreste seuil, contre les coups du sort,
Nautonnier fatigué, l'on aime à voir un port;
Où les soins empressés d'une épouse fidèle
Rendraient bénis des cieux les jours passés près d'elle.
Là, par monts et par vaux, des courses à plaisir,
Et d'heureux vers, enfants d'un plus heureux loisir.
Là, se rencontre enfin la belle jeune femme,
Qui doucement vous rit, dont votre cœur s'enflamme,

Avec qui, sous l'ombrage, on s'entretient tout bas
Comme avec une amante, et qui, sur votre bras,
Pour gravir les sentiers humectés par la pluie,
Rouge et baissant les yeux, timidement s'appuie.

Chant du Berceau.

A Mme Marie NODIER-MENNESSIER.

> Berce, berce encore.
> (Vieille chanson.)

Oui, berce, berce, berce encore
L'enfant jolie entre tes bras,
L'enfant dont ton sein se décore,
Et berce, berce, berce encore,
Et chante-lui tout bas, tout bas.

Chante-lui, de ta voix si douce,
De ces vieux contes tant chéris,
Dont le charme puissant émousse
La douleur et suspend les cris :
Le beau *Petit Chaperon rouge*,
Courant si frais et si vermeil,
Et *la Belle au bois* qui ne bouge
Cent ans entiers de son sommeil.

Chante la féconde malice,
Les prouesses, les tours exquis
Du *Chat botté*, ce fin Ulysse,
Frère de Raminagrobis.
Dis comment relevant le lustre
Du plus jeune des Carabas,
Il en fit un marquis illustre
Devant qui l'on met chapeau bas.

Chante aussi, chante *Barbe-bleue*,
Et *Poucet*, l'enfant au grand cœur,
D'un pas faisant sept fois la lieue
Avec ses bottes de vainqueur.
Prodige inoui, qui fait honte
A ces vaisseaux volant dans l'air,
A la vapeur qui fuit si prompte,
A l'orgueil des chemins de fer !

Qu'on entende la pauvre femme
Dans la tour obscure gémir,
Et s'écrier à fendre l'ame :
—« Ma sœur, ne vois-tu rien venir ?
—« Je vois le soleil qui poudroie...
—« O mon Dieu ! faut-il donc mourir !
—« Je vois l'herbe aux champs qui verdoie ;
« Mais las ! je ne vois rien venir ! »

Puis, à côté de ma *sœur Anne*,
De si douce et gentille humeur,
Chante ce merveilleux *Peau-d'Ane*,
Les délices du grand charmeur [1] ;
Ou ta *Légende aragonaise* [2],
Aux sons de flûte et de hautbois ;
Ou la longue *Ballade anglaise*
Des enfants perdus dans les bois.

Chante encor, chante à la veillée,
Et tu nous verras attentifs

[1] Tout le monde se rappelle ces vers de La Fontaine:
« Si Peau-d'Ane m'était conté,
« J'y prendrais un plaisir extrême. »
[2] Légende en vers, par M.ᵉ Nodier-Mennessier.

Écouter, l'oreille éveillée,
Tes chants suaves et plaintifs ;
Tandis que l'enfant blanche et rose,
Elle aussi, pour écouter mieux,
Rouvre sa paupière mi-close,
Et te rit d'un front tout joyeux.

Chante-nous quelque belle histoire,
Que jadis son aïeul t'apprit,
Lui, qui joint au don de mémoire
Grâce naïve et vaste esprit ;
Soit la *Mandragore qui chante* [1],
Et qu'on cherche en vain nuit et jour ;
Soit ce lutin qui nous enchante [2]
Aux heures de rêve et d'amour.

Trilby, le follet qui se pose
Sur l'onde, et danse sur le feu ;
Le papillon d'or sur la rose,
L'ange qui sourit d'un ciel bleu.
Le sylphe léger, qui se joue
Aux beaux cheveux de l'enfant blond,
Qui de l'aile effleure sa joue,
Et d'un baiser touche son front.

Oui, chante-nous fables et songes,
Nains, géants, vieux châteaux hantés.
Ah ! pour un seul de ces mensonges
Je donnerais cent vérités.

(1) Dans la Fée aux Miettes, conte de Charles Nodier.

(2) Trilby, du même auteur.

Puis, vois ! déjà l'enfant sommeille ;
Ses longs cils sur son œil d'azur
Tombent, et sa lèvre vermeille
Murmure un souffle frais et pur.

Et berce, berce, berce encore
L'enfant jolie entre tes bras,
L'enfant dont ton sein se décore ;
Et berce, berce, berce encore,
Et chante-lui tout bas, tout bas !

A une jeune Inconnue.

Habitante du ciel, passagère en ces lieux.
LAMARTINE. — Méditations poétiques.

O TOI, qui sur les monts dont Marly se couronne,
Du milieu des vapeurs de la brumeuse automne
Dégageant tout à coup ton corps aérien,
Avec ton doux visage et ton chaste maintien,
Telle qu'un esprit pur abaissé de la nue,
Apparus à mes yeux, jeune et belle inconnue !
O toi, qui dans ce cœur de tant de soins troublé,
D'un seul de tes regards tendre et demi-voilé,
Rallumas un rayon de sainte poésie,
Et qui, tenant en main la coupe d'ambroisie,
Et de ma bouche aride en approchant le miel,
M'as fait bénir encore et la vie et le ciel !
Reçois du voyageur cet humble et simple hommage,
Aussi pur que ton ame, aussi pur que l'image
Qu'il conserve à jamais de ton front gracieux,
Et que le feu qui brille en l'azur de tes yeux.
Accepte-le, pour prix de la candeur divine
Avec qui tu daignas, céleste pélerine
Errante sur ces bords, te confier à lui,
Et sur son bras tremblant chercher un frêle appui.
Ah ! lorsque ainsi, joyeux, je te servais de guide,
Que tous deux pas à pas de ce coteau rapide
Nous gravissions la pente et l'humide sentier ;
Qu'à ton geste, à ta voix suspendu tout entier,

J'aspirais les parfums de ta suave haleine,
Et que ta blanche main touchait presque la mienne,
Qui jamais te dira, Vierge aimable des cieux,
Les sentiments d'amour frais et délicieux,
Les transports dont mon ame alors fut inondée,
Comme la fleur des champs par une tiède ondée?
Que j'ai béni le sort qui m'offrit à tes yeux,
L'erreur qui, comme moi, t'égarait en ces lieux,
L'étroit sentier glissant, le site solitaire,
Ce demi-jour douteux, vêtement du mystère,
Et tout ce qui pouvait enfin, pardonne-moi,
Prolonger le bonheur d'être ainsi près de toi!
Et lorsque, parvenus sur la verte colline :
« Laissez-moi, me dis-tu, de ta voix argentine,
« Laissez-moi!.. maintenant je puis marcher sans vous !.. »
J'obéis, tant j'ai craint d'exciter ton courroux!
Mais avec quel regret! et quel vide en mon ame
Est tout à coup rentré! de quels baisers de flamme
J'aurais voulu du moins couvrir ta blanche main,
Ou la soyeuse écharpe ondoyant sur ton sein!
Long-temps je te suivis encor, svelte et légère,
Jusqu'au séjour agreste où ton père, heureux père,
Attendait inquiet la Vierge, ses amours ;
C'est là qu'il te fallut quitter, et pour toujours!...
Dire adieu pour toujours à la dernière joie,
Au dernier songe d'or que le ciel nous envoie !
Si pourtant... et pourquoi ne le puis-je espérer?
Si dans ces lieux encor tu venais t'égarer,
Rêveuse, vers le soir, quand tout au loin repose,
Et qu'en tes doigts distraits effeuillant une rose,
Et marchant à pas lents, de l'errant voyageur
Un vague souvenir vint effleurer ton cœur,

Comme un faible zéphyr glisse en passant sur l'onde,
Ah! je croirais encore au bonheur en ce monde !
Pour moi, tant que mes yeux des vierges et des fleurs
Sauront aimer la grâce et les fraîches couleurs,
Les coteaux de Marly, les vallons de Luciennes,
Me seront aussi chers que les plages lointaines,
Berceau de mon enfance et mes premiers amours ;
Et ce jour me sera comme un de ces beaux jours
Dont on garde à jamais la mémoire adorée.
Oui, chaque année encor, quand l'automne dorée
Viendra, semant sa pourpre au milieu des rameaux,
Parcourir ces bosquets, visiter ces hameaux,
En leur secret abri, comme en un sanctuaire,
Je reviendrai fêter l'heureux anniversaire.
Je suivrai les sentiers qu'auront foulés tes pas ;
Je te croirai sentir encore sur mon bras,
Timide, t'appuyant pour gravir la montagne ;
Et mollement penché sur ma jeune compagne,
J'épierai de nouveau sur ta bouche un souris,
Dans tes yeux un regard, de mes soins heureux prix.
Les bois, l'onde, les champs, la colline embaumée,
Tout me rappellera la Vierge bien-aimée.
Chaque fleur, dans les prés, de son teint délicat
Me peindra la blancheur et le mol incarnat.
La brise qui frémit, le ruisseau qui murmure,
Me semblera sa voix harmonieuse et pure,
Et joyeux je croirai, du moins encore un jour,
Revivre à la jeunesse, aux muses, à l'amour !

Choisy-le-Roi.

A Mme Élise Voïart.

E cantar augeletti, e fiorir le piaggie,
E'n belle donne oneste i atti soavi.

PÉTRARQUE.—Sonnet.

« Entendre les oiseaux chanter, voir la plage fleurir, et goûter
« tout ce qu'il y a de suave dans les belles et vertueuses femmes. »

Oh oui ! quand va venir le printemps tout suave
Rendre aux prés leur émail, aux vergers leur trésor,
Et qu'un beau jour enfin, joyeux, libre d'entrave,
    Aux champs je prendrai mon essor...

Oui, je veux, remontant la Seine aux vertes plages,
Dès l'aurore, et d'Ivry longeant les frais coteaux,
Je veux aller revoir le plus gai des villages
    Qui sont se baignant dans ses eaux.

Choisy, séjour aimé, que tant d'attrait décore,
Sur ta rive odorante, en tes bosquets fleuris,
Sous tes toits bienveillants, j'irai chercher encore
    Accueil affable et doux souris !

Trio charmant, tous trois vivant de la même ame,
Là m'invite une vierge, un ami des neuf sœurs,
Et tout ce que le Ciel mit au cœur de la femme
    D'amour, de grâce et de douceurs.

Elise, auprès de vous, heureux de vous entendre,
Là, je retrouverai dans vos propos chéris,
Le charme exquis du vrai, l'ame sensible et tendre
　　Qui respire en tous vos écrits.

Puis tous deux nous irons admirer sur sa tige
La fleur qui vient d'éclore, ou l'oiseau dans son vol,
Et rêver aux amours tout remplis de prodige
　　De la rose et du rossignol.

Rossignol aux grands yeux, à la voix ravissante,
Je t'entendrai chanter encore en ton Éden ;
Je te verrai couver d'une aile frémissante
　　Les fruits naissants de ton hymen.

Ou, tous les quatre assis sur un banc de verdure,
Contemplant le feuillage et le gazon vermeil,
Et la voûte azurée, et toute la nature
　　Fraîche et riante à son réveil....

Nous songerons, émus d'un souvenir fidèle,
Triste et cher à la fois! à l'ami qui n'est plus [1],
A celui que sans doute une sphère plus belle
　　A compté parmi ses élus ;

A celui qui trouva sous ces ombres propices
Un port dans la tempête et des soins si constants,
Et dont les yeux encor s'ouvraient avec délices
　　Aux roses du dernier printemps.

[1] Rouget-de-Lisle, le chantre de la Marseillaise.

Il n'est plus! mais, du moins, sans trop rude secousse,
Son ame de ce monde a brisé les liens ;
Un ange le veillait, et la mort lui fut douce
Entre les bras de tous les siens.

Nous parlerons de lui, de ses vertus antiques,
De son cœur noble et bon, des livres qu'il aimait,
Et de son fier génie, et des chants héroïques
Qu'aux siècles futurs il transmet !

Mais déjà le soleil vers l'occident s'incline ;
Le rossignol déja prélude à ses accords ;
Et l'ombre qui des bois s'étend sur la colline
Me rappelle loin de ces bords.

Et soudain, beaux présents de belle jeune fille,
Mille joyeuses fleurs viennent charger mes mains,
Frais lilas, primevère, et narcisse, et jonquille,
Et boutons d'or, et blancs jasmins.

Et je pars, quand le soir se voile de mystère,
Le cœur plein, et rêvant, l'œil humide de pleurs,
Aux objets les plus doux que puisse offrir la terre,
Un ami,... des femmes,... des fleurs !

Sur la naissance d'un Enfant.

Incipe, parve puer, risu cognoscere matrem.
VIRGILE. — Égl. 4.
Commence, petit enfant, à répondre au souris de ta mère.

AIMABLE enfant, doux fruit du plus tendre hyménée,
Que bénis soient le jour et l'heure fortunée,
Où, du sein maternel, dans son bras caressant
Ton père, ivre d'amour, te reçut en naissant,
Et de mille baisers entremêlés de larmes
Couvrit ta molle joue et ton front plein de charmes !
Aux rayons de l'aurore, à l'azur frais des cieux,
Aimable enfant, déjà s'ouvrent tes faibles yeux !
Déjà, dans ton berceau, d'une bouche naïve,
Vaguement tu souris à ta mère craintive,
Ta mère qui, pour toi négligeant ses douleurs,
Calme tes premiers cris, sèche tes premiers pleurs !
Qu'ainsi puisse toujours, jeune ange de la terre,
Ton doux souris répondre au souris de ta mère !
Et comme aux prés fleuris, sur le bord du ruisseau,
Sous les feux d'un ciel pur, croît un bel arbrisseau,
Que chaque jour ainsi sous ses yeux puisse-t-elle
Te voir croître, paré d'une grâce nouvelle !
Tandis qu'à ses côtés, de ton printemps joyeux
Ton père cultivant les trésors précieux,
Par d'utiles leçons saura dans ta jeune ame
Allumer des vertus la généreuse flamme,
Et l'amour des beaux-arts et des nobles travaux,
Qui doublent l'existence et charment tous les maux.

A Mlle Janssens.

In suon che di dolcezza i sensi lega.
.... Des accords dont la douceur enchaîne les sens.

LE TASSE.—Jésusalem délivrée, chant 4.

J'AI souvent, au matin, ouï le frais murmure
De la brise et du flot mollement agité,
Alors que le Printemps souffle sur la nature
   Amour et volupté.

Souvent, quand s'égarait ma vague rêverie,
Au déclin d'un beau jour, dans le calme des bois,
Philomèle enchanta mon oreille attendrie
   Aux accords de sa voix.

Mais le flot qui gémit, la brise qui s'éveille,
Du rossignol plaintif les accords ravissants,
Me sont moins doux encor, moins flatteurs à l'oreille
   Que tes divins accents.

Oui, quand ta voix, d'extase et de miel arrosée,
S'exhale dans les airs en sons mélodieux,
Tout mon cœur se suspend à ta bouche rosée,
   Et mon ame est aux cieux!

Telle, sur les rochers de la Calédonie,
De l'aveugle Ossian consolant les revers,
La belle Malvina de torrents d'harmonie
   Emplissait les déserts.

Ou tel le Séraphin, embrâsé d'un saint zèle,
Ravit les profondeurs du céleste séjour,
Et sur la harpe d'or chante l'hymne immortelle
De l'immortel amour.

Nota. Mlle. Jansseus, cantatrice belge, est professeur de chant a l'Académie de Gand.

La jeune Bressanne.

À MON AMI TURQUOIS.

Par levibus ventis, volucrique simillima somno.
Pareille aux vents légers, semblable à un songe ailé.

VIRGILE.—Énéide, liv. 2.

C'ÉTAIT par un beau soir du beau mois des vendanges,
A l'heure où l'on croit voir du haut des cieux les anges,
Sur les nuages d'or qui ceignent le soleil,
Descendre et se jouer à l'horizon vermeil.
J'avais, d'un pied léger, franchi, plein d'allégresse,
Le plateau du Jura, qui domine la Bresse,
Et, dans un indécis et vague demi-jour,
Laissant derrière moi le val de Saint-Amour,
Je marchais vers Cousance au vignoble fertile,
Cousance où m'attendaient, dans un riant asile,
Hospitalité franche, exquis souper, bon vin,
Et du cœur d'un ami le trésor tout divin.
J'étais seul ; mais j'avais seize ans, et j'étais libre,
Et dans mon jeune cœur je sentais chaque fibre
Tressaillir palpitante et vibrer au seul nom
D'amour et de beauté, de gloire et de renom.
Aussi, quels êtres purs, quels aimables fantômes,
Aux regards de tout autre invisibles atômes,
Sur les vapeurs du soir flottant parmi les airs,
Me venaient entourer d'harmonieux concerts,
Où se mêlaient encor, sur la terre attentive,
Le murmure expirant de la brise plaintive,

Les chants lointains du pâtre assemblant ses troupeaux,
Et ceux des vendangeurs épars sur les coteaux !
Que de rêves brillants m'accompagnent en foule !
Et quel vaste horizon devant moi se déroule !
Soit que jusqu'aux sommets du vert Montorient
Mon œil suive les monts qui bordent l'orient ;
Soit qu'à travers les champs, les bois, il se promène
Sur la plaine sans fin et son riche domaine ;
Soit qu'au-delà des cieux qui nous versent le jour,
Il ose contempler le glorieux séjour
Où l'ame, remontant à sa source première,
S'abîme au sein du Dieu de vie et de lumière,
Et, comme lui, se plaît à créer un Eden
Où tout est harmonie, amour et chaste hymen.
De monde en monde ainsi tandis que je chevauche,
Voilà que d'un sentier tournoyant vers la gauche,
Sur le gazon fleuri dont il est tout semé,
A travers les rameaux d'un bocage embaumé,
Je crois voir s'avancer, rougissante, timide,
Une vierge au front noble, à l'œil d'un bleu limpide,
Qui vient réaliser pour moi tout ce qu'aux cieux
J'ai vu de plus suave et de plus gracieux.
Son corset noir, bordé d'une soie argentine,
Serrait étroitement sa taille svelte et fine,
Que dessinait encor sa robe aux plis mouvants,
Sa robe de drap vert, flottant au gré des vents.
Son pied semblait à peine effleurer la pelouse ;
Sur son beau sein croisée, une écharpe jalouse
En voilait à demi le virginal trésor ;
A son collier de jais pendait une croix d'or.
Sous le petit chapeau des vierges de la Bresse,
Et qui leur sied si bien, l'or de sa blonde tresse,

D'abord se séparant sur son front blanc et pur,
Venait se rattacher par un ruban d'azur ;
Et du feutre coquet quelques boucles rebelles
S'échappant, se mêlaient à des flots de dentelles,
Qui, par la brise émue agités mollement,
Tombaient comme la neige autour d'un cou charmant.
Son doux visage était frais comme la rosée,
Et la pourpre du soir, de sa teinte rosée
Sur ses pudiques traits réfléchissant l'éclat,
Donnait un nouveau lustre à leur mol incarnat.
Seule ainsi devers moi radieuse elle avance ;
Mais son souris était si plein de bienveillance,
Que j'osai, l'abordant, non sans quelque embarras,
Non sans rougir aussi, lui présenter mon bras.
Elle, baissant les yeux : « Eh bien ! si bon vous semble,
« Jusqu'au hameau voisin nous marcherons ensemble,
« Et, pour ce soir, au moins n'allez pas l'oublier,
« Vous serez et mon guide et mon preux chevalier. »
Puis elle-même, avec une grâce ineffable,
En achevant ces mots, m'offre son bras affable,
Son bras, dont une fée envierait le contour,
Et le mien sur mon cœur le presse avec amour ;
Et, vers elle penché, contemplant en extase
Cette bouche, ces yeux, le feu qui les embrâse,
Et le charme céleste épandu sur ses traits,
Du bonheur de la voir je m'enivre à longs traits.
Puis, dans l'intimité que permet le jeune âge,
Nous parlions de hasards, de rencontre en voyage,
De belles s'égarant seules parmi les bois,
Et des faits merveilleux des guerriers d'autrefois,
Et de mille riens si doux dans une bouche
Dont l'accent vous émeut, vous pénètre, vous touche,

Et dont chaque parole au fond du cœur joyeux
Vibre comme le son d'un luth harmonieux.
Cependant des coteaux le jour tombait plus sombre ;
Ses derniers bruits bientôt s'éteignirent dans l'ombre ;
L'étoile de Vénus au ciel s'épanouit,
Et l'innombrable essaim des astres de la nuit,
Comme un champ diapré de fleurs étincelantes,
Sema le firmament de ses perles brillantes.
Cette Vierge à mon bras suspendue en émoi,
Et seul à seul ainsi cheminant avec moi,
Cette nuit, ce ciel pur, cette heure de mystère,
Et ce silence au loin si profond sur la terre,
Tout m'exaltait encor ; tout, à chaque moment,
Ajoutait à mon trouble, à mon ravissement.
Le sang courait plus vif en mes veines brûlantes,
Le mot d'amour errait sur mes lèvres tremblantes,
Et sans doute qu'alors ce mot doux et vainqueur,
Voix du cœur, eût trouvé quelque écho dans son cœur.
Car j'ai cru, si ce n'est trop d'erreur qui m'abuse,
Sentir aussi déjà trembler sa voix confuse,
Et sa main frissonner au toucher de ma main,
Même un faible soupir s'échapper de son sein.
Mais, comme de Gizia nous touchions les prairies,
Que, du fond rocailleux de ses grottes fleuries,
Le rauque bruit des eaux roulant sur les cailloux,
De cascade en cascade arrivait jusqu'à nous,
Voilà que tout à coup, la Vierge au beau corsage,
Du bras qui l'entourait légère se dégage,
Et s'éclipsant dant l'ombre :—« Adieu, nous y voici,
« Mon jeune guide, adieu, dit-elle, et grand merci ! »
D'un pas rapide en vain vers elle je m'élance ;
En vain ma voix l'appelle au milieu du silence ;

C'en est fait !... loin de moi pour toujours elle a fui,
Comme un fantôme, un souffle, un songe évanoui.
Et par mille détours seul j'arrive à Cousance,
Où le vin et la joie accueillent ma présence,
Mais ne peuvent, aidés de soins officieux,
Éclaircir les ennuis de mon front soucieux.

Depuis que m'apparut la vision chérie,
Triste jouet du sort, absent de la patrie,
J'ai vu sous d'autres cieux s'écouler bien des jours,
Et mon cœur s'est aussi bercé d'autres amours ;
Mais, au milieu des soins, des peines dont la vie
Sur la terre d'exil est tant de fois suivie,
Souvent devant mes yeux encor je la revois,
Avec ses blonds cheveux, avec sa douce voix,
Avec le frais souris de sa bouche mi-close,
Cette vierge de Bresse au teint vermeil et rose...
Comme, sur le déclin du jour, on voit nager
Dans le fluide éther un nuage léger,
Que le soleil couchant de sa pourpre décore,
Que la brise soulève, et qui, long-temps encore
Après qu'a disparu l'astre majestueux,
Garde l'éclat suave et mourant de ses feux.

Emma.

Emma, sous les longs cils de ta paupière humide,
Dans le regard voilé de ton œil languissant,
Le ciel mit la douceur et la grâce timide,
Et la tendre pitié d'un cœur compatissant.

De ta bouche vermeille un seul mot, un sourire,
Dissipe au même instant les plus sombres ennuis,
Comme au joyeux matin, devant un frais zéphyre
On voit se replier le voile obscur des nuits.

L'harmonieux soupir de ta voix modulée
Élève l'ame émue à des transports sans fin,
Comme ces lyres d'or que la voute étoilée
Sent frémir sous les doigts du jeune séraphin.

Mon sein est oppressé, mes yeux versent des larmes ;
Mille inquiets désirs m'agitent malgré moi ;
Et, comme subjugué par de magiques charmes,
Je reste à n'admirer, à ne plus voir que toi.

Ah ! laisse-moi chercher un souris sur ta bouche,
Dans ta voix un accent, dans tes yeux un regard,
Qui te montre sensible au tourment qui me touche,
Qui témoigne à mes vœux quelque indulgent égard !

Une Fillette.

C'ÉTAIT une naïve et timide fillette,
Charmante à voir, et fraîche, et blanche, et gentillette,
Belle de candeur seule et de simplicité,
Et n'ayant rien du ton, du fard de la cité.
Sur sa tête un mouchoir tout modeste se noue ;
Mais l'humble tissu laisse échapper sur sa joue
Deux boucles de cheveux aussi blonds que le miel,
Ou que le rayon d'or qui glisse dans le ciel,
Lorsqu'au joyeux matin le beau soleil se lève.
Non jamais je n'ai vu de mes jours fille d'Ève,
Baisser un chaste front d'un ivoire plus pur ;
Jamais d'un frais souris, jamais d'un œil d'azur,
Ne s'échappa plus vive et plus subtile flamme ;
Et j'en étais brûlé jusques au fond de l'ame,
Et mon œil ne pouvait assez la contempler,
Voir l'aimable abandon et le mol onduler
De son col où les lys le disputent aux roses,
Et tout ce que sa bouche enclot de belles choses,
Et tout ce qu'en promet de plus douces encor
D'un sein demi-voilé le pudique trésor.
Oh ! que n'ai-je le don d'éternelle jeunesse,
La palme du génie et l'or de la richesse,
Tout ce qu'un désir d'homme ose envier aux cieux !
Ah ! je donnerais tout, soudain, d'un cœur joyeux,
Et sceptre du monarque, et lyre du poète,
Pour un simple baiser de la simple fillette.

Le Baiser.

Suspendu mollement à tes lèvres de rose,
    Et d'amour consumé,
Laisse–moi recueillir de ta bouche mi-close
    Le nectar embaumé.

Ton suave baiser est plus doux à mon ame,
    Plus exquis que le miel,
Plus doux que le parfum qui du sein de la flamme
    S'élève vers le ciel.

Ah ! reste dans mes bras, de beaux songes bercée,
    Reste encor sur mon sein,
Sur mon sein palpitant ta tête renversée,
    Ta main serrant ma main...

Les Reproches.

— Qui ? moi ! je vous trahis! — Oui, perfide, vous–même.
Non, vous ne m'aimez pas autant que je vous aime.
Je vous connais ; je lis au fond de votre cœur.
Vous le nieriez en vain ; il est léger, trompeur,
Inconstant dans sa foi, dans ses désirs volage.
Et moi qui le croyais posséder sans partage,
Moi qui mets tout le mien et sa joie à vos pieds,
Est–ce là cet amour que vous me promettiez ?
Si vous vouliez pourtant répondre, ô vierge aimée,
Au beau feu dont pour vous mon ame est consumée ;
Si ces yeux, cette bouche et ce charmant souris
Me peignaient la candeur d'un cœur vraiment épris,
Quelle ivresse jamais égalerait la mienne ?
Quel enfant de la Muse, aux vallons d'Hypocrène
Irait pour vous cueillir plus de miel et de fleurs ?
Quel luth vous chanterait en des vers plus flatteurs ?
Vous aussi, croyez–en mon ivresse amoureuse,
Combien de mon bonheur je vous rendrais heureuse ?
Il est si doux d'aimer, d'avoir un ami sûr,
A qui l'on abandonne un cœur sensible et pur ;
Qui vive de votre ame et vous livre la sienne ;
De n'avoir point en soi de plaisir ni de peine,
Point de secret ennui qui ne soit partagé ;
De lui conter les maux dont on est affligé,
Et de sentir sa main qui, délicate et tendre,
Vient essuyer les pleurs qu'on commence à répandre.
Il est bien doux aussi, pour la jeune beauté,
D'entendre dans des vers son nom toujours vanté,

D'être à la fois la muse et le prix du poète,
Et de joindre le myrte au laurier sur sa tête.
Oh ! combien j'en connais qui, d'un soin plus jaloux,
Accueilleraient les vœux que je porte vers vous,
Et qui... Mais, je le vois, ces transports, ce délire,
N'excitent plus en vous qu'un dédaigneux sourire ;
Vous riez des tourments du poète amoureux,
Et lui rêvez tout bas quelque rival heureux.
Mais, je l'ai résolu ; d'un cœur plein d'artifices
Je ne souffrirai plus désormais les caprices,
Et trop long-temps déjà j'en ai subi les lois.
Adieu donc ! mais je veux, pour la dernière fois,
Je veux, pour te punir du moins en quelque chose,
Prendre encore un baiser sur tes lèvres de rose.

Élégie.

Souvent femme varie ;
Bien fol est qui s'y fie.

FRANÇOIS I.er

BELLE comme un beau jour, Emma m'avait charmé,
Je l'aimai d'amour tendre et crus en être aimé.
Insensé ! Mais pouvais-je, hélas ! ne le pas croire ?
N'ai-je point vu son front, aussi blanc que l'ivoire,
D'une vive rougeur aussitôt se couvrir
Dès que vers elle Emma me voyait accourir ?
Ses yeux bleus, tout brillants d'une amoureuse flamme,
N'ont-ils jamais porté le trouble dans mon ame,
Et jamais invité mes regards attendris ?
Et cette voix émue, et ce charmant souris
Errant, à mon aspect, sur ses lèvres de rose,
Voulaient-ils pas aussi me dire quelque chose ?
Etait-il donc enfin muet à mon ardeur,
Ce cœur qui palpitait si brûlant sur mon cœur,
Quand dans un long baiser nos ames confondues,
Des délices des cieux s'enivraient éperdues ?
Ces baisers, ces baisers qui m'irritent toujours,
Ne parlent-ils donc plus la langue des amours ?
Ne sont-ils plus donnés au seul ami qu'on aime ?
Des mépris, des froideurs est-ce aujourd'hui l'emblême ?
Hélas ! il le faut bien... Mais non, infortuné,
A ces tourments nouveaux seul je suis condamné,
Seul pour moi le baiser d'une bouche jolie
Transforme en fiel amer sa divine ambroisie ;

Les serments sont des jeux, les ris couvrent des pleurs ;
Un serpent est caché sous les plus belles fleurs ;
La douce voix d'amour est la voix des Syrènes,
Et je dois expier par d'éternelles peines
Le don d'un cœur toujours trop prompt à s'enflammer
Pour d'ingrates beautés qui ne savent aimer.

Mika.

Mika, toi que le ciel orna de tous ses charmes,
Pourrais-tu m'expliquer cette inquiète ardeur,
Ces craintes, ces désirs, ces soupirs et ces larmes,
Dont le flux et reflux bouleverse mon cœur ?

Moins mobile en automne est la feuille flétrie,
Que l'autan déchaîné roule au sein du vallon ;
Moins mobile la mer, qu'au gré de sa furie,
Jusqu'en ses fondements tourmente l'aquilon.

Tantôt d'un doux regard, d'un souris enivrée,
Mon ame avec transport prend son vol jusqu'aux cieux,
Et, contemplant sans fin ton image adorée,
Je savoure à longs traits un miel délicieux.

Puis, tout d'un coup, déchu de ces sublimes sphères,
Sous le poids des ennuis je retombe affaissé,
Et je rappelle en vain mes brillantes chimères,
Et de tout mon bonheur le beau rêve éclipsé.

Oh ! que de fois, épris d'une ardeur insensée,
J'ai volé près de toi, frémissant de désir !
Comme au devant de toi la flatteuse pensée
Précipitait mes pas de joie et de plaisir ?

« Je vais voir ma Mika, Mika dont le sourire
« Est pour mon cœur ravi l'aurore d'un beau jour.
« Je vais la voir, l'aimer, l'adorer, le lui dire,
« Et cueillir sur sa bouche un long baiser d'amour ! »

J'arrive, un jeune enfant, vrai portrait de son père,
Folâtre sur ton sein et me rit gracieux;
Hélas ! je n'ai plus vu que l'épouse et la mère,
Et l'amante rêvée a fui devant mes yeux.

Sous les Tilleuls.

. . . . . What glorious shape
Comes this way moving.

MILTON.—Paradis perdu, liv. 5.

QUELLE est donc cette Vierge aimable, gracieuse,
Qui sous les frais tilleuls passe silencieuse,
Laissant flotter aux vents son écharpe aux longs plis ;
Svelte comme un palmier ou comme un jeune lys
Qui balance aux zéphyrs sa corolle fleurie,
Et d'un parfum suave embaume la prairie ?
Dès que le soleil brille au céleste séjour,
Elle revient ainsi se montrer chaque jour,
Comme la plus belle heure et la plus désirée
Qui le matin descend du vermeil empyrée,
Et qui, d'un pied léger glissant parmi les fleurs,
Y sème l'or, l'azur et la rosée en pleurs.
Et moi, d'un pas rêveur m'égarant sur sa trace,
Je reste à contempler sa démarche, sa grâce,
Et tout ce que sur elle, avec bénignité,
Les cieux ont répandu de leur aménité.
Mais, plus rapide encore et plus prompte que l'heure,
Sur l'émail du gazon qu'en sa course elle effleure,
Elle fuit, me laissant un souris pour adieu.
Tel, dans les champs de l'air, au sein même de Dieu,
Un jeune ange revole, après un doux message ;
Et la terre s'émeut de joie, à son passage,
Et les mortels ravis long-temps suivent des yeux
Le lumineux sentier qu'il s'ouvrit dans les cieux.

A mon ami Tercy.

Musis amicus.
HORACE.

CHASTE ami des neuf sœurs, content de ma fortune,
Sur leur autel fleuri j'apporte tous mes vœux,
Livrant et la tristesse et la crainte importune
    A l'aquilon fougueux.

Que son souffle inquiet loin de moi les disperse,
Tandis que de la muse implorant la faveur,
Et jouet du démon qui doucement me berce,
    J'erre d'un pas rêveur,

Cherchant des bois touffus la retraite profonde....
D'espérance et d'amour là j'aime à me nourrir ;
Là, comme un son perdu, le bruit lointain du monde
    A mes pieds vient mourir.

Là, sur le frais émail de la molle verdure,
Je foule et l'opulence et les vaines grandeurs,
Et ma voix se marie au bruit de l'onde pure
    Qui fuit parmi les fleurs.

Muse aimable des champs, ô toi qui, dès l'aurore,
Au bord des clairs ruisseaux t'égares avec moi,
Pour l'ami qui m'est cher viens m'inspirer encore
    Des chants dignes de toi !

Sans toi que lui serait ce peu que je lui donne ?
Viens le ravir aux sons de ton luth amoureux ;
Viens de rose et d'aneth tresser une couronne
Autour de ses cheveux !

Élégie.

Quoi ? déjà huit soleils ont passé sur nos têtes !
D'un ciel pur et serein, dans ces belles retraites,
Huit fois le frais matin est descendu joyeux,
Et je n'ai point revu, seul en ces mêmes lieux,
Accourir sur ses pas la céleste inconnue,
L'ange qui consolait mon cœur de sa venue !
Encore une ombre vaine, un songe évanoui,
Un bouton desséché devant qu'épanoui,
Un beau son qui du ciel apporté sur la terre,
Expira sans écho dans mon cœur solitaire ;
Un parfum fugitif dans les airs exhalé,
Un éclair dont mon œil fut un moment troublé,
Et qui, plus triste encor dans la nuit me replonge !
Tant de charmes pourtant ornaient le beau mensonge,
D'un sentiment si plein il venait m'enivrer,
Que, dès l'abord, j'ai dû tout entier m'y livrer,
Et caressai joyeux la brillante chimère,
Comme un enfant s'attache au doux sein de sa mère.
Mais de quoi me sert-il de nourrir tant d'amour ?
A celle qui l'inspire oserai-je en retour
Demander follement même ardeur, même ivresse,
Comme en ces jours heureux de bouillante jeunesse,
Beaux jours, trop vîte, hélas ! emportés loin de moi,
Où le cœur plein de vie et confiant en soi,
Peut commander l'amour comme il le sent lui-même,
Et dit : tu m'aimeras, ô Vierge, car je t'aime !

Oh non ! d'un tel espoir on ne peut s'abuser,
Quand huit lustres bientôt sur le front vont peser,
Et qu'on se laisse éprendre aux yeux noirs d'une belle.
Aussi je ne voulais que solliciter d'elle
Quelque signe furtif de la tendre douleur
Que la femme jamais ne refuse au malheur,
Un souris effleurant à mon abord ma bouche,
Un regard bienveillant qui console, qui touche,
Ce quelque chose enfin qu'on ne peut définir,
Qui dit : je sens ta peine et la voudrais finir.

Les deux Amies.

« Oui, je viens de le voir, celui que mon cœur aime.
« Chloris, tu vois la fleur qui brille sur mon sein.
« Eh bien ! Chloris, c'est lui qui la plaça lui-même ;
      « C'est encore un don de sa main.

« Je venais de m'asseoir en ce réduit champêtre ;
« J'étais seule et rêvais à cet aimable ami.
« Quand tout à coup mes yeux ont cru le voir paraître,
      « Et tout mon cœur en a frémi.

« C'était lui, ma Chloris ! il tenait cette rose ;
« Il vole, à mes genoux il tombe au même instant,
« Sourit, et sur mon sein timidement la pose,
      « Et, d'un tendre émoi palpitant :

« Acceptez-la, Pauline, elle est fraîche, elle est belle ;
« Elle laisse échapper les parfums les plus doux ;
« Et ce n'est qu'une image encor bien infidèle,
      « De tout ce que j'adore en vous.

« Dis-moi, qu'avais-je à faire ? et que pouvais-je dire ?
« D'un courroux simulé je veux m'armer en vain ;
« Ma bouche malgré moi ne peut que lui sourire,
      « Et tu vois la fleur sur mon sein. »

Ainsi parlait la jeune et sensible Pauline ;
Puis autour de Chloris jetant ses jolis bras,
Elle cache en son sein une rougeur divine,
    Et le plus charmant embarras.

Et moi, sur la montagne errant et solitaire,
Je dévore en secret ces pudiques aveux ;
Et j'entends les soupirs de Julie et de Claire,
    Et je ne suis pas le Saint-Preux !

Une matinée de Printemps.

IMITÉ DE GRAY.

DEJA, d'un vol plus prompt, les heures matinales,
De la jeune saison compagnes virginales,
Descendent sur ses pas de l'azur frais des cieux,
Et parcourent la plaine, et, d'un doigt gracieux,
Entr'ouvrent le bouton qui s'empresse d'éclore,
Et que d'un vif éclat le jour naissant colore.
Déjà du rossignol caché dans un rosier,
Éclate au sein des bois l'harmonieux gosier,
Musique du printemps, à l'oreille si douce !
Et la brise, effleurant les verts tapis de mousse,
De son léger murmure accompagne ces airs,
Et du parfum des fleurs embaume au loin les airs.

Vers ces lieux où le chêne étend son ombre épaisse,
Où le hêtre noueux avec orgueil se dresse,
Couronnant de son dais les clairières des bois,
J'irai, d'un vague instinct suivant encor les lois,
Jouet capricieux de l'erreur qui m'amuse,
Sur le bord du ruisseau m'asseoir avec ma muse.
Là, tandis que l'oiseau dira son chant joyeux,
Du spectacle des champs j'enivrerai mes yeux,
J'oublirai les vains soins qui tourmentent la foule ;
Et, rêvant au doux bruit de l'onde qui s'écoule,
Sur mon front rajeuni, de mon printemps d'azur
Je croirai voir encor resplendir le ciel pur.

Tout se tait..,, au travail l'ardent midi fait trève ;
Les troupeaux haletants reposent sur la grève.
Mais écoutez !... dans l'air mollement agité,
Quel murmure de vie et quelle activité !
Avide de cueillir le miel des fleurs nouvelles,
L'insecte à peine éclos fait l'essai de ses ailes,
Et glisse en bourdonnant dans le fluide éther ;
L'un effleure en son vol le flot limpide et clair ;
L'autre se va tapir sous l'obscure feuillée,
Tandis que ceux-là, fiers de leur robe émaillée,
Font reluire au soleil, dans un rapide essor,
Leur tête d'émeraude et leur corsage d'or.

« Du soleil qui pour vous à peine un matin brille,
« Jouissez, peuple ailé, passagère famille.
« Dans ces mêmes vallons je reviendrai demain,
« Et là, mes yeux encor vous chercheront en vain,
« Et j'y verrai s'ébattre un autre essaim volage. »

Mais il me semble ouïr l'insecte en son langage :
« Philosophe rêveur, qui nous parles ainsi,
« Qui donc es-tu toi-même ? un pauvre insecte aussi.
« Dans ton cœur solitaire aux vains désirs en proie,
« Un autre cœur jamais n'a répandu la joie.
« Tu ne possèdes point de ruche aux doux trésors,
« Tu ne peux comme nous étaler sur ces bords
« Ni panache brillant, ni vermeille auréole ;
« Ton beau printemps a fui, ta jeunesse s'envole ;
« De ton soleil déjà le soir couvre les feux ;
« Nous, tant que mai fleurit, nous poursuivons nos jeux ! »

Le Sommeil.

Sur ce tapis de joncs et de mousse fleurie,
Viens près de moi t'asseoir ; viens, ta tête chérie
S'appuiera mollement sur mon sein, et ta voix
Me redira les airs qui m'ont plu tant de fois.
A tes chants gracieux comme ceux d'une fée
Au berceau d'un enfant, bientôt le dieu Morphée
Viendra se reposer sur mes yeux languissants,
Et dans un calme pur assoupir tous mes sens ;
Repos charmant, qui n'est le sommeil ni la veille,
Où de vagues accords murmurent à l'oreille,
Où, flottant dans les airs, sous mille aspects joyeux
Des fantômes si beaux passent devant les yeux ;
Comme on voit, au matin, dans la céleste plaine,
Lutter le jour naissant contre l'ombre incertaine,
Devant que du soleil le char rayonnant d'or
Ait pris à l'orient son lumineux essor.

SHAKSPEARE.

Le Réveil.

Écoute, douce amie, écoute l'alouette
Qui s'éveille, et du sein de la plaine muette
Monte, monte en chantant à la porte des cieux !
Vois, du haut de son char, à ses accords joyeux,
Descendre le Matin sur la terre embaumée,
Partout de frais rubis et de perles semée !
Vois ses coursiers hâtifs, sur la rosée en pleurs
Qui brille, suspendue au calice des fleurs,
Secouer en passant leur humide crinière !
Déjà sourit partout la grâce printanière ;
Déjà, vers le soleil, à peine éclose encor,
La blanche marguerite entr'ouvre ses yeux d'or.
Lève-toi, lève-toi, que ma voix te réveille !
Comme l'oiseau chantant, comme la fleur vermeille,
Laisse aussi tes beaux yeux, ô Vierge, mon amour,
Doucement se rouvrir aux feux naissants du jour !

SHAKSPEARE. — *Cymbeline.*

La Sylphide.

Au penchant des coteaux, dans les vallons couverts,
Sur la cîme des monts, sur l'émail des prés verts,
Glissant parmi la flamme, ou me jouant sur l'onde,
Et, sans que rien me fixe, en tous lieux vagabonde,
D'un mouvement plus doux que Phœbé dans les cieux,
Je promène au hasard mon vol capricieux.
Fille de l'air, soumise à la reine des fées,
Je forme ces berceaux, j'élève ces trophées,
Où, pour la mieux charmer, les rameaux et les fleurs
S'enlacent en festons peints de mille couleurs.
J'aime à soigner surtout la tendre primevère.
Voyez-la qui sourit, gracieuse, à la terre,
Entr'ouvrant par degrés son fragile trésor
Aux feux naissants du jour ! Sur sa tunique d'or
Voyez s'éparpiller ces taches purpurines !
Ce sont là nos rubis, nos belles cornalines.
C'est sur ces points brillants, comme au hasard semés,
Que vivent de la fleur les esprits embaumés.
Hâtons-nous ; en ces lieux où l'amour la convie,
La reine va venir, de son époux suivie.
Vous, mes sœurs, relevez la tige qui s'abat ;
Peignez l'iris d'azur, la rose d'incarnat.
Moi, je vais recueillir ces gouttes de rosée,
Pleurs ambrés du matin, dont l'herbe est arrosée,
Et, sur ces verts tapis courant légèrement,
A chaque frais bouton suspendre un diamant.

SHAKSPEARE. — Le Songe d'une nuit d'été.

La mort d'Ophélie.

Dans la prairie, aux bords d'un rapide ruisseau,
Est un saule penché sur le cristal de l'eau,
Où, comme en un miroir, se peint son blanc feuillage.
Là, sur le frais gazon, assise sous l'ombrage,
Le front demi-voilé, l'œil humide de pleurs,
Rêveuse, elle tressait en guirlande des fleurs.
Avec de blonds épis, avec de vertes branches,
Elle mêlait le thym, les marguerites blanches,
Et ces pâles orchis, présages de son sort,
Que les filles des champs nomment doigts de la mort.
Elle se lève ensuite, et, prenant sa guirlande,
Sur un frêle rameau la suspend en offrande.
Mais le rameau se brise ; elle glisse, et soudain
Tombe dans le ruisseau, sa guirlande à la main.
Quelque temps sur les eaux, sa robe purpurine
Se gonflant, la soutient comme une jeune Ondine ;
Et, soulevée ainsi par l'humide élément,
On l'entendait chanter mélancoliquement,
Comme chantent en chœur, sur le soir, les Naïades,
De touchants lais d'amour et d'antiques ballades ;
Et le flot murmurant accompagnait sa voix,
Et l'écho prolongeait le doux chant dans les bois.
Mais long-temps pouvait-elle ainsi flotter sur l'onde ?
Bientôt, appesantis par l'eau qui les inonde,
O jeune infortunée ! ô déplorable sort !
Ses moites vêtements l'entraînent dans la mort !

Oui, c'en est fait ! la faible et plaintive victime
Disparaît, engloutie au fond du noir abîme,
Et laissant sur les flots mollement soulevés
Ses chants mélodieux mourir inachevés.

SHAKSPEARE. — *Hamlet*, acte IV, scène 7.

LES FUNÉRAILLES

D'Imogène et de Clothen.

———

Cadwal, soutenant Imogène qu'il croit morte. — Polydore, frère de Cadwal.
—Morgan, leur père.

MORGAN.

Le voici qui revient ! Dans ses bras est couchée
La vierge que la mort en passant a touchée,
Qui, tout à l'heure encore, entre les autres fleurs,
Si joyeuse étalait ses vermeilles couleurs !

CADWAL.

Elle n'est plus, hélas ! notre douce colombe !
Nos mains avant le temps lui vont creuser sa tombe.
Jeune ange, elle a passé sur la terre un seul jour,
Puis a repris son vol au céleste séjour.

POLYDORE.

O le plus beau des lys que l'été fit éclore,
Quelle grâce touchante et quel éclat encore
Garde, ainsi demi-clos, ton calice charmant,
Et sur ce triste sol penché languissamment !

MORGAN.

Destin cruel !... C'est toi, noire mélancolie,
Qui ravis à ce monde une vierge accomplie !

Quel œil pourra jamais sonder la profondeur
De l'abîme où souvent se plonge un jeune cœur !
Ah ! ma vieillesse ainsi doit-elle être éprouvée !
Mais en quel lieu, mon fils, comment l'as-tu trouvée ?

CADWAL.

Au pied du roc voisin, parmi les prés fleuris.
Sur ses lèvres encore errait un doux souris,
Comme si l'eût atteinte, en sa couche endormie,
Non le trait douloureux de la mort ennemie,
Mais l'aiguillon léger du papillon vermeil,
Qui de ses ailes d'or eût touché son sommeil.
Son front était serein, et de ses tresses blondes
La brise, sur son cou, faisait flotter les ondes.

POLYDORE.

Sa mort fut un sommeil. Sous ce feuillage épais
Son modeste tombeau doit être un lieu de paix,
De repos éternel ; un chaste et saint asile,
Dont n'approche jamais le venimeux reptile,
Mais où vienne souvent, aux approches du soir,
Quelque fée attendrie en silence s'asseoir !

CADWAL.

Et moi je veux aussi sur la grève déserte
Revenir chaque jour, et là, pleurant ta perte,
Des rameaux les plus verts et du plus frais gazon,
Et des plus belles fleurs de la belle saison,
Couvrir pieusement la terre où tu reposes.
Là, mes mains répandront les blanches primeroses,
De ton visage éteint elles ont la pâleur,
L'hyacinthe azurée, emblème de douleur,

L'églantine au parfum moins pur que ton haleine,
Et le lys comme toi l'ornement de la plaine.
Le rouge-gorge aussi viendra, d'un soin touchant,
Te payer son hommage et te plaindre en son chant ;
Et quand de leur émail, de leurs grâces fleuries,
L'hiver vient tristement dépouiller nos prairies,
De mousse et de gazon, sur ce rivage en deuil,
Son bec compatissant formera ton linceul.

MORGAN.

Faisant apporter le corps de Clothen.

Déposez maintenant dans la tombe, auprès d'elle,
De ce jeune guerrier la dépouille mortelle,
Le visage tourné vers l'orient vermeil.
Qu'il dorme à ses côtés de son dernier sommeil.
Puis chantez tour à tour un hymne en sa mémoire,
Et que puissent vos chants porter au loin sa gloire !

POLYDORE.

Ne crains plus, sous l'abri de ces bocages verts,
Ni le feu des étés, ni le froid des hivers.
Ta jeune destinée est ici-bas remplie,
Ta course est achevée et ton œuvre accomplie.
Comme le laboureur courbé sur son sillon,
Tous, au hasard, poussés par le même aiguillon,
Rois et princes dorés, et beauté jeune et fière,
De la poussière nés, rentrent dans la poussière.

CADWAL.

Ne crains plus le courroux ni le mépris des grands,
Ni les traits redoutés que lancent les tyrans,

Ni le poids du travail, ni l'injuste fortune,
Ni la faim, ni la soif, ni la crainte importune.
En ces lieux où la mort a passé son niveau,
Le chêne au front superbe est l'égal du roseau,
Et le sceptre, et les arts, et la science altière,
De la poussière nés, rentrent dans la poussière.

POLYDORE.

Ne crains plus de l'éclair l'éclat éblouissant.

CADWAL.

Ni le foudre vengeur au loin retentissant.

POLYDORE.

Ni les piéges secrets que tend la calomnie.

CADWAL.

Pour toi, toute douleur, toute joie est finie.

TOUS DEUX.

Tous les jeunes amants, oui tous, ainsi que toi
Mortels, doivent un jour subir la même loi.

POLYDORE.

Qu'ici nul enchanteur jamais n'ose descendre.

CADWAL.

Ni d'un noir maléfice inquiéter ta cendre.

POLYDORE.

Que les spectres ailés respectent ton sommeil.

CADWAL.

Dors ainsi, jusqu'au jour de l'éternel réveil.

TOUS DEUX.

Repose en paix, repose en ta couche funèbre,
Et que ta tombe soit entre toutes célèbre !

MORGAN.

Voici des fleurs ! Ce soir, à l'heure de minuit,
A la pâle clarté du flambeau de la nuit,
Nous en apporterons en plus grand nombre encore ;
Car les humides fleurs que la nuit fait éclore,
Sont celles qui surtout conviennent aux tombeaux.
Couvrez, couvrez de fleurs ces fronts encor si beaux.
Tout à l'heure ils étaient jeunes et frais comme elles,
Et, comme elles, non moins éphémères et frêles,
Un soir les a flétris. Loin de ce triste lieu,
Venez, retirons-nous ! Venez, et devant Dieu
Allons pour eux verser les pleurs et la prière.
Le Ciel les fit briller un instant sur la terre,
Et déjà les rappelle à lui dans sa merci.
Leurs plaisirs sont passés, et leurs peines aussi.

L'Épithalame d'Hélène.

Idylle de Théocrite. [*]

JADIS, dans le palais du puissant Ménélas,
Douze jeunes beautés, l'honneur de l'Eurotas,
D'hyacinthe et de lis la tête couronnée,
Entouraient, en chantant, la couche d'hyménée,
Où reposait en paix, du sommeil le plus doux,
La fille de Tyndare aux bras de son époux ;
Et, d'un pied mesuré toutes frappant la terre,
Et marquant de leurs voix la cadence légère :

« Quoi ! tu dors, Ménélas ! disaient-elles en chœur ;
« Est-ce un philtre ennemi, quelque charme vainqueur,
« Ou d'un Dieu malfaisant la colère jalouse,
« Qui déjà t'assoupit près de ta jeune épouse ?
« Si tes membres lassés demandent le sommeil,
« Ah ! tu devais du moins, jusqu'au matin vermeil,
« La laisser avec nous, près de sa tendre mère,
« Se livrer à nos jeux, à la danse légère,
« Puisque, soir et matin, et la nuit et le jour,
« Elle est à toi, tu peux lui prouver ton amour.
« Trop heureux Ménélas ! quand tu vins de Mycène,
« Sur cent princes rivaux briguer la main d'Hélène,
« Quel propice destin te guidait en ces lieux,
« O toi que Jupiter, entre ces demi-dieux,

(*) Cette idylle est extraite d'une traduction complète des idylles et épigrammes de Théocrite, par M. G. de Mancy.

« A choisi pour l'époux de sa fille chérie ?

« Qui presses dans tes bras, sur ta couche fleurie,

« L'objet le plus aimable et le plus gracieux

« Qui jamais de la Grèce ait enchanté les yeux ?

« Qu'il sera beau l'enfant d'une mère si belle !

« Car nous sommes trois cents, et du même âge qu'elle,

« Qui de la course agile, en de mâles combats,

« Nous disputons le prix aux bords de l'Eurotas ;

« Jeunesse fleurissante, et dont Sparte est si vaine !

« Mais aucune en beauté n'égale ton Hélène.

« Comme, au printemps nouveau, l'Aurore, en souriant,

« Se montre radieuse aux bords de l'orient,

« Telle au milieu de nous s'élève grande et fière

« Hélène aux blonds cheveux ! Ce que, dans la carrière,

« Est un coursier de Thrace au quadrige léger,

« Les épis aux guérets, les cyprès au verger,

« La fille de Léda l'est à Lacédémone.

« Nulle aussi ne sait mieux tresser une couronne,

« Ni donner aux tissus plus de grâce et d'éclat ;

« Nulle, sur le métier, d'un doigt plus délicat,

« Ne promène cent fois la navette rapide ;

« Nulle, en chantant Diane et Pallas intrépide,

« Ne charme tous les cœurs par de plus doux accents,

« Et n'exprime du luth des sons plus ravissants !

« Te voilà donc épouse, ô belle, ô noble fille,

« L'ornement de ces bords, l'orgueil de ta famille,

« O toi, qui dans tes yeux portes tous les amours !

« Pour nous, souvent encore, au matin des beaux jours,

« Parmi les frais vallons, dans les vertes prairies,

« Nous irons te cueillir des couronnes fleuries,

« Le cœur rempli de toi, comme l'agneau bêlant

« S'en va cherchant partout sa mère et l'appelant.

« Pour toi, nous tresserons le lotos en guirlande,

« Et toutes nous irons le suspendre en offrande

« Aux rameaux chevelus d'un platane sacré ;

« Puis, d'un vase d'argent, sous l'arbre révéré

« Nous verserons pour toi l'huile la plus exquise ;

« Puis, afin qu'en passant chacun s'arrête et lise,

« Sur l'écorce pour toi nous graverons ces mots :

« Je suis l'arbre d'Hélène, honorez mes rameaux.

« Salut, royal époux ! salut, vierge divine !

« Puisse, puisse bientôt vous sourire Lucine !

« Puisse des mêmes feux la reine des amours,

« Cypris, jusqu'au tombeau vous consumer toujours,

« Et le grand Jupiter vous donner en partage

« Un bonheur que vos fils se lèguent d'âge en âge !

« Dormez, heureux époux, dormez jusques au jour ;

« Enivrés de baisers, de caresses d'amour,

« Dormez ! Nous reviendrons, quand de sa voix sonore

« Le chantre du matin éveillera l'aurore,

« Nous reviendrons chanter l'épithalame en chœur.

« Hymen, ô Dieu d'Hymen, souris à leur bonheur !

Une jeune Fille Servienne.

CHANT SERVIEN.

Sous les longs cheveux noirs dont sa tête s'ombrage,
La belle Militza cache son blanc visage.
Depuis trois ans je l'aime ; à peine ai-je pu voir
Et son front rougissant, et ses yeux, doux miroir,
Pleins d'un charme si pur, où tant de grâce brille !
Un jour même avec elle, avec la jeune fille
Je dansais, me disant en moi-même joyeux :
Oh ! peut-être qu'enfin je verrai ses beaux yeux ?
Sur le gazon fleuri quand commença la ronde,
Voilà que tout d'un coup la nuit noire et profonde
Couvre le ciel d'azur ; l'éclair étincelant
Perce la nue en feu... Les vierges, en tremblant,
Toutes alors au ciel lèvent un œil humide.
La seule Militza, calme ensemble et timide ,
Tenait ses yeux baissés sur le pré verdoyant,
Et les vierges disaient entre elles, la voyant :
« Militza, notre sœur, parle ; quel soin frivole
« T'occupe donc ? Es-tu présomptueuse ou folle,
« Que tu restes ainsi toujours baissant les yeux,
« Et ne regardes pas comme nous vers les cieux,
« Vers les cieux, où l'orage en grondant s'amoncelle,
« Où la foudre menace, où l'éclair étincelle ? »
Alors, sans plus lever les yeux, d'un ton charmant,
La belle Militza leur répond doucement :

« Oh ! non je ne suis pas orgueilleuse ni folle ;
« Mais je ne suis non plus celle dont la parole
« Peut à son gré calmer ou déchaîner les vents,
« La Wila [1] qui préside aux nuages mouvants.
« Je ne suis qu'une vierge, et, pour que Dieu me garde,
« Voilà pourquoi toujours devant moi je regarde [2]. »

[1] Espèce de Fée servienne.

[2] Ce chant et le suivant ont été composés, ainsi qu'une cinquantaine d'autres, d'après la version littérale qu'en a donnée Madame Élise Voïart dans sa belle traduction des CHANTS POPULAIRES DES SERVIENS, publiée chez Mercklein en 1834.

Unis Dans la Mort.

Depuis qu'ils s'étaient vus, de l'amour la plus vive
S'entr'aimaient un jeune homme, une vierge naïve.
Tous deux ils se lavaient dans le même ruisseau,
Et dans la même coupe ils buvaient la même eau.
Près d'une année ainsi coula douce et légère,
Sans que nul de leurs feux pénétrât le mystère.
Puis tout fut découvert.... de ces belles amours
Une mère rompit sans pitié l'heureux cours,
Et sépara deux cœurs unis d'un nœud si tendre.
Pour celle qu'il aimait, qui ne peut plus l'entendre,
D'un message à la fois triste et mystérieux
Le jeune homme a chargé les étoiles des cieux :
« Le soir du samedi, meurs, ô douce colombe,
« Et, dimanche, au matin, près de toi, dans la tombe
« Descendra ton amant. » Et comme il avait dit,
Fut porté le message et la chose se fit.
Parmi les vains remords, les pleurs de sa famille,
Le soir du samedi mourut la jeune fille.
Le dimanche, au matin, mourut le bien-aimé.
Leur corps l'un près de l'autre alors fut inhumé,
Et leurs mains, que le froid de la mort a glacées,
Sous la terre du moins s'unirent enlacées.
Puis, quelques mois après, du tombeau de l'amant
Voilà qu'un vert sapin surgit soudainement,
De celui de la vierge un rosier aux fleurs blanches ;
Et les roses s'allaient entrelacer aux branches
Du sapin embaumé, comme un ruban soyeux
Autour d'un frais bouquet circule gracieux.

La Fée de Vaux-sous-Bornay.

Légende.

A M. CHARLES VIANCIN.

« Il faut que j'aille recueillir ici quelques gouttes de rosée, et que
« je suspende une perle à la corolle de chaque primevère. »

SHAKSPEARE.—Songe d'une nuit d'été.

Le corps en deux plié sur un pupitre,
Du beau soleil sevré dès le matin,
Je griffonnais je ne sais quelle épître,
Et de grand cœur maudissais mon destin ;
Quand tout à coup me vient ton doux message,
Comme un rayon du soleil dans l'orage,
Comme en hiver un frais bouquet de fleurs,
Comme une voix qui dans l'ame attendrie
De l'exilé, rappelle la patrie,
Qu'hélas ! en vain redemandent ses pleurs.

Et tout soudain je relève la tête ;
Le ciel pour moi se peint de pourpre et d'or,
Et le printemps de sa robe de fête
Vient à mes yeux se revêtir encor.
Et, le cœur plein de tes riants mensonges,
Le cœur bercé de poétiques songes,
Déjà par vaux, par monts, à travers champ,
Aux bords heureux que notre Doubs arrose,
Lieux où fleurit la sylphide et la rose,
A tes côtés me voilà chevauchant.

Oui, puisqu'ainsi ta grâce me confère
Quelque loisir, trésor si doux pour moi !
J'en veux jouir ; et le puis-je mieux faire
Qu'en m'égarant sous l'ombrage avec toi ?
Oh oui, je veux, tout yeux et tout oreilles,
T'ouïr encor me dire les merveilles
Du conte bleu qu'Hélène t'a conté [1] ;
Et puis, je veux, si j'ai bonne mémoire,
Te raconter à mon tour une histoire
Du bon vieux temps de la vieille Comté.

Viens donc, ami ; veuille un instant me suivre,
Non dans l'ingrate et bruyante cité,
Où tristement je végète sans vivre,
Rêvant des bois la fraîche obscurité ;
Mais dans nos champs, mais au sommet tranquille
De ce Jura, que ta muse facile
Aime à chanter, errante à l'abandon ;
Mais dans un val qu'un vert horizon borne,
Parmi les prés où serpente la Sorne [2],
Non loin des murs de ma chère Lédon [3].

Viens, le printemps rit et nous accompagne ;
Entre avec moi dans le val bienaimé ;
Puis, au dessus de l'aride montagne
Vois ce plateau de ruines semé [4].
Là s'élevait un château magnifique,
Aux tours de marbre, au superbe portique,
Qui dominait tous les monts d'alentour.
Ce fut jadis l'ouvrage d'une fée,
De son pouvoir le plus brillant trophée ;
Elle y vivait ; elle y tenait sa cour.

Or, cette fée avait pour fille unique
La jeune Ida, son amour, son trésor,
Charme et parfum de ce séjour magique,
La jeune Ida, la vierge aux cheveux d'or.
De cette enfant un renommé trouvère
Passant par là, devint, dit-on, le père.
Je le croirais volontiers, quant à moi ;
Car les beaux vers pouvaient lors tout au monde ;
Reine et déesse à la docte faconde
Se laissaient prendre, et tout chantre était roi.

Mélange heureux de sa double origine,
Ida reçut de sa mère, en naissant,
Grâce de fée et taille svelte et fine,
Esprit, adresse, et savoir tout puissant.
Mais, par son père, elle avait de la femme
Le cœur aimant, et pour les maux de l'ame
Pitié touchante et prompte à s'attendrir ;
Cette pitié, doux baume que la terre
Exhale au ciel, et qu'on ne connaît guère
Chez les Esprits ; car on n'y peut souffrir.

Aussi jamais plus aimable sylphide
Ne voltigea sur l'herbe d'un sillon ;
Rose jamais dans sa corolle humide
Ne vit briller plus joli papillon.
Jamais aussi damoiselle plus douce
Ne visita le toit couvert de mousse
Où l'indigent souffre et pleure en secret,
Et n'y porta, discrète et délicate,
Et beaux présents, et parole qui flatte,
Et donne encor nouveau prix au bienfait.

Si dans les cieux grondait le sourd orage,
Si dans les bois mugissait l'aquilon,
Elle d'un signe en conjurait la rage,
Et l'éloignait du fortuné vallon.
Là, du printemps l'éternelle verdure
Semblait régner ; la terre avec usure
Payait les soins du laboureur joyeux.
Pleine moisson toujours, pleine vendange,
Et le vallon la nommait sa jeune ange,
Et l'honorait comme fille des cieux.

Puis elle allait, naïve bergerette,
Se joindre aux chœurs des vierges du hameau,
Cueillir des fleurs, danser sous la coudrette,
Et répéter les airs du chalumeau.
Et lorsqu'ainsi, debout au milieu d'elles,
Le front orné de rose et d'asphodèles,
Elle chantait sous l'ombrage des bois,
Tout se taisait au loin... de son haleine
La brise osait l'accompagner à peine,
Et l'ame au ciel montait avec sa voix.

Comme un matin que la pourpre décore,
Parmi les fleurs, et les ris, et les chants,
Et les bienfaits, chose plus douce encore !
Ainsi d'Ida coulaient les jeunes ans.
Tout respirait le bonheur autour d'elle ;
Pour la servir chacun luttant de zèle,
Au moindre vœu s'empressait de céder.
Heureuse enfin, si la fée au cœur tendre
Du piége adroit qu'Amour lui devait tendre
Se fût gardée ! Eh ! qui s'en peut garder ?

« Je pars, Ida, lui dit un jour sa mère.

« Il faut que j'aille, ainsi le veut le sort,

« Bien loin, bien loin, aux confins de la terre,

« De ta naissance expier le doux tort.

« Un siècle entier d'exil et de martyre

« Me punira d'un moment de délire

« Pour le mortel à qui tu dois le jour.

« Telle est la loi ; nulle ne peut l'enfreindre

« Impunément ; et moi, puis-je me plaindre,

« Puisqu'Ida fut le prix de cet amour ?

« Que puisse au moins de semblable faiblesse

« Te préserver la clémence des cieux !

« Bien jeune encore et seule je te laisse

« Reine absolue et maîtresse en ces lieux.

« Nymphes, lutins, sylphes, démons et gnômes,

« Esprits des monts, des bois, légers fantômes,

« Tout t'est soumis, ma fille, en ce castel.

« Suivant ton gré, commande, agis, dispose,

« Ordonne tout ; mais que, sur toute chose,

« Ton cœur résiste à l'amour d'un mortel. »

De tendres pleurs, en écoutant sa mère,
Vinrent baigner le visage d'Ida ;
Puis l'embrassant avec tristesse amère,
Elle promit tout ce qu'on demanda.
Chose facile alors ! Eh ! savait-elle
Ce qu'est l'amour au cœur de jouvencelle,
Et quelle force ont ses traits malfaisants ?
Puis elle allait porter une couronne,
Avoir sujets, et sceptre d'or, et trône.
Et quel plaisir d'être reine à quinze ans !

Pour garantir le château de surprise,
Pour mieux garder sa fille de tout mal,
De vieux rochers levant leur tête grise
Sa mère enclot avec soin le beau val.
Puis en tous lieux elle double les gardes ;
Et, jour et nuit, armés de hallebardes,
Subtils argus veillent sur chaque point.
Mort sans pitié, mort à qui trop s'avance !
Vaine menace et vains soins pris d'avance !
Car où l'amour ne se glisse-t-il point ?

Non loin de là, sur la colline verte
Où dans les airs plane Montorient,
Et d'où la Bresse au loin d'épis couverte
De son lit d'or voit sortir l'orient ;
Sous les regards d'un serviteur austère,
Vivait alors reclus et solitaire
Un jeune et noble et gentil chevalier.
Dès son enfance instruit parmi les armes,
Il se montrait intrépide homme d'armes,
Et fort chasseur, et hardi cavalier.

Dextre à joûter du glaive et de la lance,
Dans maints tournois Arthur, c'était son nom,
Avait déjà signalé sa vaillance,
Et mérité los, honneur et renom.
Impatient de luttes plus sanglantes,
Aux longs abois des meutes turbulentes,
Il poursuivait, en ses mâles déduits,
Et sangliers, et loups, et bêtes fauves,
Parmi les bois, à travers les monts chauves,
Jusques au fond de leurs secrets réduits.

Un jour ainsi, plein d'ardeur et de joie,
Vers Saint-Laurent, au pied de son rocher [5],
Il relançait un ours, horrible proie,
Et dont les chiens n'osaient même approcher.
Le monstre était à bout et las de courre,
Quand tout à coup dans un antre il se fourre,
Et disparaît à ses regards surpris.
Au même instant son coursier hors d'haleine
S'arrête court, et les chiens dans la plaine
Font retentir les airs de leurs vains cris.

Du destrier Arthur soudain s'élance
Impétueux, et, le glaive à la main,
Tête baissée, en la caverne immense
Il marche, il s'ouvre un périlleux chemin.
Long-temps il erre ainsi dans ces royaumes
Des farfadets, des spectres et des gnômes,
Où le regard du jour n'a jamais lui.
Lorsque, d'un tertre, au détour d'une allée,
Il plane, il plonge au fond de la vallée,
Et quel tableau s'étale devant lui !

Avec ses bois, ses grottes, ses cascades,
Et son ruisseau qui s'écoule joyeux
Parmi les fleurs, sous de vertes arcades,
Le beau vallon se déroule à ses yeux.
Tel, inondé d'une pure lumière,
Dans sa fraîcheur, dans sa grâce première,
Sourit l'Éden à nos premiers parents ;
Tels, pleins d'amour et de reconnaissance,
Ils contemplaient la terre à sa naissance,
Le ciel d'azur et les flots transparents.

Près de finir sa brillante carrière,
L'astre du jour de ses feux empourprés
Des monts voisins colorait la barrière,
L'azur des lacs, l'émeraude des prés.
Du jour tombant partout la fleur rosée
Avec délice aspirait la rosée,
Et s'inclinait mollement au zéphyr ;
Et les oiseaux redoublant leur ramage,
Comme à l'envi déployaient leur plumage,
Rayonnant d'or, de pourpre et de saphir.

Par un sentier bordé d'épines blanches,
Sur un tapis richement émaillé,
Sous des lilas croisant leurs jeunes branches,
Arthur descend, s'avance émerveillé.
Il erre ainsi de prodige en prodige,
Laisse au hasard, où le sort les dirige,
Aller ses pas sur le gazon vermeil ;
Au fond du val enfin, las de sa course,
Sous un grand chêne et non loin d'une source,
Il se repose et cède au doux sommeil.

La nuit déjà laissait tomber ses voiles,
Et l'ombre au loin s'étendait dans les champs ;
Le sombre azur se couronnait d'étoiles,
Le rossignol préludait à ses chants.
La lune aux cieux se levait... c'était l'heure
Où, dans les bois voisins de leur demeure,
Sylphe, follet, dame blanche, lutin,
D'un pied léger foulant l'herbe en cadence,
Viennent en chœur former rondes et danse,
Et s'égayer jusqu'au naissant matin.

En ce moment, Ida, la jeune fée,
Avait franchi l'enceinte du château,
Et, d'anémone et de pavots coiffée,
Courait folâtre à travers le coteau.
Dans le vallon bientôt seule elle arrive ;
Mais, tout d'un coup, étonnée et craintive,
Elle s'arrête, et son cœur a frémi.
Car elle a vu, sous l'arbre solitaire,
Aux blancs rayons de l'astre du mystère,
Le beau chasseur mollement endormi.

Sur un coussin parfumé d'amaranthe
Son cou penché tombait négligemment ;
En longs anneaux sa chevelure errante
Flottait éparse autour d'un front charmant.
Sa bouche encor souriait fraîche et douce.
Tel on nous peint, reposé sur la mousse,
Au fond d'un bois, le jeune Endymion,
Lorsque écartant les verts rameaux, Diane
Du haut des cieux, loin de tout œil profane,
Glissait vers lui sur un furtif rayon.

A cet aspect, Ida tout interdite
Rougit, se trouble et demeure sans voix,
Et dans son cœur qui déjà bat plus vîte,
Mille pensers se pressent à la fois.
De ce beau front, de ces tresses d'ébène,
De cette bouche à la suave haleine,
Son œil ému ne se peut détacher.
L'amour sourit d'une maligne joie,
Voyant son trouble, et s'abat sur sa proie
Avec fureur, pour ne la plus lâcher.

13

Autour d'Ida ses nymphes gracieuses
En cercle alors accouraient se ranger,
Et contemplaient debout, silencieuses,
Leur jeune reine et le jeune étranger.
Elle fait signe, et leurs bras le soulèvent
Sans l'éveiller, et doucement l'enlèvent ;
Ainsi nous berce un songe dans les airs ;
Puis sur un lit leur troupe le dépose
Dans le palais, et, tandis qu'il repose,
La voix d'Ida lui murmure ces airs :

« D'un doux sommeil, sur ta couche embaumée,
« Dors, beau chasseur, dors, aimable inconnu.
« Dans cette enceinte à tout mortel fermée
« Sois le premier et le seul bien-venu.
« Penchez sur lui vos ailes frémissantes,
« Zéphyrs légers ; d'images caressantes,
« Vous, songes d'or, enchantez son sommeil ;
« Et vous, formez, formez, sveltes sylphides,
« Le chœur joyeux, et que vos pas rapides,
« Que vos souris enchantent son réveil. »

Oh ! qui d'Arthur nous peindra la surprise,
Et les transports, et les ravissements,
Quand, le matin, au souffle de la brise,
Son œil s'ouvrit à ces tableaux charmants ;
Qu'il vit ces jeux, ces danses étrangères,
Ces chœurs brillants de sylphides légères,
Qui vers le ciel semblaient prendre l'essor ;
Puis, au milieu, gracieuse et vermeille,
Une plus douce et suave merveille,
La belle Ida, la vierge aux cheveux d'or !

Veille-t-il bien ? Est-ce un songe, un prestige,
Qui devant lui fugitif a flotté ?
Mais, à la fin, s'assurant du prodige,
Il tombe aux pieds de la jeune beauté.
« O de ces lieux aimable souveraine,
« Qui que tu sois, ange du ciel ou reine,
« Daigne sur moi, daigne abaisser les yeux !
« Et si la mort doit payer mon audace,
« A mon étoile encor je rendrai grâce ;
« Je t'aurai vue, et je mourrai joyeux ! »

Elle aussitôt, bienveillante, relève
Le chevalier la suppliant ainsi,
Et d'un regard, d'un souris, elle achève
De lui promettre et faveur et merci.
Que vous dirai-je ?... et leçons de sa mère,
Et long exil, et pénitence amère,
Tout fuit, tout cède à son premier transport.
Et de cela lui peut-on faire un crime ?
L'exemple instruit mieux que sage maxime ;
Elle suivit l'exemple... à qui le tort ?

Qu'ils sont heureux, et que je les envie,
Les beaux moments des premières amours !
De quels parfums ils embaument la vie !
Qu'ils sont heureux ! ah ! s'ils duraient toujours !
Quel miel exquis, quelle grâce suprême
Dans un seul mot de la vierge qu'on aime,
Dans un soupir qu'on dérobe à son sein,
Et dans l'extase où les ames se plongent,
Quand, vers le soir, doux propos se prolongent
Sous la feuillée, et la main dans la main !

Quand dans les yeux brille la même flamme,
Et le désir, et la molle langueur ;
Quand le baiser vient unir l'ame et l'ame,
Et de deux cœurs ne former qu'un seul cœur !
Et que la vie, ainsi double et féconde,
De nouveaux cieux semble peupler le monde,
Et l'éclairer des feux d'un nouveau jour ;
Et qu'on se dit, l'œil humide de larmes :
« Oh oui, mon Dieu ! l'amour dont tu nous charmes,
« C'est bien le ciel, et le ciel, c'est l'amour !...

Sans trouble aucun, de ce bonheur insigne
Nos deux amants jouissaient en ce lieu,
Et jamais couple aussi n'en fut plus digne ;
Amour jamais n'alluma plus beau feu.
L'un, preux loyal, et portant dans son ame
Ces hauts pensers qui faisaient de la femme
Le saint objet d'un culte tout divin ;
L'autre, s'ouvrant, ingénue et naïve,
Au sentiment nouveau qui la captive,
Comme la fleur aux brises du matin.

Un pont dans l'air entre les deux collines
Jeté par charme et par enchantement,
On en peut voir encor quelques ruines,
Là, chaque jour introduisait l'amant.
Là, chaque jour, l'accueillaient plein d'ivresse,
Et cris de joie, et plus vive caresse,
Et long baiser d'amour qui tant vous duit.
Là s'écoulaient, l'une à l'autre enchaînées
Par un fil d'or, les heures fortunées ;
Là bien souvent se passait douce nuit.

Aux premiers feux de l'aurore vermeille,
Aux premiers chants de l'oiseau matinal,
Lorsque la terre en sa grâce s'éveille,
Offrant à Dieu son encens virginal ;
On les eût vus déjà dans la prairie
Courir joyeux, et, sur l'herbe fleurie,
Du jour naissant célébrer le retour ;
Puis se pencher l'un vers l'autre, et sourire,
Puis soupirer, et puis tout bas se dire
Ce qu'on se dit tête à tête en amour.

Dans la campagne au loin déserte et morne
Quand le midi desséchait les ruisseaux,
Tous deux allaient aux grottes de la Sorne
Goûter l'ombrage et la fraîcheur des eaux.
Là de bluets, de rose et d'anémone
Arthur tressant une simple couronne,
Sur le beau front d'Ida la déposait.
Coiffée ainsi par lui, l'agreste reine
D'un doux baiser le payait de sa peine,
Puis sur son sein gentiment reposait.

Le soir, c'étaient autres fêtes encore,
Nymphes, lutins, entrelaçant leurs pas,
Danses, concerts frappant l'écho sonore,
Et seul à seul délicieux repas.
Puis, si devait s'éloigner le jeune hôte,
Adieu cent fois, et prompt retour sans faute,
Et cœur serré tristement sur son cœur.
Mais, s'il restait, aussi, quelle allégresse !
Et comme Ida redoublait de caresse !
Et comme Arthur s'enivrait de bonheur !

Et cependant du pauvre l'humble gîte
Dans leurs plaisirs n'était point oublié ;
Ils y rendaient mainte et mainte visite ;
Ils y portaient et largesse et pitié.
Bientôt aussi plus d'argus, plus de garde
Qui sur les murs toujours veille, regarde.
A tout venant le val était ouvert.
Le seul aspect de cet abri paisible
Portait au cœur charme et joie indicible.
On s'y croyait de tous maux à couvert.

Ce bonheur même en l'enceinte sacrée
Ne resta pas enclos uniquement ;
Il s'étendit en toute la contrée,
Et l'homme put respirer un moment.
Les cieux étaient à tous ses vœux prospères ;
Ce fut enfin, ô pays de mes pères,
Par tant de mains ravagé tant de fois,
Ton âge d'or et ton siècle de Rhée !
Siècle pour toi d'aussi courte durée
Que pour le monde il le fut autrefois !

Un beau matin que pour le frais asile
Arthur quittait le paternel manoir,
Et, qu'à travers les monts, d'un vol agile,
Il s'élançait sur son destrier noir ;
Voilà soudain qu'à ses regards se montre
Un cavalier courant à sa rencontre,
Et qui vers lui s'arrête tout poudreux.
Ce cavalier, quel est-il ? que présage
L'air de tristesse empreint sur son visage ?
Hélas ! trop tôt l'apprit le fils des preux !

« —Arthur, pour toi j'accours de Palestine ;
« Jérusalem a du grand Saladin
« Subi la loi ; sur ses murs en ruine
« Ton père est mort en vaillant paladin.
« Comme il gisait blessé sur la poussière,
« Près de fermer les yeux à la lumière :
« —Chrétien, dit-il, reçois mon dernier vœu ;
« Près de mon fils, va, cours en diligence :
« Cours lui léguer mon glaive et ma vengeance. —
« Disant ces mots, il rend son ame à Dieu. »

Avec respect Arthur reçoit le glaive
Et l'examine ; et, devant qu'il l'ait ceint,
Pieusement entre ses mains l'élève,
Et le consacre au vœu terrible et saint.
Puis s'adressant au porteur du message :
« Vas au castel, dit-il, du long voyage
« Te reposer ; je suis à toi demain ! »
Et, le cœur plein d'une angoisse mortelle,
Pressant les flancs du destrier fidèle,
Vers la vallée il poursuit son chemin.

Et cependant vers lui celle qu'il aime
Joyeuse accourt, le front déjà paré.
Car pour lui mieux complaire, ce jour même,
Nouvelle fête elle avait préparé.
Mais, à son tour, qu'elle fut inquiète,
Quand elle voit son ami qui se jette
Entre ses bras, de pleurs baignant son sein,
Et qu'elle apprend le trépas de son père,
Et, ce qui plus encor la désespère,
Le vœu fatal, et le départ enfin !

Mais vainement elle presse et supplie
Qu'il veuille au moins près d'elle demeurer
Un jour encor. Serment d'honneur le lie ;
Elle ne peut que gémir et pleurer.
Lui de son mieux et par douce parole,
Et par baisers la flatte, la console,
Lui promettant de bien l'aimer toujours,
Qu'il lui dévoue et son cœur et son ame,
Qu'il l'aura seule et toujours pour sa dame,
Qu'il reviendra lui consacrer ses jours.

Arthur ainsi prêt à s'éloigner d'elle,
Veut parcourir pour la dernière fois,
Les lieux témoins de leur flamme immortelle,
Les prés fleuris, les rochers et les bois,
Et l'antre vert d'où la Sorne s'épanche,
Et le coteau qui sur ses flots se penche,
Et tout ce val de plaisant souvenir,
Qu'on voit toujours avec de nouveaux charmes,
Dont on ne peut se départir sans larmes,
Où plus, hélas ! il ne doit revenir !

Là, sous l'ombrage ils marchent en silence,
Et chaque objet les revient agiter
D'un émoi triste, et par la souvenance
Rend plus amer l'ennui de se quitter.
Là le guerrier, surmontant sa faiblesse,
S'arrache au bras amoureux qui le presse ;
Faible lien rompu non sans effort !
Et l'un de l'autre enfin ils se séparent,
Le cœur serré des maux que leur préparent
La longue absence et le courroux du sort.

Le lendemain, au toit qui le vit naître
Il fait aussi de suprêmes adieux ;
Puis ayant pris la croix des mains d'un prêtre,
Et ceint le glaive, il part pour les saints lieux.
Il se va joindre à la troupe guerrière
Qui dans la lice en avant la première,
De Barberousse a suivi l'étendard ;
Troupe vaillante, avant-garde d'élite
De ces soldats qu'entraînaient à leur suite
Philippe-Auguste et le fougueux Richard.

Le front couvert d'un casque au blanc panache,
Là figuraient tous les preux de Comté,
De cette terre et loyale et sans tache,
Verger d'honneur de la chrétienté.
Vous étiez là, braves entre les braves,
Sieurs de Vergy, de Dampierre et de Traves,
Et toi surtout, beau sire de Châlons !
Toi, digne chef de cette race illustre,
Que chaque siècle accrut d'un nouveau lustre,
Et que toujours regrettent nos vallons !

Comme un torrent ils fondent sur l'Asie ;
Tout se disperse et cède à leurs efforts ;
Ils ont franchi les cols de Cilicie,
Et du Cydnus ils atteignent les bords.
Mais là, soudain, devant eux se déroule
Sur l'autre rive une innombrable foule
De Sarrasins aux épais bataillons,
Et dont les dards, dont les piques dressées
De mille feux brillent, aussi pressées
Que les épis qui dorent les sillons.

« A moi, Comté ! Bourgogne, à la rescousse !
« Que Dieu nous aide, et mort aux mécréants ! »
   Et, le premier, ce disant, Barberousse
   Se précipite au sein des flots béants.
   Mais, effrayé par le courant rapide,
   Et par les cris du Sarrasin perfide,
   Et par les traits lancés de toutes parts,
   Son fier coursier se cabre, et dans l'abîme,
   De sa valeur noble et sainte victime,
   Tombe avec lui le généreux vieillard.

   Au premier cri du guerrier qui se noie,
   Arthur s'était élancé dans les flots,
   Et s'il ne peut leur dérober leur proie,
   Il vengera le trépas du héros.
   Le voyez-vous déjà comme il s'élève
   Sur le rivage, et quel chemin son glaive
   Parmi les morts s'est largement frayé !
   Un moment même, indécise, alarmée,
   Devant lui seul on voit toute une armée,
   Qui tremble, hésite, est prête à lâcher pié.

   Mais revenus de leur frayeur première,
   Les Sarrasins, par la honte excités,
   Tombent sur lui par devant, par derrière,
   A droite, à gauche, à coups précipités.
   Long-temps encor superbe il leur fait face.
   Mais contre tous que pouvait son audace ?
   Terrible encore, au nombre elle céda....
   Il tombe, il meurt, tenant en main l'épée,
   Legs paternel, de sang toute trempée,
   Et dans sa bouche ayant le nom d'Ida.

Au même instant Ida soudain s'effraie
Des noirs pensers dont son cœur est surpris.
Tous les oiseaux se taisent, et l'orfraie
Seule emplit l'air de ses lugubres cris.
Le clair soleil se voile d'un nuage ;
La foudre aux cieux éclate avec l'orage,
L'écho prolonge au loin ses roulements ;
Et le chat-tigre et les loups sanguinaires,
Au bruit des vents, au fracas des tonnerres,
Dans les forêts mêlent leurs hurlements.

Dès-lors aussi pour elle plus de joie.
Un jour enfin, sur le château d'Arthur
Un drapeau noir tristement se déploie,
De son trépas, indice, hélas ! trop sûr !
Ida le voit du haut de sa tourelle.
A cet aspect, grand Dieu, que devient-elle ?
Et qui dira ce qu'elle eut à souffrir ?
Frappée au cœur, elle tombe pâmée,
Et reste là, gisante, inanimée.
Hélas ! pourquoi ne put-elle mourir ?

Son œil enfin se rouvre ; elle frissonne,
Et se voyant seule dans l'univers,
Seule à jamais, toute elle s'abandonne
Au désespoir, aux longs regrets amers.
Puis elle court, hagarde, échevelée,
Parmi les bois, à travers la vallée,
Redemandant son Arthur à grands cris ;
Et va s'enclore en ces grottes profondes,
D'où s'échappant, la Sorne aux fraîches ondes,
Roule si pure au sein des prés fleuris.

Là les Esprits que son sceptre gouverne,
Ont par les airs transporté son amant ;
Là, du milieu de l'obscure caverne,
Pour lui s'élève un sombre monument ;
Là, nuit et jour, l'amante désolée
Et seule assise, auprès du mausolée,
Gémit, se navre en soupirs, en sanglots,
Et doucement sa voix faible et plaintive
Se mêle au bruit de l'onde fugitive,
Et de ses pleurs elle en grossit les flots.

Un siècle entier se passe en cette peine.
Sa mère alors de son lointain exil
Revient au val, où sa prudence vaine
La crut laisser sure de tout péril.
Mais l'abandon, la solitude immense
De ces beaux lieux, et leur morne silence,
Tout lui révèle aussitôt son malheur.
« Ida, ma fille, Ida ! s'écria-t-elle,
« Reviens, c'est moi, ta mère, qui t'appelle ! »
Et l'écho seul répond à sa douleur.

Elle la trouve en l'antre qui la cache,
Toujours pleurant sur le fatal cercueil,
Et par prière et par charme l'arrache,
Pâle et glacée, à ce séjour de deuil.
Puis elle dit un mot... les monts s'affaissent,
La terre tremble, et soudain disparaissent
Château, verger, pont suspendu dans l'air.
Près d'elle alors sur un char elle place
Sa triste fille, et le char dans l'espace
S'élève et fuit, aussi prompt que l'éclair.

Et cependant ce désastre effroyable
N'a pu ravir au vallon ses attraits ;
On y retrouve encor verdure aimable,
Fleurs et parfums, ruisseaux, ombrages frais.
C'est encor là qu'avec gentille amie,
Fuyant le monde et la foule ennemie,
On voudrait vivre en l'âge des amours ;
Là qu'on voudrait, le soir, après l'orage
Pliant sa voile, à l'abri du naufrage
Couler en paix le reste de ses jours.

Souvent encor, là, quand le crépuscule
Voile à demi les bois silencieux,
On voit flotter sur un vert monticule
Un blanc fantôme aux contours gracieux.
C'est Ida même, Ida, la jeune fée ;
C'est elle encor dont la voix étouffée
Semble un soupir de la brise du soir ;
Elle qui vient visiter, solitaire,
Le val chéri, la grotte du mystère,
Et l'œil en pleurs sur un tombeau s'asseoir.

(1) MA TANTE HÉLÈNE, conte en vers par M. Charles Viancin.

(2) LA SORNE, rivière qui arrose le val de Bornay.

(3) LÉDON, nom francisé de LÆDO-SALINARIUS, Lons-le-Saunier, pays natal de l'auteur.

(4) Il existe encore quelques ruines de l'antique château de Bornay.

(5) ST.-LAURENT-LA-ROCHE, village situé à environ dix kilomètres de Lons-le-Saunier, au pieu d'un rocher qui lui donne son nom, et que surmontait jadis un château-fort. Une tour d'observation s'élevait aussi sur la colline de Montorient.

La petite Fée.

A MON AMI TERCY.

PAR la longue voie
Qui vers toi conduit,
Ami, je l'envoie
En ton doux réduit,
Ma petite Fée
De Vaux-sous-Bornay,
Proprette et coiffée
De la fleur de mai.

Vois, qu'elle est gentille,
Accorte, et quel feu
Reluit et pétille
En son bel œil bleu !
Vois comme avec grâce
Court son pied léger,
Sans laisser de trace
Sur l'herbe au verger !

D'une aile frivole
Tel le papillon
De fleur en fleur vole
Sur un vert sillon.

Telle aussi l'abeille
Aux feux d'un beau ciel,
Sur rose vermeille
Va cueillir son miel.

Oh ! prête l'oreille,
Le cœur à sa voix,
Qui faible s'éveille
Du milieu des bois ;
Sur un rameau frêle,
Telle, à l'abandon,
La cigale grêle
Redit son fredon.

Va, petite Fée,
Par ce gai matin,
Va, bien attifée,
Vers l'ami lointain ;
Va, toute fragile,
Mais pleine d'amour,
Messagère agile,
Lui dire un bonjour.

Dis-lui que ma muse
N'a, dans son ennui,
Plus rien qui l'amuse,
Absente de lui.
Non, plus d'ambroisie,
Loin de lui, pour moi !
Plus de poésie,
Plus de saint émoi !

Q'au moins ton sourire,
Que ton œil aimant,
Prés de lui t'attire,
Le charme un moment ;
Et que ta main douce
Essuyant ses pleurs,
Dans son sein émousse
Le trait des douleurs.

LES ÉCHOS DU JURA.

———

Non é questo il terren ch'i' toccai pria?
Non é questo 'l mio nido
Ove nudrito fui si dolcemente?
Non é questa la patria in ch'io mi fido,
Madre benigna e pia?
>> PÉTRABCA.—Canzone XXVIII.

DEUXIÈME PARTIE.

Les Esprits et les Fées du Jura.

A M. Désiré MONNIER.

HOMMAGE FRATERNEL.

« Une mythologie tantôt riante et gracieuse, tantôt sombre et
« austère, a, dans la grande province des Séquanes, survécu à
« l'abolition du Druidisme : dernières vibrations de la harpe des
« Bardes, ces sons religieux s'évanouissent de plus en plus
« parmi nos échos; il est temps de les noter, avant que l'ins-
« trument mélodieux se taise tout-à-fait. »

D. MONNIER.— Du Culte des Esprits dans la Séquanie.

DES coteaux de Domblans, des vallons où la Seille
Tantôt roule avec bruit, tantôt lente sommeille,
Quelle indulgente voix, fertile en beaux concerts,
Vient, franchissant l'espace et traversant les airs,
Comme un son prolongé de la cloche natale,
Jusqu'au fond de mon cœur vibrer par intervalle,
Et réveiller en moi le plus doux souvenir
Dont le cœur d'un mortel se puisse entretenir ?

O toi, qui de leurs Dieux aux formes fantastiques
Repeuplas nos forêts et nos grottes antiques,
C'est toi, poète ami, dont la pieuse ardeur
Vient ainsi gourmander ma stérile tiédeur,
Et près de toi m'invite au culte des Pénates,
Moi qui, triste exilé sur des plages ingrates,

En vain leur redemande et nos riants coteaux
Et nos rocs sourcilleux et nos limpides eaux.
Du milieu des vapeurs dont l'automne est voilée,
Dans le secret réduit d'une étroite vallée,
Il me semble t'ouïr m'appelant... A mes yeux
Tu parais, entouré d'un cortége joyeux
De beaux Sylphes ailés, de belles Dames Blanches
Au gai souris, au front couronné de pervenches,
De guerriers chevauchant sur des coursiers sans frein,
Et de bruyants Chasseurs sonnant leurs cors d'airain.
On dirait que, quittant leur demeure secrète,
Et soudain ranimés à la voix du poète,
Tous ces Esprits de l'air et de l'onde et du feu,
Êtres mixtes placés entre l'homme et son Dieu,
Partout autour de toi viennent, troupe docile,
Se presser comme autour d'un enchanteur habile.
La Guivre orne pour toi son front du diamant
Tout scintillant encor des feux du firmament ;
Mélusine se joue au cristal des fontaines,
Et rassemble en nœuds d'or ses tresses incertaines ;
Glissant sous le feuillage, étincelant dans l'air,
Mille Sylphes légers passent comme l'éclair ;
Du sein des flots émus la jeune et fraîche Ondine
Élève, en souriant, une tête blondine,
Puis, peureuse, soudain rentre au sein des roseaux,
Et l'espiègle Lutin la poursuit sur les eaux.
Comme aux bois de Paphos, comme aux jardins d'Armide,
Chaque arbre enfante encore une vierge timide,
A la taille élancée, aux élégants atours ;
D'harmonieux soupirs sortent des antres sourds ;
Et, sur de frais tapis d'anémones fleuries,
Les Nymphes des rochers, des bois et des prairies,

Les compagnes de Puck, les filles d'Obéron,
S'enlacent par la main, tourbillonnent en rond ;
Puis, bientôt délaissant la terre et ses rivages,
S'élèvent par degrés au-dessus des nuages,
Et se perdent enfin dans le vague des cieux,
Où le poète encor long-temps les suit des yeux.

Oui, je les reconnais, ces vierges gracieuses !
Les voilà devant moi, belles, capricieuses,
Et telles qu'autrefois à mon jeune regard
Elles se dévoilaient naïves et sans fard,
Sur la cîme des fleurs, dans les buissons de rose,
Sous les saules penchés que la Vallière arrose,
Aux coteaux de Conliége, aux prés de Macornay,
Ou dans le frais vallon que domine Bornay ;
Délicieux abri ! lieu charmant où les fées
Ont choisi leur demeure et dressent leurs trophées !
C'est là souvent encor, qu'aux approches du soir,
Au pied d'un arbre immense elles viennent s'asseoir ;
Là, sur l'herbe odorante en cercle réunies,
Les unes, souriant, avec les beaux Génies
Et les Sylphes légers qui composent leur cour,
S'entretiennent tout bas et devisent d'amour.
D'autres, joyeux essaim répandu dans la plaine,
Cueillent le blanc muguet, le thym, la marjolaine,
Et mêlant les parfums, nuançant les couleurs,
Forment en se jouant des couronnes de fleurs.
Les autres, sur le front de leur reine adorée
Placent et le rubis et l'aigrette dorée,
Signes de son pouvoir. D'autres tiennent en main
La quenouille de buis que garnit un fin lin,
Et tournent les fuseaux, et sous leurs doigts agiles

Dévident ces tissus, dentelles si fragiles,
Qu'aux premiers feux du jour, en longs fils argentés,
Un Sylphe obéissant sème de tous côtés.
Puis, au-dessus des monts quand la lune se lève,
Que sa pâle clarté dort au loin sur la grève,
Et que la solitude et la profonde paix
Règnent seules aux champs, aux bocages épais,
De leur reine aussitôt toutes ceignent le trône,
Et laissant là quenouille et fuseaux et couronne,
Au bruit mélodieux d'invisibles accords,
Foulent, d'un pied léger, le gazon de ces bords.
Le villageois tardif, qui rentre en sa chaumière,
Les aperçoit ainsi dansant sur la bruyère ;
Comme un écho lointain, des chants, de joyeux cris
Ont frappé son oreille... Il s'arrête surpris,
Et, ne sachant s'il voit, sous ces formes étranges,
Apparaître à ses yeux des Démons ou des Anges,
Pour détourner de lui tout mauvais sort, trois fois
Il a marqué son front du signe de la croix.
Puis, dans les nuits d'hiver à la longue veillée,
A sa femme, à ses fils, famille émerveillée,
On l'entendra souvent, dans sa rustique foi,
Conter la vision qui lui fit tant d'émoi,
Les Dames du vallon d'un fin voile couvertes,
Leurs beaux cheveux flottants, leurs belles robes vertes,
Et la danse folâtre et son rapide essor,
Et la reine au milieu tenant son sceptre d'or.

Oh ! si, quelque beau jour, un propice Génie
Venait, brisant mes fers, dans sa grâce infinie,
Me rendre aux doux loisirs, au doux pays lointain,
Seul bonheur que j'envie au plus heureux destin,

Que j'aimerais, docile à ta voix fraternelle,
Et foulant, libre enfin, la rive paternelle,
Parcourir avec toi nos monts et nos coteaux,
Tenter la grotte sombre, explorer les châteaux
Cachés dans nos vallons, épars sur nos collines,
Et, d'une voix puissante, évoquer des ruines
Les temps qui ne sont plus, et rendre à chaque lieu,
A chaque site agreste, ou sa Fée ou son Dieu !
J'irais, je reverrais vos cîmes parfumées,
O du pompeux Jura montagnes bien-aimées !
Vous qui m'avez vu naître, où, sous un si beau ciel,
Coula paisiblement mon jeune âge de miel !
De la grotte cachée où murmure leur source,
D'un pas rêveur encor je suivrais dans leur course
La Vallière aux flots purs, la Seille au frais gazon,
Ou la Sorne égarée au val de Courbouzon.
Puis, gravissant la côte escarpée et déserte
Où d'un grand citoyen [1] pleurant encor la perte,
Montorient se cache au milieu des cyprès ;
En ces lieux qu'il aima, plein des mêmes regrets,
D'un soin religieux j'irais à l'ombre auguste
Payer sur son tombeau le tribut le plus juste,
Et de l'étroit sentier du verdoyant plateau,
Admirer comme lui le plus riche tableau,
Le plus vaste horizon, les plus belles campagnes,
Que puissent à leurs pieds dérouler nos montagnes ;
J'irais, j'irais aussi visiter tour à tour,
Montmorot, noble fief, avec sa vieille tour,
Où de Clotilde encor l'ombre mystérieuse
Erre sur les créneaux, blanche et silencieuse ;
L'Étoile où rit le pampre au pétillant renom ;
Mancy, dont j'adoptai le poétique nom,

De l'absente patrie aimable souvenance ;
Quintigny, lieu sacré, cher aux muses de France,
Où partout les ruisseaux, les prés, les saules verts,
De Tercy, de Nodier redisent les beaux vers
Et les jeunes amours tout remplis de merveille ;
L'Ermitage, si gai quand le printemps s'éveille,
Quand, sous l'abri léger du feuillage naissant,
Il voit se réunir un essaim ravissant
De naïves beautés, vierges au teint de roses,
Plus fraîches que les fleurs nouvellement écloses,
Et qui, d'un pied joyeux, viennent sur le gazon
Fêter le doux retour de la jeune saison.
Dans son temple ombragé de frênes séculaires
Coldre aussi me verrait, aux tombeaux de mes pères,
Sous la mousse jaunie et l'humus entassés
Chercher en vain leurs noms sur la pierre effacés,
Et tristement du doigt marquer, près de leur cendre,
L'humble place où bientôt leur fils viendra descendre.
Heureux, s'il était vrai qu'à l'heure de minuit,
Au lourd poids du tombeau l'ombre échappe sans bruit,
De sentir que la mienne, errante en ces parages,
Reverra les vallons, les fortunés ombrages
Qui me furent si chers ; pourra même à son gré,
Au bel adolescent, dans un songe doré,
Dans un songe flatteur, à la vierge endormie,
Murmurer à voix basse une parole amie,
Tant que le chant du coq, aigre héraut du jour,
Ne l'a point rappelée au funèbre séjour.

D'autres pensers plus grands viennent saisir mon ame.
Montaigu, ton nom seul d'un feu soudain m'enflamme ;
Montaigu, fier nid d'aigle élevé dans les cieux,

Et qui, de tes sommets, tel qu'un fort sourcilleux,
Contemples de Lédon (2) la ville hospitalière,
Et les prés émaillés que baigne la Vallière !
Là vécut Lacuson (3) ; de ce roc menaçant,
Maintes fois on le vit terrible s'élançant,
Comme un torrent fougueux fondre sur les vallées ;
Et tandis que partout nos villes désolées
Sous le joug du grand roi courbaient un front soumis,
Seul, dans le vieux manoir à sa garde commis,
Superbe il résistait ; de ces nobles contrées
Seul il revendiquait les franchises sacrées,
Et, par sa fière audace et ses brillants exploits,
Vengeait avec honneur l'orgueil du nom Comtois.

Mais d'où vient que ces monts s'ébranlent ?... Sur leur cîme
Quel est ce chantre armé qui s'élève sublime,
Ceint du glaive vengeur et la lyre à la main,
La lyre des combats ? Comme un foudre soudain
Entendez-vous ce cri du moderne Tyrtée
Parcourir en grondant l'Europe épouvantée :
AUX ARMES, CITOYENS ! FORMEZ VOS BATAILLONS (4) !
A ce cri, tout à coup, inondant nos sillons,
Mille jeunes héros, phalange volontaire,
Soldats improvisés, surgissent de la terre.
Des monts Pyrène au Nord, du Finistère au Rhin,
Ils marchent, répétant le belliqueux refrain.
France, rassure-toi ! Vous, tyrans, sur vos trônes,
Retenez à deux mains vos tremblantes couronnes ;
L'étoile aux trois couleurs a lui sur l'univers,
Et de nouveaux destins aux peuples sont ouverts.
Qu'ils sont beaux les vainqueurs de Fleurus et d'Arcole !
De verdoyants lauriers quelle riche auréole

Environne leurs fronts! Au devant du trépas
Quelle bouillante ardeur précipite leurs pas!
De Rome à l'Alhambra, de l'Elbe aux Pyramides
Voyez-les, d'un seul bond, s'élancer intrépides,
Ravir son triple foudre à l'aigle des Césars,
Et planter leurs drapeaux sur le Kremlin des Czars;
Jusqu'à ce que, trahis enfin par la victoire,
Leurs débris immortels d'un dernier cri de gloire
Frappent la terre émue, et viennent sans pâlir
Aux champs de Waterloo, tomber, s'ensevelir!

C'est ainsi, cher MONNIER, qu'à la douce patrie
Vouant, à ton exemple, un culte de latrie,
À tous les yeux charmés, fils aimant et pieux,
Je la voudrais montrer belle comme à nos yeux.
Ainsi j'irais partout explorant ses rivages,
Ses plus secrets abris, ses monts les plus sauvages,
Exempt d'autre souci, sans guides, et suivant
Que le plaisir décide ou que tourne le vent;
Dans mes vagues récits, comme dans ma mémoire
Mêlant confusément la fable avec l'histoire;
Libre enfin dans les bois, dans les champs spacieux,
Et chantant tour à tour, terrible ou gracieux,
Les héros du vieil âge et ceux des temps modernes,
Les Esprits du rocher, le Gnome des cavernes,
Les Nymphes qui la nuit modulent de doux airs,
Et les Sylphes charmants répandus dans les airs.
Près du Pin fier encor du séjour d'Henri-Quatre,
A l'ombre de ses murs tantôt j'irais m'ébattre,
Tantôt suivre la Dame errante au beau vallon
De Blandans, de Voiteur et de Château-Chalon;
Château-Chalon fondé, dit-on, par Charlemagne,

Et qui d'un front altier domine la campagne,
Comme au-dessus des temps qui l'avaient enfanté
Planait de sa hauteur le Sicambre indompté.
Puis, Baume aux noirs rochers, aux murmurantes ondes,
Me dirait le secret de ses grottes profondes ;
Mystérieux palais où, sur des monceaux d'or,
Un dragon est assis et couve son trésor,
Argus dont les cent yeux dardent des étincelles !
Puis, au château d'Arlay, de nobles jouvencelles
Aux blonds cheveux, au front de guirlandes paré,
Le soir, m'accueilleraient, voyageur égaré ;
Et moi, trouvère épris de leur grâce ingénue,
Sur le luth inspiré fêtant ma bienvenue,
Je chanterais, aidé de leur touchante voix,
De naïves amours ou d'illustres exploits ;
Chants les plus doux au cœur qui puissent, dans les veilles,
De la jeune beauté captiver les oreilles.
La nuit, sur la nature en versant ses pavots,
M'apporterait encor des prodiges nouveaux ;
Soit que dans le sommeil, les belles châtelaines,
Au souris gracieux, aux suaves haleines,
Revinssent près de moi timides converser,
Et de songes heureux mollement me bercer ;
Soit qu'à mes yeux soudain un spectre épouvantable
Parût, chargé de fers, et, d'un ton lamentable,
Vînt demander en grâce un tombeau pour son corps,
Et pour son ame en deuil la prière des morts ;
Soit enfin que debout sur les tourelles sombres,
Je visse devant moi passer comme des Ombres,
Le sauvage Chasseur qui, fier et triomphant,
Fait retentir les airs du sonore oliphant,
Ou la Guivre traînant sa flamboyante queue,

Ou le Sylphe guerrier de la Montagne-Bleue [5],
Qui la lance à la main, de son blanc palefroi
Presse les flancs rougis et sème au loin l'effroi.
Ainsi, sous le beau ciel de notre Séquanie,
Sol loyal d'où la fraude à jamais fut bannie,
Soit à l'ombre des nuits, soit aux rayons du jour,
Tout serait pour mon cœur grâce, harmonie, amour,
Sujet de ris joyeux ou des plus douces larmes ;
Tout reviendrait enfin, orné de nouveaux charmes,
Ranimer mon génie étouffé dans ces murs,
Et m'inspirer des vers harmonieux et purs.

Ah ! si je n'avais craint, aventureux poète,
De donner trop l'essor à ma verve indiscrète,
Et si déjà peut-être en des détours trop longs
Mes pas ne s'égaraient à travers nos vallons,
J'aurais aussi voulu chanter la fée Arie,
Des dociles enfants providence chérie,
Qui, la nuit de Noël, vient, pendant leur sommeil,
Glisser sous leur chevet un beau gâteau vermeil ;
Et celle du Lômont qui, folâtre et maligne,
D'un coup d'œil caressant et d'une voix bénigne
Attire sur ses pas le jeune villageois,
Puis, avec un grand ris, seul au milieu des bois
Le laisse tout à coup, abusé d'un vain leurre ;
Et la pierre qui vire, et le rocher qui pleure ;
Et ces trois pics aigus assis au bord de l'Ain,
Monuments des fureurs d'un cruel châtelain,
Et dont, chaque matin, les Dames d'Olipherne
Reviennent visiter la cîme aride et terne,
Contemplant d'un œil triste et le flot agité
Et l'abîme où roula leur corps précipité.

Et toi qui, de nos jours, non loin du même abîme
Trouvas aussi la mort, jeune et douce victime !
Toi, la plus belle fleur des vergers de Lédon,
Joséphine [6] ! en mes vers oublierai-je ton nom ?
Oh ! quel deuil obscurcit la cité stupéfaite,
Quand un bruit trop réel vint, par un jour de fête,
Annoncer à ses fils, comme un sinistre glas,
Ton malheureux amour et ton fatal trépas !
Et sur les bords de l'Ain que de larmes coulèrent,
Quand sous leur sombre azur ses vagues te roulèrent,
Et sur l'herbe fleurie et le thym embaumé
Déposèrent enfin ton corps inanimé,
Aussi blanc que la neige et le lys des vallées!
De Poitte et de Clairvaux les vierges désolées
Te prirent dans leurs bras, et, se frappant le sein,
Et les cheveux épars, au pied du roc voisin,
D'où le fleuve en cascade avec un sourd bruit tombe,
De leur chaste compagne élevèrent la tombe.
Là, parmi les cyprès et les saules en pleurs,
Croît un rosier toujours chargé de blanches fleurs,
De la grâce pudique aimable et douce image!
Là vient un rossignol au douloureux ramage,
Quand la brise du soir a cessé de frémir,
Comme une ame isolée et plaintive, gémir ;
Et son chant porte au cœur une tristesse vague ;
Et l'on a vu souvent, du milieu de la vague
Émue et bondissant en flocons écumeux,
S'élever blanche et pure, à l'horizon brumeux,
Une forme légère, ondine insaisissable,
Qui plane sur les flots, qui glisse sur le sable,
Puis dans le gouffre ouvert, comme en un sûr abri,
Se replonge soudain, en poussant un grand cri !

NOTES.

(1) M. Théodore Vernier, comte de Montorient, pair de France, moraliste, né à Lons-le-Saunier en 1731, mort à Paris en 1818.

(2) Lédon, francisé de LÆDO, nom primitif de Lons-le-Saunier.

(3) J.-C. Prost, dit Lacuson, né à Longchaumois, célèbre partisan qui se distingua contre l'armée d'invasion de Louis XIV, dans les guerres de 1636 à 1668. M. Désiré Monnier en a fait le héros d'un ouvrage dont tous les amis de la bonne littérature et du pays attendent impatiemment la publication.

(4) M. Rouget-de-l'Isle, né à Lons-le-Saunier, a habité Montaigu où il avait une maison de campagne.

(5) Le Lômont appelé BLAU BERG (Bleu Mont) par les Allemands.

(6) Mademoiselle Joséphine Comte. Événement de 1814.

A M. Chevillard.

Si, comme toi, j'avais dans la fraîche vallée,
        Ou sur le penchant du coteau,
Au bout de quelque sombre et verdoyante allée,
        Un agreste et riant château ;

Domaine héréditaire aux tourelles gothiques,
        Du souffle du siècle abrité,
Où se conserve intacts la foi, l'honneur antiques,
        Et l'antique hospitalité ;

Où de bruyants chasseurs une amicale troupe,
        Poursuivant le lièvre aux abois,
Vienne fêter septembre et boire à pleine coupe
        Le vin de mes celliers d'Arbois ;

Alors, heureux poète, à tes leçons docile,
        Tantôt sur le bord des ruisseaux,
Je laisserais couler mon vers pur et facile
        Au gré des murmurantes eaux.

Tantôt, suivant la muse égarée et craintive
        Au fond de quelque val ombreux,
Je mêlerais au bruit de la brise plaintive
        Des chants sonores et nombreux ;

Ou debout, immobile, au sommet des montagnes
    Doré des rayons du matin,
Je verrais les coteaux, les plaines, les campagnes
    Se perdre à l'horizon lointain ;

Puis, portant l'œil humide à la voûte éternelle,
    J'élèverais vers le Seigneur,
Qui fit les cieux si beaux et la terre si belle,
    Un chant d'amour et de bonheur.

Ainsi, du val aux monts et des monts aux collines,
    De frais séjour en frais séjour,
Parmi les bois, les fleurs, les extases divines,
    Je laisserais couler le jour.

Et, quand de feux plus vifs peignant l'ardente nue,
    Le soleil quitterait les cieux,
Vers le toit qui m'attend et rit à ma venue,
    Je rentrerais à pas joyeux.

Je verrais sur le seuil une pudique épouse
    S'élancer, le cœur plein d'émoi,
Et notre enfant laisser les jeux sur la pelouse,
    Pour courir au devant de moi...

Mais de quels feux soudains s'illumine la salle ?
    Quel fumet ranime les sens,
Et des fourneaux s'élève, et dans les airs s'exhale,
    Plus doux mille fois que l'encens ?

Amis, c'est le parfum du banquet délectable
    Qui tous nous rassemble le soir ;
Et gaîment parmi vous, au milieu de la table,
    Roi du festin, je viens m'asseoir.

Eh bien ! que tardez-vous ? que la coupe profonde
    S'emplisse au signal ordonné !
Chassez les noirs chagrins, et passez à la ronde
    Le nectar qui m'a couronné...

Et chantons ! assez tôt les ennuis, les soins graves,
    Reviendront assombrir nos fronts.
Chantons le sol sacré des belles et des braves,
    Des vals d'amour et des hauts monts !

Le fier Jura !... Salut à son riche vignoble !
    A son beau ciel au bleu regard !
A ses vierges sans tache !... à ses fils, race noble
    Au cœur magnanime et sans fard !

A tout ce qu'ont de grand, de fort, ses pins superbes,
    Ses coteaux, de riants trésors,
Ses vallons, d'abris verts, ses prés, de molles herbes,
    Ses bois, d'harmonieux accords !...

Mais hélas ! je n'ai rien, pas même un brin du chaume
    Qui croît sur le bord des chemins,
Rien qui me reste encor du paternel royaume...
    Tout a passé dans d'autres mains.

Qu'irais-je donc chercher aux lieux où mon enfance
    Fleurit joyeuse entre les fleurs ?
Des temps qui ne sont plus l'amère souvenance,
    Et des ruines et des pleurs.

Mieux vaut encor l'exil. Sur la plage étrangère,
    Du moins à mon cœur éperdu,
Rien ne vient retracer l'image mensongère
    D'un bonheur à jamais perdu.

Une maîtresse absente est souvent embellie ;
    L'amour, s'unissant au regret,
S'empreint de je ne sais quelle mélancolie,
    Qu'on aime à nourrir en secret.

Ainsi, lorsqu'égaré dans les champs, près du fleuve
    Qui ceint la royale cité,
Dans l'ombre et le silence un moment je m'abreuve
    D'air libre et de félicité....

C'est toujours au Jura que mes rêves intimes
    Fixent leur essor incertain ;
C'est lui dont je crois voir toujours les vertes cîmes
    Flotter à l'horizon lointain.

Qu'alors un beau soleil, quelque fleur sur la mousse,
    Se joigne au charme du rêver ;
Qu'une brise de l'est, harmonieuse et douce,
    Tout à coup vienne à s'élever...

Ma lyre au même instant, sous la suave haleine,
  Dans ma main commence à frémir,
Comme au souffle du soir la harpe éolienne
  Se prend d'elle-même à gémir.

Chaque corde vibrant me murmure attendrie,
  Et toujours avec plus d'amour,
Les bois, les prés, les champs de la terre chérie,
  De la terre où j'ai vu le jour ;

Et, près des vieux amis de la verte jeunesse,
  Une place, un toit fraternel,
Où des beaux jours passés tout le charme renaisse,
  Et parmi nous vive éternel.

Le Clair de Lune.

Tacitæ per amica silentia noctis.
VIRGILE.

La lune au firmament brillait blanche et sereine ;
Les étoiles jetaient leurs fleurs tout à l'entour ;
Et calme elle siégeait comme une jeune reine
Qu'environnent en chœur les nymphes de sa cour.

Elle semblait ainsi, paisible souveraine,
Se plaire à contempler le terrestre séjour ;
Et sur l'ombre des bois, sur les eaux, sur l'arène,
Ses feux dormaient plus doux que la clarté du jour.

C'est l'heure où tous les bruits se taisent sur la grève,
Où la vierge soupire, où le poète rêve ;
L'heure où, brisant le joug de ce monde oppresseur,

L'ame, libre un moment, vers sa belle atmosphère
Prend un sublime essor, monte de sphère en sphère,
Et se va perdre au sein d'une autre ame sa sœur.

Le Monde comme il va.

A MON AMI LE CAPITAINE PERRAUD.

Voir le vice en honneur et la vertu sans prix,
Et partout dominer la bassesse et l'intrigue,
Et le mérite fuir honteux devant la brigue
Qui passe, en le narguant encor de son mépris.

Sentir qu'aux plus grands cœurs, aux plus nobles esprits,
Tout oppose un obstacle, une invincible digue,
Tandis que la fortune, aveuglément prodigue,
Jette ailleurs ces trésors dont l'homme est trop épris.

Ami, telle est la vie ; il est trop vrai ; qu'y faire ?
Se résigner, souffrir, et bien souvent se taire.
Oui... mais, du moins, toujours se roidir sans plier,

Se garder fier et libre, et sur ce monde infâme
Planer autant et plus des hauteurs de son ame,
Qu'à ses pieds son dédain nous pense humilier.

1831.

L'Étoile du Soir.

La nuit tombait ; la pourpre embrâsait l'occident ;
Au souffle d'un vent frais, mille nuages roses
Sous un ciel calme et bleu semaient leurs fleurs décloses,
Et flottaient, au hasard dans les airs s'épandant.

L'étoile que le soir prend pour son confident,
Tout à coup resplendit parmi ces belles choses,
Comme brille, au milieu de guirlandes de roses,
Un globe de cristal à la voûte appendant.

Que ses yeux étaient doux ! quel charme inexprimable
Se peignait sur son front, dans son sourire aimable !
Quel vif éclat jetait sa chevelure d'or !

Ainsi ton astre pur se lève sur ma vie,
O vierge ! et tel au fond de mon ame ravie
Luit de ton chaste amour le céleste trésor.

SONNET 4.

A mon ami le Statuaire Huguenin.

SUR SON BUSTE DE BICHAT.

Kunst macht gunst.
Le talent fait la faveur.
(Vieille devise allemande.)

JEUNE artiste, c'est bien! Oui, tel il devait être,
Avec ce regard d'aigle et ce vaste cerveau,
Et ce front, siége altier et lumineux flambeau,
Et l'œil qui veut tout voir, tout scruter, tout connaître...

Ce Bichat qui, dans l'âge où l'on écoute un maître,
Arrachant à l'erreur son antique bandeau,
Le scalpel à la main, par un chemin nouveau,
Alla ravir à Dieu le secret de notre être.

Poursuis! toi dont le marbre encor tout palpitant
Pleura sur ce vieux roi pauvre, nu, grelotant,
Vers qui la douce Odette en souriant s'incline [1].

Laisse aboyer l'envie. Eh! qu'importe, après tout ?
Si le chemin est âpre et hérissé d'épine,
L'horizon est immense, et la gloire est au bout!

(1) Allusion au beau groupe de Charles VI et d'Odette de Champdivers, œuvre de ce jeune sculpteur jurassien. Son buste monumental de Bichat décore la cour de l'Hôtel-Dieu de Lons-le-Saunier.

A une jeune Fille.

Oh! dites-moi, vierge chérie,
Vous qui venez des monts Jura,
De ces vallons où s'égara
Ma jeune et belle rêverie ;

Dites-moi, les bords du Solvant
Gardent-ils ces fleurs odorantes,
Qui sur les ondes murmurantes
Balancent leur corolle au vent ?

Voit-on toujours l'épine blanche
Sourire au milieu du buisson,
Et serpenter dans le gazon
La campanule et la pervenche ?

Au souffle attiédi des autans,
Voit-on la perce-neige encore,
Hâtive s'empresser d'éclore,
Blonde avant-coureur du Printemps ?

Et quand le Printemps dans la plaine
Revient s'ébattre et voltiger,
Et que la rose du verger
S'épanouit à son haleine ;

Quand, avec lui, du haut des airs,
Descend l'Espoir au frais sourire,
Et que tout s'éveille et respire
Joie, amour, parfums et concerts...

Dites-moi, vos jeunes compagnes
Vont-elles, comme au temps jadis,
Sur l'émail des prés reverdis
Former des chœurs dans les campagnes ?

Et, dansantes, mêler leur voix
Au bruit du ruisseau qui s'écoule,
Au chant de l'oiseau qui roucoule,
Ou qui gazouille dans les bois ?

Les bois, dans le fond des vallées,
Couronnés d'ombrage et de paix,
Toujours sous leurs dômes épais
Ont-ils de ces sombres allées,

Où, dans un discret demi-jour,
Et loin de la foule ennemie,
L'ami rencontre son amie,
Et tout bas lui parle d'amour ?

Où s'en va rêver le poète
A quelque belle fiction ;
Où la sainte inspiration
Descend brûlante sur sa tête ?

Mais, jeune fille, je le vois,
Je le sens à votre œil de flamme,
A ce souris qui ravit l'ame,
Au doux accent de votre voix ;

Oh ! oui, le sol qui vous fit naître,
L'Éden qui fut votre berceau,
Doit plus gracieux et plus beau,
Plus aimable encore apparaître.

C'est toujours la terre de miel
Et de lait suave arrosée,
La terre où tombe la rosée
La plus abondante du ciel ;

Où le pin dresse un front superbe,
Où croît le saule au bord des eaux,
Le pampre au penchant des coteaux,
Et la violette sous l'herbe.

Du haut de son trône d'argent,
Là, sur sa race magnanime,
Le vieux Jura, le mont sublime,
Toujours jette un œil indulgent.

Même au siècle avare où nous sommes,
Là toujours les plus nobles feux,
Toujours les pensers généreux
Couvent au sein des jeunes hommes.

Là, timides, fuyant le jour,
Se cachent ces vierges modestes,
A la voix d'ange, aux yeux célestes,
Fleurs de poésie et d'amour !

Et dont l'une à jamais chérie
Revient rendre à mon cœur charmé
Le ciel d'azur, l'air embaumé
Et le soleil de la patrie.

SONNET 5.

Le Moulin de Beauté.

Le long de ce grand fleuve au flot pur et tranquille,
Dont la brise en passant caresse le sommeil ;
Sous ces blancs peupliers au feuillage mobile,
Sur ce tapis de mousse et de gazon vermeil ;

Parmi les chants d'oiseaux qui, dans leur vert asile,
Du matin rougissant célèbrent le réveil ;
Au frais parfum des fleurs, émail d'un sol fertile,
A la pâle clarté de ce tiède soleil ;

Oh ! combien j'aimerais, ma belle, ma chérie,
Parcourir à pas lents le vallon, la prairie,
Seul à seul avec toi, sur l'herbe, au bord de l'eau !

Et ton bras appuyé sur le mien, jeune fille,
Te dire, en regardant le firmament qui brille :
Oh ! que la vie est douce, et que le ciel est beau !

SONNET 6.

Le vallon de Louveciennes.

Hier, à travers champs, dans ma course lointaine,
J'arrivai tout poudreux au fond d'un vallon vert,
Qu'habite un frais silence, où coule une fontaine,
Où murmure un ruisseau de grands arbres couvert.

J'allai m'asseoir rêveur sous leur ombre incertaine.
A mes pieds se jouaient mille fleurs du désert,
Et l'oiseau de son chant, le vent de son haleine,
Modulaient sur ma tête un ravissant concert.

Là, le cœur toujours plein de ton image chère,
Je t'appelai... tu vins gracieuse et légère,
Et j'entendis ta voix me dire: me voici!

Puis vers moi tu t'assieds ; sur moi ton front se penche...
Et moi, je te regarde, et prenant ta main blanche,
Je te disais: oh! reste! il fait si bon ici!

SONNET 7.

A M. Emile Deschamps.

D'un vol léger,
Blonde fillette,
Va, gentillette
Et vermeillette,
Va voltiger

Sous l'oranger,
Vers la chambrette
Blanche et proprette,
Où le poète
Aime à songer.

Frappe à sa porte,
Et puis lui porte,
Et me rapporte,
D'un prompt essor,

De poésie
Et d'ambroisie
La plus choisie
Un plein trésor !

Elmire.

J'ai chanté celle-ci sous le nom d'Uranie.
Oh ! que j'ai bien pour elle exercé mon génie,
Et que de tendres vers consacrent ce beau nom !

PIRON.—Métromanie.

IL est bien doux pour moi, votre nom, chère Elmire !
Doux comme le rayon qui dore le matin,
Comme un souffle effleurant la rose qui se mire
    Dans le flot argentin ;

Doux comme le ruisseau qui suit sa course lente,
Comme la fleur ouvrant son calice vermeil,
Comme, aux feux du midi, dans la saison brûlante,
    A l'ombre, un frais sommeil ;

Doux comme le parfum qui monte avec la flamme,
Comme un noble désir, le rêve d'un bienfait,
Ou le suave émoi que laisse au fond de l'ame
    Un heureux qu'on a fait.

Oui, ce nom, c'est pour moi celui d'un bon génie ;
C'est pour mon cœur espoir et foi dans l'avenir ;
C'est un charme divin, une exquise harmonie
    Qu'on ne peut définir.

Avec le premier chant de l'oiseau qui s'éveille,
Comme une voix du ciel, comme un soupir d'amour,
Je l'entends qui tout bas caresse mon oreille,
    Et m'annonce un beau jour.

Le soir, lorsque la nuit laisse tomber son voile,
Le rossignol plaintif le chante doucement ;
Dans la lune rêveuse et dans la blanche étoile
    Il brille au firmament.

Là, sous l'œil du Très-Haut, je crois ouïr les anges
Tout émus se le dire et se le dire encor,
Et le doux nom passer de phalange en phalanges,
    De harpe en harpe d'or.

Puis le ciel à la terre en frémissant l'envoie ;
Et d'échos en échos il roule harmonieux ;
Et j'écoute en extase, et des larmes de joie
    Viennent mouiller mes yeux.

Ah ! toujours puisse-t-il vous être heureux, Elmire !
Qu'il éloigne à jamais de vous tout noir chagrin !
Sur votre front naïf qu'il fasse toujours luire
    Un ciel pur et serein !

Qu'il soit aussi pour tous le nom que le cœur nomme,
Plein d'une sainte ivresse, en parlant au Seigneur ;
Le nom béni de Dieu, qui verse au cœur de l'homme
    Calme, joie et bonheur !

Un Matin.

Jeune fille, avec moi pourquoi n'es-tu venue ?
Vois comme au loin le ciel est pur, l'air embaumant ?
Comme le beau soleil, perçant la sombre nue,
En légers flocons d'or va partout la semant ?

Vois, de l'astre adoré fêtant la bienvenue,
Comme tout rit sur terre et chante au firmament !
Chaque brise au cœur souffle une joie inconnue,
Et chaque fleur aux prés distille un diamant.

Oh ! oui, j'aurais voulu, dans les bois, dans la plaine,
Te sentir près de moi... sentir avec la mienne
S'associer ton ame à tous les saints transports.

Et, mollement assis à tes pieds, sur la mousse,
Te regarder, et puis entendre ta voix douce
S'unir suave et fraîche aux célestes accords.

SONNET 9.

La Marne.

A la mémoire d'André CHÉNIER.

> Soit où la Marne lente, en un long cercle d'îles,
> Ombrage de forêts l'herbe et les prés fertiles.
>
> André CHÉNIER. — Élégies.

SŒUR de la Seine, ô toi, qui des Vosges lointaines,
Des rochers aux vallons précipites ton cours;
Puis, jusques en ces prés et par mille détours,
Amènes lentement tes ondes incertaines ;

Marne, j'aime tes bords ! dans les bois, dans les plaines,
Avec toi je m'égare en tous ces frais séjours,
Qu'André Chénier rendit témoins de ses amours,
Où son luth modula de si touchantes peines.

Souvent je l'ai cru voir pâle, les yeux en pleurs,
Sur ta rive embaumée errer parmi les fleurs ;
Et moi, d'un pied craintif, je le suis à la trace ;

J'entends son nom frémir dans les bocages verts,
Et ton flot roule encore en murmurant ses vers,
Comme l'Èbre jadis ceux du chantre de Thrace.

Vision.

C'ÉTAIT au creux d'un val, solitude profonde,
Toute d'herbe, de fleurs, de paix, d'enchantement.
De frais coteaux ombreux la ceignaient mollement ;
Un lac y reposait le miroir de son onde.

Et moi, je regardais cette terre féconde,
Le ciel d'or, les prés verts, les bois, le flot dormant ;
Et mon cœur battait d'aise et de contentement,
Trouvant qu'il était doux, oh ! bien doux d'être au monde.

Lorsque, d'un pied léger rasant l'humide azur,
Une forme céleste au front candide et pur,
Ayant le teint, la bouche et l'œil semblable au vôtre,

Vient à passer vers moi, sourit, et disparaît...
Laissant vide et désert ce lieu si plein d'attrait.
Était-ce vous ?... Mais quoi ? pouvait-elle être une autre ?

L'Étoile Du Matin.

Par tremolando mattutina stella.

DANTE.—Purgatorio, c. XII.

Tremblotante, apparaît l'étoile matinále.

Mad. Amable TASTU.

DÉJA, parmi les cieux faiblement colorés,
Le matin livre aux vents ses longs cheveux dorés ;
Déjà son pied joyeux pose sur les collines,
Qu'il revêt de lueurs roses et purpurines,
Et là, comme sourit à l'amante l'amant,
Il sourit à la terre et s'arrête un moment.
Les astres de la nuit à son aspect pâlissent ;
Devant son doux regard leurs clartés s'affaiblissent,
S'effacent par degrés, et, comme un point obscur,
S'éteignent à la fin dans le limpide azur.
Un seul pourtant, et c'est l'étoile la plus belle,
Semble briller encor d'une splendeur nouvelle,
Et, blanche perle au front du jeune et blond matin,
Jette sur tout cet or son éclat argentin.
C'est celle à qui la Grèce, en beaux noms si féconde,
A donné le doux nom de la fille de l'onde,
Aphrodite, et dans qui son génie enchanté
Se plut à réunir l'amour et la beauté.
C'est aussi parmi nous l'ange aux ailes de flammes,
Qui, pour avoir tenté la première des femmes,
Du chœur des Séraphins par le Seigneur banni,
Erre ainsi solitaire en l'espace infini,
Et dans sa gloire encore avant le jour se lève,
Pour fasciner les yeux de quelque nouvelle Ève,

Dans le cœur attendri versant avec ses feux
Tout l'inquiet tourment du désir amoureux.
Mais, de quelque beau nom que notre voix te nomme,
Ange à l'œil de la femme, Aphrodite pour l'homme,
Diamant de la nuit, premier rayon du jour,
Étoile du pasteur, planète de l'amour,
Il est une autre forme encor plus gracieuse,
Sous laquelle à mes yeux, blanche, silencieuse,
Et pleine de mystère, aux bords de l'orient,
Tu viens te révéler par le matin riant.
Oui, je crois voir en toi resplendir transformée,
L'ame de ma candide et jeune bien-aimée,
Qui, tandis que son corps repose mollement,
Des terrestres liens dégagée un moment,
Franchit l'espace immense, et, de feux couronnée,
Reprend sa place au ciel dont elle est émanée,
Et de là verse au loin sur l'horizon joyeux
Un aussi doux éclat que celui de ses yeux.
Et moi, voilà pourquoi j'ai devancé l'aurore,
Et, tandis que tout œil au jour se ferme encore,
Et qu'aucun autre soin ne m'est venu troubler,
Je reste là, debout, seul, à te contempler,
Comme un nocher sur mer l'astre immobile au pôle,
A voir étinceler ta brillante auréole,
A respirer en paix les émanations
Qui semblent jusqu'à moi glisser de tes rayons,
Comme un parfum des fleurs de la céleste sphère,
A nager dans les flots de ta blanche atmosphère,
A vivre de ta vie, à me plonger enfin
Dans l'extase et l'amour et les rêves sans fin.
Alors mon ame aussi, sans que rien la retienne,
S'échappe de mon sein pour rejoindre la tienne,

Là haut, dans ces champs d'or, dans ces plaines d'azur,
Où ton astre adoré luit si vierge, si pur,
Où tout ce qui souffrit et pleura sur la terre,
Qui, plein de trop d'amour, y vécut solitaire,
Doit, par des nœuds que rien ne pourra désunir,
Dans l'éternel bonheur un jour se réunir.

SONNET 11.

Rêverie.

A l'éclat printanier du jour,
Au souffle léger de la brise,
Au bruit de l'onde qui se brise,
Puis s'endort en ce frais séjour ;

Au calme qui règne à l'entour,
Mon ame attendrie et surprise,
D'un feu soudain se sent éprise,
Et tout mon cœur se fond d'amour.

Pour qui ?... pour l'oiseau qui voltige,
Pour une rose sur sa tige,
Un brin d'herbe sur le gazon ;

Pour l'air embaumé qu'on respire,
Pour le flot d'azur qui soupire,
Et semble murmurer un nom !...

Votre Elmire.

O lignes que sa main, que son cœur a tracées!
Andrè CHÉNIER.- Élégie 2.

C'EST bien vous dont la main l'écrivit... *Votre Elmire!*...
Et ces deux mots plus doux qu'un souffle du zéphyre
Qui de l'été brûlant tempère les chaleurs,
Plus doux que le doux bruit d'un ruisseau sous les fleurs,
Comme un son prolongé de la harpe d'Éole,
Comme une voix du ciel, que l'ange qui console
Murmure, en agitant sur nous ses ailes d'or,
Jusqu'au fond de mon cœur retentissent encor.
Ils y sont descendus frais comme la rosée
Qui ranime la sève en la plante épuisée,
Et, comme un mot sorti de la bouche de Dieu,
Y restent à jamais gravés en traits de feu.
Oh! dites, j'ai besoin de les entendre encore ;
N'est-ce point un vain son qui dans l'air s'évapore?
Est-ce bien votre cœur qui les dicta, ces mots,
Gage de mon bonheur, charme de tous mes maux :
Votre Elmire?... Eh bien, oui, vous êtes mon Elmire,
La joie et le seul bien auquel mon ame aspire,
L'ange qui fait tomber les fers du prisonnier,
L'astre qui sur les flots guide le nautonnier,
Le rayon du soleil qui luit après l'orage,
La vierge que l'on rêve au printemps de son âge,
La muse qui sourit à nos premiers essais ;
La femme enfin sur qui, dans les sentiers mauvais,

Le bras lassé de l'homme avec douceur s'appuie,
Qui soutient son courage, et, bienveillante, essuie
Les pleurs que trop souvent, même au cœur le plus fier,
Arrache l'injustice ou le chagrin amer ;
Celle en qui tout d'abord joyeux l'on se confie,
Celle dont le regard console et purifie.
Qui porte amour et grâce au fond de son œil bleu,
Et dont la voix vous dit : espère, il est un Dieu !
Et moi, je suis aussi tout à vous, mon Elmire,
Comme le jeune époux à celle qu'il désire,
Comme l'abeille aux fleurs où repose son miel,
Comme l'ame à celui dont elle émane au ciel ;
A vous, par qui ma muse en souriant s'éveille,
Et devant chaque objet naïve s'émerveille ;
Car c'est vous que partout elle croit voir flottant
Devant son œil charmé, que partout elle entend....
A vous donc le soleil dans la voûte éthérée,
Et les ombrages frais sur la terre altérée !
A vous, fleurs et parfums et fruits délicieux,
Et, durant le sommeil, les songes gracieux !
A vous, tout ce que peut, pour une fille d'Ève,
Le poète créer de plus beau dans un rêve,
Tout ce qu'il sent en lui, pour le mieux enchanter,
D'harmonie et d'ivresse et d'amour fermenter !
A vous l'extase pure et les larmes de joie,
Et les ravissements où son ame se noie,
Alors qu'un doux penser de vous le vient saisir,
Et l'agiter d'un tendre et douloureux plaisir ;
Qu'il me semble vous voir, sœur brillante des anges,
Vous rallier là haut à leurs saintes phalanges
Dans la gloire immortelle, et, me tendant la main,
M'aplanir devant vous le radieux chemin !

A vous, Elmire, enfin, pour l'un de vos sourires,
Pour l'un de vos regards, mes transports, mes délires,
Mes soins, mes vœux secrets, mes chants de tous les jours,
Et mon cœur, et mon ame, et ma vie à toujours!

Le Bal.

JEUNE fille aux yeux bleus, si tu devais, ce soir,
Sortant du bal, passer aux lieux que mon pied foule,
Je voudrais, à l'écart, loin de l'œil de la foule,
Dans quelque obscur réduit, sur la pierre m'asseoir.

Et là, le cœur tremblant du désir de te voir,
J'attendrais, laissant fuir l'heure et l'heure qui coule ;
Tandis qu'aux cieux la nuit silencieuse roule,
Et partout sur la terre étend son crêpe noir.

Puis, lorsque enfin, cachée à-demi sous ta mante,
Je te verrais paraître, ô ma vierge charmante,
Marchant seule, et craintive, et d'un pas incertain...

J'irais, j'irais alors t'offrir mon bras timide,
Et, dans l'ombre profonde et par la brume humide,
Te guider tout joyeux jusqu'à ton seuil lointain.

Le Saule du Ruisseau.

. . . . Le parole
Sonavan' altro che pur voce umana.
Ses paroles n'étaient point celles d'une simple mortelle.

PÉTRARQUE.—Sonnet 69.

IL est dans la vallée une source d'eau vive ;
D'un tertre verdoyant, sur l'onde fugitive
Un saule échevelé balance ses rameaux.
Le tertre est parsemé de fleurs et d'arbrisseaux ;
De son pied tout moussu l'onde sourd et s'échappe,
Puis dans un clair bassin se réunit en nappe,
Et, de là, murmurant sur les sables dorés,
S'égare en longs détours parmi l'herbe des prés.

Là venait, chaque jour, de la cité voisine,
Dès que la jeune aurore empourprait la colline,
Telle qu'une madone au fond d'un reposoir,
Une vierge timide et pensive s'asseoir.
Le saule sur son front laissait tomber ses branches,
Caressait son beau cou, flottait sur ses mains blanches,
Ou mêlait, mollement par la brise éventé,
A ses longs cheveux noirs son feuillage argenté.
Là, tantôt le visage incliné vers la terre,
Elle semblait rêver à quelque grand mystère,
Et recueillir en soi chaque son, chaque bruit,
Chaque rayon vermeil d'un beau jour qui nous luit.
Puis, soudain vers le ciel relevant en extase
Son œil d'un bleu d'azur qu'un feu divin embrase,

Et laissant de sa bouche exhaler des concerts
Qu'on eût pris pour la voix d'un ange dans les airs,
Elle chantait émue et dans un saint langage,
Les oiseaux du bon Dieu, le vallon, le bocage,
Et les fleurs dont la terre au printemps s'embellit,
Et le soleil sortant radieux de son lit.
Ainsi, seule en ces lieux, la vierge gracieuse
Chantait... et pour ouïr sa voix mélodieuse,
Les oiseaux suspendaient leur doux chant matinal,
Et le ruisseau coulait plus lent dans son canal,
Et la naissante fleur entr'ouvrait sa corolle,
Et les cieux sur la terre abaissaient leur coupole,
Et, sur les monts boisés qui bornent l'orient,
L'astre du jour semblait s'arrêter souriant.

Oh! que de fois aussi, pour la voir, pour l'entendre,
Épia le jeune homme enthousiaste et tendre!
Que de brûlants soupirs, que de vœux empressés,
Que d'hommages vers elle en secret adressés!
Mais en vain... De ce monde hôtesse passagère,
Elle y semblait toujours et partout étrangère.
Rien de tout ce qui peut ici-bas nous toucher,
De la fille du ciel ne pouvait approcher,
Et les traits acérés qu'Amour avec adresse
De son carquois fécond lui décochait sans cesse,
Tous venaient impuissants expirer sur son cœur,
Et tombaient autour d'elle, et s'y changeaient en fleur.
Et c'est pourquoi la terre en était si couverte,
Et leur émail brillait si vif dans l'herbe verte,
Qu'il n'est jardin qui puisse en étaler jamais
Et tant, et d'un parfum si suave, si frais!
Aussi, l'hymne achevé, quand la vierge céleste

Sur les prés 'abaissait sa paupière modeste,
Et que ses yeux tombaient sur ce mol horizon
Tout riant, tout rosé, tout semé de gazon,
Naïve enfant alors, parmi les fleurs nouvelles
Elle courait joyeuse et cueillait les plus belles ;
Puis, d'un doigt délicat, ensemble entrelaçant
La primevère d'or, le pavot rougissant,
Et la pervenche bleue et la blanche anémone,
Elle en formait sur l'herbe une agreste couronne ;
Et, prête à s'éloigner, sur quelque vert rameau
La laissait suspendue au-dessus du ruisseau.
Depuis long-temps la vierge a quitté la vallée,
Et nul ne sait au monde où la vierge est allée,
Comme on n'a jamais su qui l'avait fait venir ;
Mais la vallée en garde un long ressouvenir.
Le saule est encor là, se penchant sur la source ;
Le ruisseau dans les prés poursuit toujours sa course ;
De calme, de parfums et d'ombre environné,
Le tertre de ses fleurs est toujours couronné.
Plus d'un poète y vient, amant de l'harmonie,
De l'asile sacré consulter le génie.
Plus d'une vierge aussi, vers le déclin du jour,
Toute rêveuse assise, y vient songer d'amour.
Sur l'arbre frémissant, là, souvent, comme offrande,
Une invisible main suspend une guirlande,
Et toujours frais, toujours plein d'un charme nouveau,
Ce lieu s'appelle encor : LE SAULE DU RUISSEAU.

SONNET 13.

Apparition.

Les vapeurs du matin couvraient encor la plaine ;
Le soleil en dorait les contours blanchissants ;
Et, vers le ciel d'azur, comme un parfum d'encens,
La brise les roulait en doux flocons de laine.

Chaque souffle entr'ouvrait sur la mobile scène
Un spectacle nouveau... Là, des blés jaunissants,
Ici, le bois touffu, les prés reverdissants,
Et, plus loin, les flots purs de la limpide Seine.

Et partout, au penchant des rapides coteaux,
Dans le creux des vallons, dans le miroir des eaux,
Partout m'apparaissait la gracieuse image.

Puis, je la vis, le front ceint des feux d'un beau jour,
Et, la palme à la main, debout, sur un nuage,
Lentement s'élever au céleste séjour.

Bonjour.

ENTENDS-TU, jeune Elmire. entends-tu des oiseaux
Les mille et mille voix, sur l'arbre, au bord des eaux?
Vois-tu vers l'orient comme l'aube se dore ?
C'est le réveil du jour, c'est la brillante aurore ;
C'est le matin rosé qui sourit gracieux ;
C'est le soleil qui va s'élancer dans les cieux !
Puis sur la terre aussi, c'est toute créature
Qui renaît au Seigneur ; c'est la belle nature,
Qui, fraîche, le front peint de vermeilles couleurs,
Lui présente l'encens de ses premières fleurs.
Du rossignol aux bois c'est la plainte touchante ;
C'est au plus haut des airs l'alouette qui chante,
Et l'angélus qui tinte au clocher des hameaux,
Et le vent qui frémit à travers les rameaux.
Et c'est aussi mon cœur qui sortant d'un beau rêve
Qui lui parlait de toi, vers toi joyeux s'élève,
Et t'apporte, inondé d'amour et de plaisir,
Et son premier hommage et son premier désir.

SONNET 14.

Le Regard.

Pure émanation de ton ame céleste,
Clair reflet de ton cœur chaste, aimant et sans fard,
Il est là dans mon sein, il est là, le regard,
Le regard si brûlant de ton œil si modeste !

Devant lui j'ai vu fuir soins et penser funeste.
Il embellit encor la nature, et dans l'art
Il ravive ma foi ; par lui, de toute part,
La bonté de Dieu brille, à mes yeux manifeste.

Telle, d'un ciel d'azur, au vermeil orient,
L'étoile du matin verse son feu riant,
Et la rose pour elle ouvre son frais calice,

Et l'oiseau dans son nid lui chante un chant d'amour,
Et l'homme s'éveillant contemple avec délice
L'astre aux rayons dorés, précurseur d'un beau jour.

Aspiration.

ELMIRE, oh ! que la lune hier soir était belle !
Quel doux regard jetait son œil riant sur moi !
Qu'en la voyant ainsi, ma blanche colombelle,
    Il faisait bon songer à toi !

A toi, mon astre ami, qui, sous tes chastes voiles,
M'apparais si charmante, et qui luis chaque jour
En moi d'un feu plus pur que parmi les étoiles
    La lune au céleste séjour !

A toi, vers qui mon ame en extase s'élance,
Comme, du fond d'un temple aux échos frémissants,
S'élève un beau concert, au milieu du silence,
    Avec les parfums de l'encens !

Mes Rimes.

Mes rimes aux doux yeux, capricieuses fées,
Allez, le front rougi du virginal carmin,
Entrelaçant vos pas, vous tenant par la main,
Et de blanche anémone et de bluets coiffées ;

Allez, d'un vague émoi, d'un feu tendre échauffées,
Chantant comme l'oiseau caché dans le jasmin,
Ou comme, sous l'ormeau qui borde le chemin,
Soupirent d'un vent frais les plaintes étouffées.

Allez, d'un pied furtif, par cet étroit sentier,
Près de celle où mon cœur repose tout entier,
Vers elle... et là, devant que son œil se réveille,

Bercez-la d'un beau songe aux riantes couleurs ;
D'harmonieux accords emplissez son oreille,
Et sur elle épandez vos parfums et vos fleurs.

Sur la Colline.

Quand, sur le frais gazon, du haut de la colline,
Je vois partout briller la rosée argentine,
Et qu'aux premiers rayons qui dorent le matin,
Loin, bien loin, à mes pieds, se déroulent sans fin
Les vastes champs, les prés que traverse un grand fleuve,
Les saules chatoyants que l'onde pure abreuve,
Et les riants vallons parsemés de hameaux,
Et les bois suspendus au penchant des coteaux,
Jusqu'à ces monts ardus, vague horizon bleuâtre,
Qui bornent au couchant l'immense amphithéâtre...
A ce tableau sublime, à ces mille concerts
Qui des buissons voisins s'élèvent dans les airs,
Une nouvelle vie anime tout mon être ;
Aux clartés de l'Éden il me semble renaître.
Il semble, en ce moment, que la rosée en pleurs
Descend limpide en moi comme au giron des fleurs,
Et vient de frais parfums et de molle harmonie
Inonder à pleins bords mon ame rajeunie.
Seul ainsi, respirant l'air et la liberté,
Sur l'espace infini je plane avec fierté,
Et mon œil tour à tour, enchanté, se promène
De la plaine aux coteaux, des coteaux à la plaine,
Puis attendri, baigné de pleurs délicieux,
Se porte avec extase à la voûte des cieux ;
Au Dieu dont tout reflète avec splendeur l'image,
D'un cœur qu'il régénère offrant le pur hommage :
Seul tribut qu'ici-bas puisse un faible mortel
Déposer humblement aux pieds de son autel.

Aux Fleurs.

SALUT ! je vous revois, fleurs, mes jeunes amies !
Comme un riant essaim de vierges au teint frais,
Vous remplissez les champs, les vallons, les forêts,
Vous, dans l'ombre et la mort si long-temps endormies ;

Et déjà, balançant vos tiges affermies,
Vous livrez à l'abeille, aux zéphyrs indiscrets,
Vos baisers, votre miel, vos dons les plus secrets,
Sans plus craindre les coups des brises ennemies !

Salut ! trésors des prés, vous que sur nos chemins
Du haut des airs un ange épand à pleines mains !
Oh ! laissez devant moi s'arrondir vos coupoles,

Vos urnes d'or s'ouvrir aux feux naissants du jour ;
Laissez-moi respirer encore en vos corolles
Les parfums du printemps, les parfums de l'amour.

L'Illusion.

In solis tu mihi turba locis.

ELMIRE, ange adoré, partout ton doux fantôme
Me suit à chaque pas, me rit dans chaque atôme,
Autour de moi voltige, et d'un cercle d'amours,
De chants et de parfums environne mes jours.
C'est toi qu'à mes regards l'aurore la première
Vient offrir au milieu d'un réseau de lumière,
Et, sur le front du jour, dans l'or du firmament,
Je te vois scintiller comme un beau diamant.
Alors, des noirs remparts si franchissant l'enceinte,
Je m'en vais, le cœur plein de ton image sainte,
Porter mes pas au val ou dans l'ombre des bois,
Du char de l'orient aussitôt je te vois
Te détacher, semblable à l'une de ces Heures,
Qui du faîte azuré des célestes demeures,
Descendent avec l'aube, et de leurs blanches mains
Laissent tomber partout des fleurs sur les chemins.
Vers moi sur le gazon ton pied léger se pose;
Avec le rossignol tu chantes sur la rose.
Abeille bourdonnante ou joyeux papillon,
Tu voltiges sur l'onde et sur le vert sillon.
Fleur d'Éden, ton arôme est l'amour de la brise;
Comme une voix d'en haut, une harmonie exquise,
Dans le ruisseau qui court, dans l'arbre qui frémit,
Dans l'écho du rocher ta voix douce gémit.
Tout ce qu'enfin la terre, au printemps qui s'éveille,
Exhale de délice, enfante de merveille;

Tout ce qu'en son giron les cieux versent alors
D'abondance, d'espoir, de ravissants trésors,
D'ineffable beauté, de grâce qu'on admire,
C'est toi, c'est encor toi, c'est toujours mon Elmire ;
Toi qui viens rendre encore à mon cœur éperdu
La fraîche illusion, le bel âge perdu ;
Qui transformes en moi, par je ne sais quels charmes,
La douleur en plaisir, en doux souris les larmes,
Les regrets en espoir vague et délicieux,
Et les soupirs en chants de bonheur vers les cieux.
Mais qu'entends-je ?... déjà la cloche matinale
Vibre dans l'air ému, sonnant l'heure fatale,
L'heure qui, loin des champs, des bois hospitaliers,
Tristement me rappelle aux labeurs journaliers ;
Et mon front tout à coup s'assombrit d'un nuage,
Et je maudis le jour, et l'heure, et l'esclavage,
Et le travail, ce dur, inflexible tyran,
Qui d'un sceptre de fer commande aux fils d'Adam.
Mais mon ange sauveur, ma compagne bénie,
Vers moi soudain revole, et, propice Génie,
A mes pas chancelants elle offre un sûr appui,
Et, me montrant le ciel, me dit : Espère en lui !
Et je crois, et j'espère, et mon cœur est plus calme ;
Et dans ses jeunes mains je vois briller la palme
Que le Dieu juste et bon dans l'Éden fait fleurir
Pour quiconque ici-bas sait aimer et souffrir.
Puis, lorsque comprimé dans cet étroit espace
Où la belle moitié de mes longs jours se passe,
Contre un pupitre noir et poudreux attablé,
Je lutte sous le faix dont je suis accablé,
C'est mon Elmire encor qui furtive y pénètre,
Et qui par les barreaux de l'obscure fenêtre,

Frais et léger souris du bienfaisant soleil,
Se glisse jusqu'à moi sur un rayon vermeil ;
Elle qui vient tout bas m'entretenir encore
Des vallons, des coteaux que la pourpre décore,
Et qui, loin par-delà les murs de ma prison,
Déroule à mes regards un immense horizon.
Le soir, d'un mol éclat c'est elle aussi qui brille
Dans la lune qui dort, l'étoile qui scintille,
Et qu'on suit dans les cieux d'un œil plein d'amitié,
Comme si notre sort au sien était lié.
Devant moi tout rêveur contemplant la nuit sombre,
Sylphide éblouissante, elle passe dans l'ombre,
Et sourit en passant, et m'inonde d'amour,
Et la nuit me paraît plus belle que le jour.
Naïade, elle se joue à mes pieds dans ces ondes
Qui d'écluse en écluse, errantes, vagabondes,
Par leur murmure sourd ou leur timbre argentin,
De mon ruisseau natal semblent un bruit lointain.
Elmire, enfin, c'est toi qui viens, près de ma couche,
T'asseoir, quand le sommeil de ses pavots me touche,
Qui de songes dorés me berces mollement,
Qui, devant ma paupière à moitié se fermant,
Sous mille beaux aspects apparais gracieuse,
Et qui, sur mon chevet planant silencieuse,
Me caresses le front de ton souffle embaumé,
Comme un ange au berceau d'un enfant bien aimé.

SONNET 17.

Béatitude.

Il est de ces moments exquis, délicieux,
Où la vie à porter est légère et charmante ;
Où la paix et l'espoir, l'amour seul l'alimente ;
Où, rosoyante et fraîche, elle sourit aux yeux,

Comme un lis que caresse un printemps gracieux ;
Où toute jeune femme est pour nous une amante,
Une sœur de l'enfance, une compagne aimante ;
Tout homme, un vieil ami qu'on retrouve joyeux.

Où l'ame en souriant errante sur la bouche,
Par un baiser s'attache à tout ce qui la touche,
Comme au bouton de rose un papillon d'azur...

Et verse autour de soi, comme une douce ondée,
Comme un parfum suave embaumant un air pur,
La joie et le bonheur dont elle est inondée.

Désir.

Pourquoi n'étais-tu point avec moi, vierge douce,
Ce matin, par les champs, sous l'ombre des grands bois,
Sur le flanc des coteaux, dans les vallons étroits,
Où j'allais épier la jeune herbe qui pousse ?

Oh ! quel plaisir d'errer avec toi sur la mousse,
De sentir sur mon bras de ton bras le doux poids,
D'aspirer ton haleine, et d'entendre ta voix,
Par qui toute douleur en mon ame s'émousse !

Pour toi, j'aurais aux prés ravi leur frais trésor,
L'hyacinthe d'azur, la renoncule d'or,
Et l'humble violette aux buissons égarée...

Et puis, entremêlant ces fleurs dans tes cheveux,
Je resterais assis à tes pieds, tout heureux
De te voir ainsi belle et de ma main parée.

SONNET 19.

L'Abeille.

Je voudrais être abeille.
Blonde abeille, au matin,
Qui, joyeuse s'éveille,
Et d'un vol incertain,

Sur chaque fleur vermeille,
Va, de la rose au thym,
Du parterre à la treille,
Va cueillir son butin.

J'irais avec délices
Puiser aux frais calices
Les dons exquis du ciel...

Puis j'irais, vers ta couche,
Déposer sur ta bouche
Un baiser plein de miel.

Le Lac de Bagnolet.

Là, le lac immobile étend ses eaux dormantes.
LAMARTINE.—1re Méditation.

O vous, du bon Paris citoyens casaniers,
Qui, dans de sombres murs éternels prisonniers,
De vos sentiers fangeux parcourant les dédales,
Ou d'un pied tout meurtri foulant les grises dalles,
Vous prenez à rêver un plus vaste horizon,
Un ciel d'azur, des prés émaillés de gazon,
Où se penche le saule, où jaillit la fontaine,
Quelque beau site enfin de la Suisse lointaine,
Veuillez suivre mes pas sur les voisins coteaux,
Et je vous veux montrer champs fleuris, claires eaux,
Doux ombrages, et même un lac, je vous le jure,
Un lac helvétien, du moins en miniature.

Derrière la colline où le jeune orient
Au milieu des tombeaux s'éveille en souriant (1),
Vaste cité des morts, bientôt aussi peuplée
Que celle où des vivants gît la foule assemblée ;
Vous connaissez sans doute un village charmant,
Entre deux frais coteaux reposé mollement,
Délicieux abri, verdoyante retraite,
Et qui, sous la feuillée, au chansonnier poète
Du vieux soldat aveugle inspira la chanson (2),
Bagnolet, puisqu'il faut l'appeler par son nom.
Donc, par un beau matin de la saison nouvelle,
Venez, et par les champs, en ligne parallèle,

De mon hameau chéri suivez le long sentier.
Déjà tout se ranime au souffle printanier.
Sous des berceaux de rose et d'aubépine blanche,
Au concert des oiseaux volant de branche en branche,
A l'ombre du noyer, du lilas qui fleurit,
Parmi les humbles ceps où le bourgeon sourit,
Avancez, respirant la brise frémissante,
Foulant de verts tapis, cueillant la fleur naissante,
Et des pleurs rosoyants et des parfums de mai
Inondant tout entier votre cœur embaumé.
Par les mille détours du sentier qui circule,
Osez franchir encor ce dernier monticule,
Et, dans un cercle étroit, mais des plus gracieux,
Mon lac va tout à coup apparaître à vos yeux.
Voyez, comme son flot paisiblement sommeille !
Des brises du matin le souffle qui s'éveille
Trace à peine un sillon sur le miroir d'azur,
Où se reflète un ciel calme, limpide et pur,
Comme dans les yeux bleus d'une vierge modeste
Se réfléchit la grâce et la candeur céleste ;
Le pampre au frêle espoir serpente tout autour,
Des saules argentés en marquent le contour,
Et semblent le presser d'une molle ceinture.
De leur plus vif émail, de leur fraîche peinture,
Mille champêtres fleurs en tapissent les bords.
Là, le souple églantier étale ses trésors,
Et balance, ondoyant, sur les pelouses vertes
Ses rameaux tout chargés de roses entr'ouvertes.
Là croît la violette embaumant tous vos pas,
Et la fleur qui vous dit : Oh ! ne m'oubliez pas [3] ;
Tandis qu'un jeune essaim de simples pâquerettes
Déplie en souriant ses blanches collerettes.

Que l'étoile des bois rayonne au beau soleil,
Et que le bouton d'or se pavane vermeil.
Là, des chaumes voisins, la légère hirondelle
Sur les flots aplanis s'en vient à tire d'aile
S'abattre, et, répétant son petit cri joyeux,
Y croise en tous les sens son vol capricieux.
Le rossignol, plus loin, caché dans un bocage,
Gémit, et sa rivale au vif et gai ramage,
Modulant ses accords sur mille tons divers,
L'alouette en chantant monte au plus haut des airs.
Mère des fictions, là, l'antique Hellénie
Eût tout d'abord placé quelque aimable Génie,
Quelque dieu favorable ou des eaux ou des bois ;
Ce lac d'une naïade eût reconnu les lois,
Et l'humble monument qui s'élève à l'entrée,
Fût devenu chapelle aux nymphes consacrée.
Là, sur l'onde penché, Narcisse en blanche fleur
Eût vu de son beau front se changer la pâleur,
Et, comme au fleuve où vint tomber le téméraire,
Les sœurs de Phaéton auraient pleuré leur frère.
Là fût aussi venu disparaître soudain
Le jeune ami d'Alcide, une amphore à la main,
Hylas, ce bel enfant, que les nymphes des ondes,
Doucement entraînaient dans leurs grottes profondes,
Tandis qu'Alcide en vain le rappelait, hélas !
Et de sa forte voix criait : Hylas ! Hylas !
Et pourquoi donc aussi nos modernes poètes,
Amants des eaux, des bois et des ombres secrètes,
N'y viendraient-ils, de paix, de feuillage couverts,
Soupirer librement leurs romantiques vers,
Lamartine y rêver de saintes harmonies,
Hugo joindre à sa voix de mâles symphonies,

Ou sur quelque jeune ange encor tombé des cieux,
Vigny faire pleurer son luth mélodieux ?

Pour moi, qui, de bien loin, de ces divins modèles
Ose à peine guetter les traces immortelles,
Qui ne puis qu'au hasard glaner sur leur chemin
Quelque fleur échappée à leur prodigue main,
Dès qu'un heureux loisir me vient, libre d'entraves,
Rendre à la solitude, aux campagnes suaves,
Loin, bien loin de la ville aux mille et mille voix,
Le cœur plein de leurs vers, dans le calme des bois,
Je viens à ces vallons, à ces sources plaintives,
En secret les redire, et mêler sur ces rives,
Aux murmures de l'onde, aux chants du rossignol,
Les beaux noms d'Éloa, d'Elvire et dona Sol.
Ou bien, nonchalamment étendu sur la mousse,
Rêveur, et tout ému d'une tristesse douce,
Je m'oublie en projets, en songes d'avenir,
Ou réveille en mon ame un tendre souvenir.
Pauvre exilé, je songe à l'absente patrie,
A ces coteaux lointains, au bois, à la prairie,
Où je croissais, fragile et joyeux arbrisseau,
Parmi l'herbe et les fleurs qui bordent le ruisseau.
Puis je me vois encor sur ces plages aimées,
Parcourant du Jura les cîmes parfumées,
Et les vallons cachés aux profanes regards,
Et les grands lacs couverts de jaunes nénufars,
Au sein desquels, parmi les grottes cristallines,
S'ébattent les lutins et les blanches ondines,
Où le follet trompeur jette un éclair et fuit,
Où, lorsque brille au ciel le flambeau de la nuit,
D'anémones des bois, de pervenches coiffées,

Aux regards du jeune homme apparaissent les fées,
Et d'un vague tourment d'amour et de bonheur,
D'ineffables désirs font palpiter son cœur.

(1) La colline de Montlouis, couverte aujourd'hui par le cimetière du Père-Lachaise.

(2) L'AVEUGLE DE BAGNOLET, chanson de Béranger.

(3) Le *Myosotis palustris*, vulgairement appelé *Ne m'oubliez pas*, ou *Plus je vous vois, plus je vous aime*.

SONNET 2 .

Sur la Mort

du jeune poète russe Alexandre ILITCHEWSKI [1].

QUE douce fut ta vie, et douce fut ta mort !
Poète enfant, déjà tu conçus dans ton ame
Une forme divine, un ange au cœur de femme,
Seule digne ici-bas de s'unir à ton sort.

Long-temps tu la cherchas partout avec transport,
Mais en vain !... il n'était ni gracieuse dame,
Ni vierge qui t'offrît, pour répondre à ta flamme,
De vertus et d'attraits un assez riche accord.

Une nuit réalise enfin ton beau mensonge ;
Le fantôme charmant t'apparaît dans un songe :
—« C'est elle ! il est trouvé, l'objet de mon amour !»

Crias-tu.... puis tu meurs, le souris sur la bouche.
Celle que tu rêvais, s'inclinant vers ta couche,
T'avait ravi près d'elle au céleste séjour.

(1) Mort à Saint-Pétersbourg le 18 octobre 1837. Voir le Journal des Débats du
7 novembre suivant.

18

SONNET 21.

A Béranger.

Ainsi, le long des flots de la limpide Loire,
Sous un modeste toit, loin du monde, abrité,
Vous goûtez le loisir, le repos mérité,
Sage, et presque oublieux d'une immortelle gloire.

Là, des sentiers fleuris foulant en paix la moire,
Méprisant les faux biens que suit la vanité,
Vous rêvez pour la France et pour l'humanité
Des temps meilleurs, des jours de plus douce mémoire.

Là, d'un vent frais et pur les souffles embaumés,
Comme un céleste écho viennent à vos oreilles
Porter vos gais refrains, vos chants du peuple aimés,

Sa joie en ses douleurs, le charme de ses veilles,
Et qui, toujours nouveaux, iront à l'avenir
D'âge en âge léguer votre beau souvenir.

SONNET 22.

Rêve.

ÊTRE assis à tes pieds, jeune fille, et t'entendre
Me moduler tout bas un chant délicieux ;
En recueillir en soi les accords gracieux ;
Oser, de temps en temps, même sans rien prétendre,

Jusqu'à toi soulever un œil timide et tendre ;
Sentir d'un doux frisson frémir son cœur joyeux ;
Te voir modestement rougir, et sur tes yeux
Timides et baissés un nuage s'étendre.

Et puis, sur tes genoux poser son front brûlant ;
Là, dans un calme frais s'assoupir nonchalant,
Et flotter, incertain de sommeil et de veille,

Comme aux feux du midi, sur l'herbe, un moissonneur,
Comme un enfant qu'on berce afin qu'il ne s'éveille...
Dis-moi, rêver cela, n'est-ce pas le bonheur ?

SONNET 23.

Autre Rêve.

Oh ! cette nuit encor, j'ai bien rêvé de toi.
Écoute si je fus heureux, jeune chérie.
L'hiver fuyait ; la terre était verte et fleurie,
Et loin je t'entraînais seule aux champs avec moi.

Et, près de moi, le cœur tout plein d'un vague émoi,
Tu marchais, effleurant l'herbe de la prairie,
Ou bien, dans quelque sage et belle causerie,
De l'antique âge d'or tu m'expliquais la loi.

Puis, sous des arbres verts tous deux nous nous assîmes :
Un rossignol chantait, caché parmi leurs cîmes ;
Puis ta main dans ma main frémit ; ton front charmant

S'incline... ton sein chaste et tremblant se soulève...
Ton œil voilé sur moi tombe amoureusement...
Puis... que dirai-je enfin ? Mais quoi ! c'était un rêve.

Le vin d'Arbois.

A M. le lieutenant-général baron DELORT.

———

D'AUTRES peuvent vanter la liqueur de Sauterne,
L'Aï mousseux, l'Anjou, le Rhône étincelant,
Ou, sur les pas d'Horace, avec lui, du Falerne
    Chanter le nectar ruisselant.

A tous ces vins fameux, au Chypre, au Malvoisie,
Au Tokay réservé pour la table des rois,
Moi je préfère encor la suave ambroisie
    Qui coule des coteaux d'Arbois.

Soit qu'en flots argentés elle monte et pétille,
Versant l'oubli des maux au cœur épanoui ;
Soit qu'en or jaunissant et limpide, elle brille
    A l'œil doucement réjoui.

Ah ! rien qu'au flair exquis du parfum délectable,
On se sent frémir d'aise et de félicité ;
On croit, convive admis à la céleste table,
    Savourer l'immortalité.

Delort, mon noble appui, mon espoir, mon Mécène,
Oh! quand pourrai-je un jour, libre de tous soucis,
Et, sous le vert abri de ton riche domaine,
    Rendant grâce aux dieux adoucis,

Errer, au bruit rêveur des mobiles cascades,
Parmi ces beaux vergers, si frais pour le sommeil,
Où le pampre jauni, se courbant en arcades,
    Rit et suspend son fruit vermeil!

Là, déposant le glaive, et la pourpre et l'hermine,
J'aimerais à te voir fouler d'un pied joyeux,
L'émail des prés fleuris et les gazons que mine
    L'onde au murmure harmonieux.

Ou, mollement couchés sur l'herbe de ces rives,
Au souffle de la brise, aux chants du rossignol,
Nous laisserions, sans soins, les heures fugitives
    Couler d'un insensible vol.

Là, des grands souvenirs des exploits de ton âge
Parfois entremêlant tes innocents ébats,
Tu saurais mieux goûter le calme après l'orage,
    Et la paix, fruit des longs combats.

Tels, tout chargés de gloire et vainqueurs de la terre,
De leur char triomphal jadis les fiers Romains
Allaient se reposer sous l'ombre salutaire
    Des arbres plantés par leurs mains.

Puis, au parfum des fleurs, à l'éclat des bougies,
Le banquet préparé nous attendrait le soir,
Et verrait à l'entour des amphores rougies
Le cercle convié s'asseoir.

Et bientôt, le franc rire et les folles saillies,
Filles au front vermeil du nectar précieux,
Du flacon qui les couvre avec force jaillies,
Iraient gaîment frapper les cieux.

Et moi-même, enhardi par la liqueur dorée,
Qui bondit et s'élève en la coupe à pleins bords,
J'oserais à ta voix, à ta lyre honorée,
Joindre ma lyre et mes accords.

Je chanterais les bois, les vallons, la montagne,
L'amour du ciel, l'abri de ton heureux destin,
Et le charme attrayant d'une jeune compagne,
La blanche reine du festin ;

Et tes vins généreux, source de l'allégresse,
Par qui le feu sacré vient soudain me saisir ;
Et celui qu'à jamais bénira mon ivresse,
Celui qui m'a fait ce loisir !

SONNET 24.

Le Collier.

Jeune amie, oui, je veux l'un à l'autre lier
Tous les sonnets éclos sous ta suave haleine,
Puis, autour de ton cou, comme au cou d'une reine,
Les jeter gracieux, et t'en faire un collier.

Un beau collier d'amour, où se vienne allier
L'or et les diamants, l'ambre et la porcelaine,
Et si frais, si brillant, que jamais châtelaine
N'en reçut un pareil de loyal chevalier.

Un collier, d'où s'exhale un indicible arôme
De rose, d'aloès, d'iris, de cinnamome,
Et des vermeilles fleurs qu'on cueille dans les cieux.

Un immortel joyau, ravissante merveille,
Qui, la nuit, sur ta couche, et quand le jour s'éveille,
Te murmure tout bas un chant délicieux.

Le Matin.

J'ai vu sur le coteau qui domine Lutèce,
Et que d'un doux regard le jour naissant caresse,
J'ai vu le beau Matin s'éveiller dans les cieux ;
Je l'ai vu, tout semblable à l'ange gracieux,
Le front ceint de rayons, la bouche souriante,
Secouer les parfums de son aile brillante,
Et sur les frais gazons, du haut du firmament,
Précurseur du soleil, s'abaisser lentement.
Je l'ai vu, parcourant la colline et la plaine,
Raviver la nature à sa suave haleine ;
Là, semer l'herbe tendre ; ici, d'un doigt léger
Entr'ouvrir une rose, et plus loin, voltiger
Dans les lilas fleuris et sur l'épine blanche,
Comme le jeune oiseau qui court de branche en branche.
Partout, à son aspect, les arbres verdissants
Inclinaient devant lui leurs rameaux frémissants.
L'abeille bourdonnait sur la fleur fraîche éclose ;
Le rossignol, caché dans un buisson de rose,
Préludait à ses chants ; mille oiseaux dans les bois
Par leurs brillants accords répondaient à sa voix ;
Et le jeune pasteur, quittant le toit rustique,
S'en allait fredonnant les airs d'un vieux cantique,
Tandis qu'à ses côtés, son chien et ses troupeaux
Tout joyeux bondissaient parmi les prés nouveaux.

Ainsi, loin des cités, promeneur solitaire,
Dès que le gai Printemps vient sourire à la terre,

Et que le frais Matin se lève sur les monts,
Je m'égare au hasard de vallons en vallons,
Recueillant tous les bruits qui charment mon oreille,
De mille et mille fleurs emplissant ma corbeille,
Et quelquefois, rival du chantre ailé des airs,
Sur l'agreste pipeau modulant quelques airs,
Que l'écho seul entend, que l'écho seul répète ;
Jusqu'à ce que, lassé d'une course inquiète,
Aux bords d'un clair ruisseau je repose endormi,
Et mollement bercé par quelque songe ami.

SONNET 25.

A Meyer-Beer.

Sur son opéra de *Robert-le-Diable.*

Est-ce du ciel d'azur ou des sombres enfers
Que partent ces beaux chants d'amour, d'épithalame,
Ces cris d'amère angoisse au milieu de la flamme ;
Puis, parmi le franc rire et les joyeux concerts,

Ces longs gémissements qui des tombeaux ouverts
S'échappent tout à coup et d'effroi glacent l'ame,
Et l'orgue se mêlant aux douces voix de femme,
Qui versent la pitié sur tous les maux soufferts ?

On ne sait... mais le cœur, sous ta puissante étreinte
Tout frissonnant palpite... et, d'espoir et de crainte,
De joie et de douleur combattu tour à tour,

Tantôt rit au bonheur, puis pleure d'agonie,
Et, du fond de l'abîme au céleste séjour
Monte, monte avec toi dans des flots d'harmonie.

SONNET 26.

Le Concert.

I.

CE soir, au beau concert tout entière livrée,
Partout avec amour laissant errer tes yeux,
Ton cœur dans l'air vibrant se dilate joyeux ;
Puis, de noble harmonie et d'extase enivrée,

Et te penchant aux bords de la loge dorée,
Tu recueilles en toi ces chants venus des cieux,
Qui bientôt, plus touchants et plus délicieux,
Couleront en flots purs de ta bouche adorée.

Et moi, tandis qu'au loin meurt l'insensible bruit,
Libre enfin du labeur du jour et de la nuit,
Je reste là, le coude appuyé sur la table,

Seul au monde !... mais plein d'un tendre et vague émoi ;
Je me plonge aux transports, au rêve délectable ;
Oh ! je suis bien heureux aussi... je pense à toi.

A Toi.

II.

A toi, pour moi plus douce et plus suave encore
Que les sons les plus purs du luth et du hautbois,
Que le roucoulement du ramier dans les bois,
Et que la flûte unie à la harpe sonore !

A toi, fleur qu'au désert Dieu pour moi fit éclore,
Musique dont mon cœur sans cesse entend la voix,
Astre ami, que partout au ciel d'azur je vois,
OEil du jour, frais regard de printanière aurore !

A toi, qui dans la route et du bon et du beau
Guides mes pas errants ! Clair et divin flambeau,
Mon phare vers le port, ma paix dans les alarmes !

A toi, mon saint espoir, ma charité, ma foi !
Seul objet de mes soins, de mes vœux, de mes larmes
Et de mes chants d'amour ! A toi, toujours à toi !

A Mme A. Gruizard.

· Grace was in all her steps, heaven in her eye.

La grâce était dans sa démarche, le ciel dans ses yeux.

MILTON.—Paradis perdu, liv. 8.

Oн ! viens auprès de nous, la jeune désirée,
Viens, par le gai printemps et nos vœux attirée,
Viens avec ton regard et ton front gracieux !
Comme un bel envoyé de la sphère des cieux,
Qui sur ses ailes d'or mollement se balance,
Et des champs de l'éther tout radieux s'élance,
Et, pour quelques instants, de la part du Seigneur,
Nous apporte ici-bas paix, amour et bonheur ;
Telle des monts Jura, de leur cîme lointaine,
Des vallons embaumés par ta suave haleine,
Des lieux où le soleil se lève en souriant,
Accours auprès de nous, fille de l'orient.
Vois, comme de fraîcheur, de jeunesse parée,
Pour te mieux accueillir la terre est préparée !
Non, jamais son beau sein sur ces fertiles bords
Ne vit s'épanouir de plus riches trésors ;
Jamais sur les coteaux, jamais dans les vallées,
Plus suaves odeurs ne furent exhalées ;
Le rossignol ému jamais de plus de chants
N'emplit au loin les bois et ne ravit les champs.
Jamais plus doux soleil sur plus heureuse fête
Ne versa ses rayons. Vois sur ta jeune tête,
Vois sur tes blonds cheveux se courber en arceaux,
Marier leur verdure, enlacer leurs berceaux,

Des larmes du matin ces bosquets tout humides,
D'où s'échappent des jets de blanches pyramides,
Des festons de corail, des clochettes d'azur,
Des globes de vermeil, des coupes d'un or pur !
Vois parmi les rameaux la brise gémissante
Glisser, en effleurant la feuille frémissante,
Et, d'un souffle léger, dérobant dans les airs
Aux fleurs leur parfum vierge, aux oiseaux leurs concerts,
Les porter jusqu'à toi sur son aile embaumée !
A toi d'un ciel d'azur la fille bien-aimée !
A toi qu'en sa faveur à la terre il donna,
Et les anges ravis chantèrent hosanna !...

SONNET 28.

A Dieu.

Mon Dieu, que votre ciel est donc beau, ce matin !
Quel doux soleil y luit ! quel air pur en émane !
Comme aux jours de Moïse, on dirait que la manne
En découle, et convie au céleste festin.

Chaque souffle de brise est embaumé de thym,
Parfum de la prairie et de l'humble cabane ;
L'oiseau chante ; l'abeille à l'aile diaphane
S'en va de fleur en fleur cueillir son frais butin.

Oh ! devant ces tableaux, ravi, hors de soi-même,
Comme on aspire à vous ! Comme on sent qu'on vous aime !
Et comme, l'œil humide, on vous prie à genoux !

Vous, le suprême espoir du cœur en sa misère !
Car tout amour au ciel, tout amour sur la terre,
Venant de vous, mon Dieu, doit aboutir à vous.

Au Printemps la Violette.

Au gai printemps la violette !
Au soleil de mai les beaux jours,
Aux jeunes filles les amours,
Au joyeux berger sa musette !

Mais, dès qu'en sa marche inquiète,
La vie arrive à son décours,
Et que le poids des ans plus lourds
Déjà fait incliner la tête...

Adieu les bois, les prés fleuris,
Et les vierges au frais souris,
Et les chants à molle cadence !

A peine une ombre d'avenir,
A peine un rayon d'espérance,
A peine un léger souvenir !

Adieu.

Et longum vale, vale.....
                    VIRGILE.

ADIEU, mes chants d'amour, mes beaux sonnets dorés,
Frais papillons toujours voltigeant autour d'elle,
Mélodieux oiseaux qui portiez sur votre aile
Harmonie et parfums à ses pieds adorés !

Adieu, vains sons dans l'air, hélas ! évaporés,
Comme une ombre, un fantôme, un souffle, une étincelle !
Adieu ! laissez mourir en mon ame fidèle
Vos échos importuns, vos refrains ignorés.

Et vous, que tant d'attrait, tant de grâce décore,
Adieu, vous que j'aimai si bien, et dont encore
Je ne puis sans frémir entendre le doux nom !

Ah ! sans doute qu'un autre a su mieux vous complaire !
Un autre obtient au moins un souris pour salaire.
Mais aura-t-il pour vous le cœur plus tendre ?... oh non !

A Mlle Antoinette Quarré. [1]

Comme l'oiseau qui veille chante dans l'obscurité ; caché sous le plus
épais couvert, il soupire ses nocturnes complaintes.
MILTON — Paradis perdu, liv. 3, traduction
de M. de Châteaubriand.

QUAND le printemps éclot, que la joie au ciel règne,
Que d'un souffle embaumé l'air amolli s'imprègne,
Que le papillon bleu déjà prend son essor ;
Quand de ses verts rameaux la forêt se couronne,
Et voit son frais gazon s'émailler d'anémone
     Et de marguerite aux yeux d'or.

Alors un faible oiseau du milieu du feuillage
Chante, et sa voix bientôt seule a rempli la plage ;
C'est le doux rossignol, le héraut des beaux jours !
Caché dans un rosier, il chante à sa compagne ;
Et toute ame est émue, et tout bas accompagne
     Le chant de ses jeunes amours.

Telle, en ton humble abri, vierge naïve et franche,
Comme l'oiseau des bois gazouillant sur sa branche,
D'accords mélodieux tu nous viens enchanter ;
Non pour plier aux lois d'un maître ton génie,
Mais parce que ton cœur déborde d'harmonie,
     Et que Dieu te fit pour chanter.

(1) Jeune lingère de Dijon, dont la Revue des Deux-Bourgognes a publié plusieurs pièces de vers très remarquables , à l'une desquelles fait particulièrement
allusion l'hommage qui lui est ici adressé.
   C'est à cette jeune fille poète que M. de Lamartine a dédié l'un de ses plus beaux
RECUEILLEMENTS POÉTIQUES.

Et tu chantes, vers lui reportant ton hommage,
Tous les biens que sur l'homme, ici-bas son image,
Il verse à pleines mains et d'un soin paternel :
Le soleil, les moissons, les fleurs et l'espérance,
Et, pour quelques moments passagers de souffrance,
    Là haut, le bonheur éternel !

Puis tu chantes aussi celui que ton cœur aime,
En qui tu mets délice et volupté suprême ;
Celui dont le nom seul, en secret murmuré,
Sonne plus doux pour toi que le flot qui se brise
En caressant la plage, ou qu'au printemps la brise
    Qui frémit dans l'air épuré...

Celui pour qui tu veux, simple et touchante femme,
Donner sceptre et couronne, et trésors de ton ame,
Et tout l'éclat d'un nom sur qui la gloire a lui ;
Heureuse seulement de l'aimer, de lui plaire,
De voir en lui ton ciel, ton ange tutélaire,
    Et d'obtenir amour de lui !

Ah ! de ce trait vainqueur garde toujours l'empreinte ;
Brûle sans nul remords de cette flamme sainte,
Et que ton cœur jamais ne la laisse assoupir.
Un amour aussi vrai, si rempli de mystère,
C'est de tous les trésors, c'est le seul sur la terre,
    Qui vaille une larme, un soupir !

Puis reste aux prés, aux champs, au sol natal fidèle,
Comme à son vert buisson la chaste Philomèle,
Comme l'abeille aux fleurs, et la colombe aux bois.
Crois-moi, n'échange point ta rive parfumée

Contre le faux éclat, le bruit et la fumée
    De l'altière cité des rois.

Qu'y viendrais-tu chercher ? les arts ? leurs nobles veilles ?
La nature a pour toi de plus riches merveilles.
La gloire ? apportes-tu de l'or pour la payer ?
L'amour ? d'un feu sacré qui charme ensemble et tue,
Ils ont fait je ne sais quel mot qu'on prostitue,
    D'un cœur vénal digne loyer.

Ou peut-être ils viendront, obole par obole,
Escompter ton génie, exploiter l'auréole
Qui rayonne si pure autour de ton beau front.
Puis, une fois repus, en proie à leur risée,
Ils te laisseront seule et pauvre ame brisée,
    Dévorer tes pleurs dans l'affront.

Et vainement alors le toit qui te vit naître,
Et ta joyeuse enfance, et ton exil champêtre,
D'un importun regret te feront soupirer.
Le beau pays, de toi jaloux autant qu'il t'aime,
Absente, ne saura que te plaindre lui-même,
    Te plaindre au lieu de t'admirer !...

Puis, à tous ces faux biens que poursuit l'ame avide,
Elle reste bientôt désenchantée et vide,
Et déchue à jamais de son premier bonheur.
Du rusé tentateur devenu le complice,
L'homme voit se fermer le jardin de délice
    Devant le glaive du Seigneur.

Je sais un val, non loin des murs de Saint-Bénigne [1],
Où du printemps toujours rit la grâce bénigne,

(1) Nom de la principale paroisse de Dijon.

Où l'abeille recueille un miel délicieux ;
Où l'Ouche tout d'un coup suspend son cours rapide,
Et roule une eau si pure et d'un bleu si limpide,
    Qu'on dirait le miroir des cieux.

Là, le pampre mûrit son or près de la pêche,
L'oiseau chante plus gai, la verdure est plus fraîche,
Et la fleur dans sa joie accomplit son hymen.
Là, les prés, les ruisseaux, les ombrages paisibles,
Et la brise agitant ses ailes invisibles,
    T'invitent dans un autre Éden.

Là, dès qu'un court loisir au labeur a fait trêve,
Libre enfin, va, plongée en quelque divin rêve,
T'égarer à pas lents, seule, au déclin du jour ;
Ou, la main dans la main de ton ami pressée,
Le cœur battant d'émoi, l'ame d'aise oppressée,
    Avec lui t'enivrer d'amour.

Chante alors, chante au val, à la côte embaumée,
L'ineffable bonheur d'aimer et d'être aimée.
Et, d'échos en échos, ta voix jusques à nous
Arrivera, semblable aux sons lointains des lyres,
Ou des hymnes que l'ange, en ses brûlants délires,
    Devant Dieu murmure à genoux.

Ainsi, du haut des airs, sur les dômes des villes,
Quand le silence étend ses ailes immobiles,
Et que l'heure attentive a ralenti son vol ;
Si, d'un verger voisin tout peuplé d'arbres sombres,
Le citadin surpris entend, parmi les ombres,
    Gémir le plaintif rossignol...

Il écoute, ravi, cette voix triomphante,
Et les concerts que l'art péniblement enfante,
Pour son cœur désormais n'auront que de vains bruits ;
Tant il trouve de charme aux purs accents suaves,
Aux tons vifs tour à tour, frais, légers, doux et graves,
    Du chantre harmonieux des nuits !

SONNET 31.

Béatrice.

Tanto gentile e tanto onesta pare!....

Sonnet de DANTE.

ELLE est si belle à voir, ma dame, et tant honnête,
Quand vous rit en passant son salut gracieux,
Que, lui voulant parler, toute langue est muette,
Et qu'à peine ose-t-on tremblant lever les yeux.

Mais, sentant qu'on la loue, humble, baissant la tête,
Et de pudeur voilée, à pas silencieux
Elle s'en va... la terre à l'admirer s'arrête,
Comme je ne sais quoi de beau venu des cieux.

Elle rassemble alors en soi tant de délice,
Que, par les yeux au cœur un charme exquis se glisse,
Tel qu'il ne se peut dire à qui ne l'a goûté.

Il semble que sa bouche entr'ouverte respire
Un souffle tout d'amour et de suavité,
Et qui vient doucement dire à l'ame : soupire !

SONNET 32.

Laure.

In qual parte del cielo, in qual idea....
PÉTRARQUE.—Sonnet 126.

DE quels cieux descendit cette exquise figure,
Sur quel type divin fut formé ce beau corps,
En qui la libérale et prodigue nature
Semble avoir rassemblé ses plus charmants accords ?

Quelle Nymphe eut jamais si fine chevelure
Aux souffles embaumés livrant ses blonds trésors ?
Dans quel cœur des vertus la féconde culture
A-t-elle plus mûri de fruits sans moins d'efforts ?

A-t-il conçu la grâce et la beauté céleste,
Celui qui n'a pu voir de la vierge modeste
Les yeux tomber sur soi, mollement attendris ?

Sait-il ce que l'amour a de joie et de peine,
Qui n'a senti combien suave est son haleine,
Combien doux son parler, combien doux son souris !

SONNET 33.

Vittoria Colona.

Non vider gli occhi miei cosa mortale.
MICHEL-ANGE.—Sonnets.

NON, mes yeux n'ont point vu chose faible et mortelle,
Quand, dans le chaste éclat des tiens, j'ai cru trouver
Cette ineffable paix que l'ame aime à rêver,
La paix céleste où tend le désir de son aile...

Le principe, la fin, vers qui, d'un vol fidèle,
Sans que rien ici-bas la puisse captiver,
Aux cieux dont elle émane on la sent s'élever
Jusqu'aux perfections de son divin modèle,

Dans les biens mensongers du terrestre séjour,
Dans la beauté qui brille et s'éclipse en un jour,
Le sage ne met point son bonheur éphémère...

Les sens corrompent seuls l'ame et la font mourir.
Mais l'amour de ses feux l'épure sur la terre,
Et la fait pour le ciel glorieuse mûrir.

Aux trois Poètes Italiens.

DANTE, Buonarotti, Pétrarque, beaux génies,
De gloire et de vertu, d'amour alimentés,
Qui rassemblez en vous toutes les harmonies,
Et les lauriers épars des fronts les plus vantés.

Mon cœur n'envia point vos doctes symphonies,
Trop peu d'élus ont part à leurs dons enchantés,
Mais ces divins objets que vos lyres bénies
Sur des modes si pleins et si purs ont chantés.

Laure, Vittoria, Béatrice adorées,
Vous d'un culte de sainte et d'amante honorées,
Source immortelle en eux des immortels transports....

Vous, de qui n'eut jamais à rougir leur grande ame,
Et que leur chaste ardeur sur des ailes de flamme
Put de la terre aux cieux enlever sans efforts !

Ablon.

C'est le soir d'un beau jour.

LA FONTAINE.—Philémon et Baucis.

LE soleil au couchant derrière la colline
S'abaissait... sa lumière ardente, purpurine,
Inondait les coteaux, peignait le frais gazon,
Et flottait incertaine aux bords de l'horizon,
Où déjà voltigeait l'ombre du crépuscule.
J'étais seul... et, debout sur un vert monticule,
Je voyais à mes pieds de son flot calme et pur
La Seine dérouler le long ruban d'azur,
Et parmi les vallons, les campagnes fertiles,
Lentement serpenter vers la reine des villes,
Dont les dômes brillants, frappés de mille éclairs,
Au milieu des vapeurs surnageaient dans les airs,
Comme on distingue au loin, sur les bleuâtres lames,
Les hauts mâts d'un vaisseau pavoisés de leurs flammes.
Devant moi, coloré des derniers feux du soir,
Sur le fleuve limpide Ablon semblait s'asseoir,
Et, comme une bergère en habits des dimanches,
S'y contemplait joyeux avec ses maisons blanches,
Et ses toits en terrasse, et ses bosquets touffus
Prolongeant sur les eaux leurs ombrages confus.
Frayé [1], sur l'autre rive, au sein de la prairie
Laissait épanouir sa corbeille fleurie,
Et, sous un frais enclos d'aulne et de peuplier
Dérobait au regard son toit hospitalier,

---

[1] Château-Frayé, terre appartenant alors à M. le comte de Bruges.

Comme un bienfait se cache en l'ombre d'un cœur noble.
Plus loin l'œil s'égarait sur le riant vignoble,
Puis allait mollement embrasser les coteaux
Où Rouvre et Mongeron élèvent leurs châteaux.
Autour de moi, dans l'air, sur les monts et sur l'onde,
Tout respirait fraîcheur, silence et paix profonde.
De la brise du soir le murmure incertain,
Le chant du batelier mourant dans le lointain,
Le léger bruit des flots se brisant sur la plage,
Un faible cri d'oiseau caché dans le feuillage,
D'un beau jour qui s'éteint harmonieux accords,
A peine osaient troubler le calme de ces bords.
Cependant les troupeaux, à l'approche des ombres,
Descendaient à pas lents des collines plus sombres ;
Des enfants s'ébattaient parmi les prés fleuris,
Et les yeux maternels les suivaient attendris.
De temps en temps aussi, derrière la charmille
On voyait se glisser la belle jeune fille,
Qui salue en passant d'un souris gracieux,
Puis légère soudain disparaît à vos yeux,
Comme en un ciel d'automne une douteuse étoile
Tantôt brille, tantôt sous la brume se voile,
Ou comme à notre amour, dans un songe doré,
Échappe, en se jouant, un fantôme adoré.
Mais tout à coup voilà qu'au milieu du silence,
La cloche de Choisy dans les airs se balance,
Puis vibre avec éclat, et, d'un accent joyeux,
Chante l'hymne à la vierge, à la reine des cieux.
Des villages voisins les cloches lui répondent ;
Les sons religieux se mêlent, se confondent,
Et vont, se prolongeant dans l'espace sans fin,
S'unir aux voix de l'ange, aux chœurs du séraphin.

A cette grande voix qui pour nous intercède,
A ce calme profond qui bientôt lui succède,
Mon cœur s'émeut, mes yeux laissent couler des pleurs,
Et mille souvenirs de joie et de douleurs,
De paix des champs, d'amour et d'absente patrie,
Et de belle jeunesse, avant le temps flétrie,
Reviennent, m'assiégeant de leur flux et reflux,
Me livrer aux regrets des temps qui ne sont plus...
Et, lorsque enfin, couvrant la terre de son aile,
La nuit vers la cité tristement me rappelle ;
« Adieu, me dis-je, adieu, prés, vallons, frais coteaux,
« Beaux ombrages penchés sur le miroir des eaux,
« Aimable asile où, loin d'un monde qui me pèse,
« Avec mon doux enfant et ma douce Thérèse,
« Volontiers je verrais se succéder mes jours,
« Si mon pays natal n'avait tous mes amours,
« Si, quel que soit ailleurs l'attrait qui me captive,
« Le Jura ne m'offrait toujours en perspective
« Ses sommets couronnés de neige et de sapin,
« Et le châlet qui doit abriter mon destin.
« Tranquille ici, du moins j'ai pendant quelques heures
« Retrouvé ce qu'on cherche aux agrestes demeures,
« La liberté, la paix, de ravissants concerts,
« Les arômes du soir épandus dans les airs,
« Des derniers feux du jour les plaines rougissantes,
« Et l'inspiration aux ailes frémissantes,
« Qui s'abat sur le front du poète rêveur,
« Et rallume en son sein l'extase et la ferveur.
« Hélas ! demain déjà, courbé sous l'esclavage,
« Quand le jeune soleil sur ce même rivage
« Viendra resplendissant rendre la vie aux fleurs,
« Et semer ses rubis sur la rosée en pleurs,

« Que les chantres ailés, secouant leur plumage,
« Le salueront en chœur dans leur brillant ramage,
« Il me faudra, captif entre quatre cloisons,
« A ces riants tableaux, à ces douces chansons,
« Dire un adieu bien triste, et, manœuvre à la tâche,
« Du matin jusqu'au soir travailler sans relâche,
« Pour que le pain du jour, au prix de tant d'ennuis,
« Aux sueurs de mon front enfin me soit acquis !...
« Heureux, lorsque à travers une étroite ouverture,
« Un rayon du soleil glisse par aventure,
« Comme dans la nuit brille un éclair fugitif,
« Et vient, frappant mes yeux de son éclat furtif,
« Me rappeler encor mes campagnes chéries,
« Les clairières des bois, les sentiers des prairies,
« Et ces chauds horizons, ces lointains vaporeux
« Que l'astre étincelant embrâse de ses feux ! »

La Femme forte.

A Mme Léopold PERRAUD.

Domi mansit, lanam fecit.

ELLE a filé la laine ; élle a resté chez soi.
Ainsi le sage antique a peint la femme forte,
Le trésor d'un époux, celle qui reconforte,
Et qui verse autour d'elle amour, espoir et foi.

Du temps léger qui fuit réglant l'utile emploi,
Juste dans sa bonté, ferme non moins qu'accorte,
Tour à tour elle prie, elle ordonne, elle exhorte,
Et son moindre désir est la suprême loi.

Telle, au paisible abri du foyer domestique,
J'aime à vous voir briller, simple, noble, pudique,
Vous, la gloire et l'honneur d'une chaste maison !

Et vos petits enfants, votre beau diadème,
Vous écouter joyeux, comme si le ciel même
Parlait par votre bouche à leur jeune raison !

Fortunate Senex.

A M. VOÏART.

Donc, fortuné vieillard, en ta verte retraite,
Du laurier du Parnasse et de fleurs couronné,
D'amour, de soins constants, de grâce environné,
Tu vois couler tes jours dans une paix parfaite.

Tes vœux sont accomplis, ton ame est satisfaite.
Tour à tour à l'étude, aux beaux-arts adonné,
Au loisir nonchalant, au rêve abandonné,
Chaque soleil t'amène une nouvelle fête.

Ah ! lorsque, pour charmer l'ennui de nos hivers,
Tout s'unit, le pinceau, la musique, les vers,
Vieux amis, fille tendre, épouse qui vous aime...

Que peut désirer plus l'homme en ce monde-ci ?
Qui ne t'envîrait point ce sort, bonheur suprême ?
Qui ne voudrait vieillir pour rajeunir ainsi ?

SONNET 37.

Sur la mort d'Hégésippe Moreau.

ENCORE à l'hôpital un poète de mort !
Un Gilbert qui de faim expire sur la paille,
Laissant un dernier vers écrit sur la muraille,
Et léguant à son siècle un court et vain remord !

Lui, sans trop accuser les hommes ni le sort,
Tour à tour rit, se plaint, pleure, bénit ou raille,
Chante les bois, les fleurs dont le printemps s'émaille,
Puis dans le sein de Dieu paisiblement s'endort.

Et voyez ! Tout ce peuple et cruel et frivole,
Qui l'a laissé mourir sans le don d'une obole,
Va de ses froids honneurs l'insulter aujourd'hui ;

A défaut d'un peu d'or prodiguant l'hyperbole,
Et, s'il n'en doit coûter qu'une vaine parole,
Élevant jusqu'aux cieux des images pour lui !

À Mlle Caroline Pasquier.

« Une jeune fille l'accompagnait... comme Malvina conduisait
« Ossian sur les sommets de Morven. »
                              CHATEAUBRIAND.—Atala.

« Où sont-ils les héros de ma race guerrière ?
« Fingal, où donc es-tu, roi Fingal, ô mon père ?
« Et toi, mon fils Oscar, toi, si brave, si beau ?
« Hélas ! ils ne sont plus, et, sous ces froids décombres,
« Ma main sèche et glacée errant parmi les ombres,
     « Ne rencontre que leur tombeau ! »

Assis sur un rocher battu par la tempête,
Seul, et sur ses genoux laissant tomber sa tête,
Tel l'antique Ossian déplorait ses revers ;
Et le vent des vieux pins faisait trembler la cîme,
Et les torrents mêlaient, en roulant vers l'abîme,
     Leurs voix à sa voix dans les airs.

Mais voilà qu'une forme et gracieuse et blanche
Glisse d'un pied léger, sur le vieillard se penche,
Le souris sur la bouche et l'amour dans les yeux.
En replis ondoyants une soyeuse écharpe
Se croise sur son sein, et sa main de la harpe
     Tire des sons mélodieux.

Le vieux barde, à son pas, à sa voix embaumée,
Tressaille, et reconnaît sa fille bien-aimée.
D'une nouvelle vie il se sent rajeunir ;

Et lui-même, courbé sur la harpe sonore,
Sous ses doigts frémissants y fait vibrer encore
    Un chant de gloire et d'avenir.

Telle, ô d'un chantre ami [1] jeune et belle compagne,
Des accords du piano quand ta voix s'accompagne,
Il t'écoute attendri, l'œil humide de pleurs.
Ainsi ton chant flatteur doucement le remue,
Le rend à l'espérance, et dans son ame émue
    Étouffe le cri des douleurs.

Telle, au milieu des maux et des peines sans nombre,
De l'abandon de tous, de l'exil rude et sombre,
Le ciel te fit paraître à son œil enchanté,
Comme un ange sauveur, comme un divin Génie,
Joignant la douce voix à la grâce infinie,
    La pitié sainte à la beauté.

Oh ! reste auprès de lui, jeune ange de la terre !
Qu'il trouve sous ton aile un abri salutaire ;
Que ta main bienveillante aide à ses pas tremblants.
Sois-lui sa Malvina, sa fidèle Antigone,
Et la fleur de l'Éden, la rose qui couronne
    Son front noble et ses cheveux blancs !

Qu'à ta voix, loin de lui, comme une ombre éphémère,
Puissent fuir les ennuis et la tristesse amère,
Et que, dans son hamac bercé par un vent frais,
Parmi tes chants joyeux, au souffle de la brise,
Au bruit léger du flot qui mollement se brise,
    Il laisse aller sa voile en paix !

(1) Mon maître, mon ami, M. Tercy.

Que, pour prix de tes soins, vierge aux cheveux d'ébène,
Sur tes jours fortunés le ciel verse à main pleine
Tout ce qu'il a de fleurs, de parfums, de trésors !
Qu'il conserve à tes yeux le charme qui nous touche,
La candeur à ton front, les roses à ta bouche,
     Et l'harmonie à tes accords !

Qu'ainsi, lorsque de vœux, d'hommages entourée,
Tu marches, ravissant la terre enamourée,
Et la foule où tout œil à te voir se complait,
Chaque mère en son cœur se dise avec envie :
« O trop heureuse celle à qui tu dois la vie,
    « Et qui t'abreuva de son lait ! »

Et si jamais l'amour d'un trait doré te blesse....
Pourquoi rougirais-tu d'une noble faiblesse ?
Toute vierge, dit-on, doit céder à ses coups ;
Ah ! puisses-tu trouver dans celui qui t'enflamme,
Tout ce que ton cœur pur, tout ce que ta belle ame
    A jamais rêvé de plus doux !

SONNET 38.

Sur la mort de deux jeunes Soeurs.

A Mme BARRÈRE, du Mans.

Date lilia.
VIRGILE.

Oh oui ! des fleurs d'amour, des fleurs de poésie,
La primevère d'or, la rose au frais carmin,
Et le lys, et l'œillet, et l'odorant jasmin,
Des fleurs pour Léonide et pour Théodosie !

Double victime, hélas ! que la mort s'est choisie,
Et frappe en même temps de son glaive inhumain !
Deux anges qui s'en vont, se tenant par la main,
Et léguant à la terre un parfum d'ambroisie !

Ah ! du moins, puissiez-vous, mânes au front charmant,
Quand votre mère en deuil vient, le soir, tristement,
Seule, à genoux, pleurer et prier sur vos tombes...

Puissiez-vous, sous l'ombrage, apparaître à ses yeux,
Et, sur elle abaissant vos ailes de colombes,
La bercer d'espérance et de foi dans les cieux !

Des Vers pour des Fleurs.

A M.ᴵˡᵉ Élise Voïart.

JEUNE fille au regard, au front serein de l'ange,
Au cœur plus chaste encor, vous me donnez des fleurs
Dont le frais assemblage offre un heureux mélange
De suaves parfums, de vermeilles couleurs.

Moi, que puis-je à vos pieds apporter en échange ?
Des vers ?... Oui, si les miens étaient doux et flatteurs,
S'ils savaient dignement chanter votre louange,
Si la tendre rosée y suspendait ses pleurs.

Ah ! du moins, quand, le soir, plongée en quelque rêve,
Vous errez à pas lents et seule sur la grève,
Puisse leur faible écho mollement répété,

Caresser en passant votre oreille attentive,
Comme le bruit plaintif de l'onde fugitive,
Comme un dernier soupir des brises de l'été !

SONNET 40.

A Victor Hugo.

Qualem ministrum fulminis alitem.

HORACE.

AIGLE, ton vol altier a mesuré les cieux ;
Ton œil, comme Moïse, a vu Dieu face à face ;
Du livre aux sceaux d'airain il a lu la préface ;
Puis, des parvis d'azur, à pas silencieux,

Tu descendis, rêveur, pâle et tout soucieux.
Dans ta bouche abondaient les paroles de grâce,
Et les peuples ravis se pressaient sur ta trace ;
Mais la splendeur divine avait voilé tes yeux.

Et, depuis lors, tu vis enclos d'un saint mystère ;
Heureux de n'entrevoir les choses de la terre
Qu'à travers un nuage, à l'horizon lointain !

Et cependant, ton front lance toujours la flamme,
Et jamais plus avant le regard de ton ame
Ne creusa dans les cœurs palpitants sous ta main.

SONNET 41.

A Mlle Coralie Montandon.

Comme une belle fleur, sur le sol paternel,
Ouvre son frais calice aux brises matinales,
Jeune fille, laissez vos grâces virginales
S'épanouir au feu de l'amour maternel.

Ah ! la voix d'une mère est un écho du ciel !
Écoutez-la, docile aux pieuses morales
Qui, d'un cœur plein de vous, douces et libérales,
Coulent en flots d'encens, en purs ruisseaux de miel.

Et Dieu vous bénira. Sur vous, dans sa largesse,
Il épandra la joie et l'aimable sagesse,
Et la pudeur naïve, et la sainte pitié ;

Et tous ces dons heureux, exquis, dont le mélange
De la vierge qu'il aime ici-bas font un ange,
Un ange de bonheur, des cieux même envié.

A M. Auguste de Mesmay.

Sur ses Solitudes [1].

Si, de l'étroit cachot qui dérobe à ses yeux
Les feux d'un beau soleil et l'azur frais des cieux,
Le pauvre prisonnier tout à coup croit entendre
Le rossignol aux bois gémir d'une voix tendre,
Ou la jeune alouette, au vaste sein des airs,
Folâtre, s'élancer, en modulant ses airs...
A ces chants, doux échos de liberté, de joie,
Que la sourde prison tristement lui renvoie.
Son cœur s'émeut, ses yeux laissent couler des pleurs ;
Il rêve encor les bois, et les prés, et les fleurs,
Et le toit paternel, où sa rieuse enfance
Sous des regards amis coulait dans l'innocence ;
Et, contre les barreaux, immobile, dressé,
Il écoute... et, long-temps après qu'ils ont cessé,
A ces vagues accords dont l'attrait le captive,
Il semble encor prêter une oreille attentive.

Ainsi, des bords lointains, pour moi toujours si doux,
Que le Jura domine et qu'arrose le Doubs,
La brise du matin, d'une haleine suave,
Vient jusques en ces lieux, où je languis esclave,
M'apporter, indulgente et comme un don du ciel,
Tes vers, tout parfumés d'ambroisie et de miel,
Frais comme les vallons qui les virent éclore,
Et purs comme un regard de la naissante aurore.

(1) Recueil de poésies.

Et moi qui, dès long-temps, de beaux accords sevré,
Sous un joug importun gémis triste et navré,
A ces chants gracieux d'un fraternel génie,
Je sens que tout mon cœur à la molle harmonie
Se rouvre avec délice, et secouant ses fers,
Oublie et les ennuis et les travaux soufferts.
Aux jours de mon printemps il me semble renaître,
Alors que, confiné dans un exil champêtre,
A la brise, au soleil, aux muses, aux amours,
De mes jeunes destins je livrais l'heureux cours,
Et, par monts et par vaux poursuivant quelque rêve,
Soit errant dans les bois, soit couché sur la grève,
De mon futur bonheur, non loin de nos châlets,
J'élevais, libre et fier, le magique palais.
Ainsi, pour un instant, l'illusion féconde
Entraîne sur tes pas mon ame vagabonde,
Et je vais avec toi m'égarer tout joyeux
Sur tous les bords sacrés qui plaisent à tes yeux,
Partout où te conduit l'ardente inquiétude,
Partout où les ruisseaux, l'ombre, la solitude,
Au poète incertain offrent le plus doux but,
Du repos pour son cœur et des chants pour son luth.
Mais surtout avec toi j'aime à fixer ma course
Près des rocs sourcilleux où le Doubs prend sa source,
Au pied de ce Jura qui nous donna le jour,
Sol à jamais chéri ! délicieux séjour !
Où les cieux sont si purs et la terre si belle,
Où vit un peuple bon, mais fier, au joug rebelle,
Où surgit le sapin, où rit le pampre vert,
Où l'on trouve partout cœurs francs, accueil ouvert,
Et vierges aux yeux bleus, jeunes fleurs isolées,
L'orgueil de la montagne et l'amour des vallées.

A Mme Pauline Gauthier.

Hoc erat in votis.

HORACE.

Vous l'avez dit... vers vous j'irai sur la colline
Si chère à ma jeunesse [1], où votre beau châlet
S'élève, hospitalier et riant châtelet,
Qui vers le pré vermeil légèrement s'incline.

Là, pratiquant la bonne et vieille discipline,
Parmi de frais ruisseaux et de miel et de lait,
Au milieu des parfums des lys, du serpolet,
Je vivrai, sans nul soin de l'âge qui décline.

Là, contemplant le val plein de suavité,
Et le riche vignoble où notre humble cité [2]
Dans son berceau de fleurs repose si tranquille,

Et goûtant le bonheur long-temps en vain promis,
Je bénirai le Dieu qui me garde un asile
Sous un ciel aussi pur et près de tels amis.

(1) La colline de Mancy.
(2) Lons-le-Saunier.

A M.ᵐᵉ Nodier-Mennessier,

Sur sa Légende aragonaise.

Pertentant gaudia pectus.
VIRGILE.

QUE j'aime à vous ouïr, belle et jeune Marie,
A vos anges rosés, assis auprès de vous,
Conter quelque ballade en vers simples et doux,
Où tant d'amour à tant de grâce se marie !

Telle a peint Raphaël sa madone chérie,
Celle dont la voix pure intercède pour nous,
Sur les deux beaux enfants jouant à ses genoux
Attachant et ses yeux et son ame attendrie.

Et, cependant qu'ainsi naïve vous chantez,
En cercle, autour de vous, vos amis enchantés
Écoutent, à l'extase, à l'harmonie en proie.

Et votre époux heureux en silence jouit,
Et d'un œil caressant votre mère vous suit,
Et le cœur paternel en palpite de joie.

A ma Marraine.

Que faites−vous, ô ma bonne marraine ?
Vous souvient−il encor de ce filleul,
Jeune écolier, qui, sous le grand tilleul,
Antique abri de votre humble domaine,

Vous arrivait en courant, hors d'haleine,
Et qui, pour vous, au loin s'en allait seul
Cueillir aux bois lys, pervenche, glaïeul,
Et blanc muguet, et fraîche marjolaine ?

De ce beau temps qui ne peut revenir,
Pour lui, toujours il garde souvenir ;
Et, bien souvent, tout son cœur le reporte

Vers vous, où tant de bonheur l'enivrait,
Et sur le seuil béni de cette porte,
Qui devant lui si joyeuse s'ouvrait.

SONNET 45.

A Mme de Barjon.

Que n'ai–je à point et fortune et loisir !
Comme aux beaux lieux où votre cœur m'invite,
Tout de ce pas je m'en irais bien vîte !
Point ne voudrais d'autre asile choisir,

Là, près de vous, au gré de mon désir,
Je laisserais, sans nul soin qui m'agite,
Couler ma vie en ce bienheureux gîte.
Point ne voudrais avoir d'autre plaisir.

Les prés, les champs, l'air pur, une fleur blanche,
Et plus encor, de femme aimable et franche
L'accueil riant et l'honnête entretien,

Là me feraient, cent fois le jour, dans l'ame,
Bénir le ciel, et vous, la noble dame,
Vous, après lui, l'auteur de tant de bien !

L'Hospitalité du Jura.

A Mme et à Mlle Elise VOÏART.

Nostris succede Penatibus hospes.
Recevez l'hospitalité de nos Pénates.

VIRGILE.—Énéide.

O MA patrie, ô sol chéri !
Voici deux nobles étrangères,
Qui, gracieuses et légères,
Vont fouler ton gazon fleuri !

Ouvre-leur ces sombres allées
Qui se perdent en tes forêts,
Et les replis les plus secrets
De tes onduleuses vallées.

Partout, à leur regard joyeux
Fais briller tes fleurs les plus douces,
Et qu'à leurs pieds tes jeunes mousses
Étendent un tapis soyeux.

Que le sapin de tes montagnes,
Que le saule au pré rosoyant,
Inclinent leur front verdoyant
Devant les deux belles compagnes !

Que jamais le chantre des airs,
Les clairs ruisseaux, les molles brises,
Ne charment leurs ames éprises
De plus harmonieux concerts.

Que, du fond même de tes grottes,
Quand l'ombre aux vallons vient s'asseoir,
Il s'échappe, au souffle du soir,
De si mélodieuses notes,

Qu'il semble ouïr les doux accords
Du Sylphe et de la jeune Fée,
Mêlant à la lyre d'Orphée
Des sons inconnus jusqu'alors...

Et l'on s'arrête sur la grève.
Tout pensif et silencieux,
Comme écoutant ces voix des cieux,
Qui nous caressent dans un rêve.

Blanches cabanes, frais châlet,
Aux deux célestes pélerines,
Versez, du penchant des collines,
Vos ruisseaux de miel et de lait.

Que votre seuil à leur voix s'ouvre,
Et leur offre, au coin du foyer,
Ce franc accueil hospitalier
Qui plaît mieux que tout l'or du Louvre.

Qu'ainsi, bien venue en tous lieux,
La mère, la fille attendrie,
Doutent si même la patrie
En son sein les fêterait mieux.

Et vous, dont partout les ruines
Rappellent à l'œil attristé
Un sol tant de fois dévasté !
Vous qui, du milieu des bruines,

Dégagez à-demi vos fronts
Et vos ogives dentelées ;
Vieux châteaux, tours démantelées,
Nobles couronnes de nos monts !

Évoquez du sein des décombres
Vos souvenirs de loyauté,
D'amour, de guerre et de beauté ;
Que du passé les grandes ombres

Leur montrent tantôt nos guerriers,
La lance en main, l'écu sans tache,
Le casque orné d'un blanc panache,
Bondissant sur leurs destriers ;

Tantôt la damoiselle blanche,
Au front que la rose a rougi,
Nos Gabrielle de Vergy,
Nos Clotilde et nos reines Blanche...

Dames de sagesse et d'honneur,
Anges du ciel, qui dans les ames
Allumaient de ces belles flammes,
Dont le seul rêve est un bonheur !

Racontez-leur tous ces mystères
Qu'on se dit le soir en tremblant,
Lorsqu'au foyer se rassemblant,
Enfants, jeunes filles et mères,

Écoutent quelque bon vieillard,
Et qu'un grillon derrière l'âtre
D'où jaillit la flamme bleuâtre,
Fait entendre son chant criard.

Et vous les verrez, attentives,
Prêter l'oreille avec émoi,
Et recueillir, pleines de foi,
Vos vieilles légendes naïves.

Et, pour prix d'hospitalité,
O pays de sainte mémoire !
A ton beau nom leur double gloire
Joindra son immortalité.

L'une dira, fraîche et suave,
Tes rochers, les monts sourcilleux,
Et tes vallons délicieux
Où fleurit un peuple si brave ;

Et les hauts faits que tes débris
Dérobent au regard profane,
Et tout ce que l'humble cabane
A de paix et de doux abris.

Belle et timide jeune fille,
L'autre, d'un burin délicat,
Reproduira le chaste éclat
Et le charme ingénu qui brille

Aux yeux bleus des vierges des monts...
Comme elle l'orgueil de leur mère,
La joie et l'amour d'un vieux père,
Et de pudeur voilant leurs fronts.

Puis sa main sur tes paysages
Fera planer ces fils de l'air,
Ces Sylphes qui, rapide éclair,
Traversent les sombres nuages ;

Ou qui, de leur pied gracieux,
Comme elle glissant dans la plaine,
Semblent effleurer l'herbe à peine,
Et prendre leur vol vers les cieux.

A mon camarade L.

Pulchrumque mori succurrit.
VIRGILE.

Au soupçon qui flétrit, lui, se voir désigné !
Lui, loyal et si pur, lui, capable d'un crime...
Traîné devant un juge ! Ah ! son cœur magnanime,
A ce penser, frémit, se soulève, indigné !

Puis il s'est frappé calme, et fier et résigné.
La mort a pris pitié de la noble victime ;
Elle le rend sans tache à la publique estime,
Et l'arrêt qui l'absout de son sang est signé.

Mais tandis qu'à l'honneur, son Dieu, sa seule idole,
Sans sourciller, ainsi ce généreux s'immole....
Peut-être, en ce moment, son horrible assassin,

Aux bras de quelque fille, et la face rougie,
S'applaudissait en soi joyeux, et du larcin
Buvait le prix sanglant dans une infâme orgie.

SONNET 47.

À Mlle Laure Gauthier.

Parvam te vidi.
VIRGILE.

LAURE, je vous ai vue, encor toute petite,
Courir aux papillons sur l'herbe du guérêt,
Cueillir la fraise éparse aux bords de la forêt,
Et dans les prés fleuris la blanche marguerite...

Vous, d'une tendre mère aimable favorite!
—La sage et belle enfant! C'est déjà son portrait!
Disait-on ; et son ame était fière en secret
D'ouïr ainsi vanter votre jeune mérite.

En grâces, en beauté, dès-lors vous avez crû ;
Et, si de nos vallons l'écho fidèle est cru,
Nulle, parmi l'essaim de vos blondes compagnes,

N'a le regard plus chaste et le cœur plus aimant ;
Nulle n'attire à soi par un plus doux aimant,
Et d'un pied plus léger n'effleure les campagnes.

SONNET 48.

A M. Alfred de Vigny.

« Je vis dans le feu comme une salamandre. »
(Lettre particulière de M. Alfred de Vigny.)

Vivre au milieu du feu comme une salamandre ;
Dans le foyer brûlant par soi-même allumé,
Sentir frémir encor son cœur tout consumé ;
Puis, comme le Phénix, renaître de sa cendre ;

Et, tel que l'oiseau saint, sur le bûcher reprendre
La force, la vigueur, l'essor accoutumé ;
Et, de là, radieux, vers le ciel parfumé
S'élançant, à flots purs autour de soi répandre

La lumière, la vie, et l'ame et la chaleur...
Tandis qu'un peuple entier, de ce val de douleur,
Levant un œil jaloux vers l'ange qui s'envole,

Dans l'air resplendissant le suit et bat des mains,
Ou contre lui blasphème un murmure frivole...
Oui, poète, tel est ton sort... et tu te plains !

Une jeune Fille.

ELLE a des paroles de miel ;
L'amour ne quitte point sa trace ;
Son moindre geste est une grâce,
Et son sourire ouvre le ciel.

Être pur, immatériel,
C'est un bel ange dans l'espace,
C'est un sylphe léger qui passe ;
C'est Éloa ! c'est Ariel !

Heureux sur qui par hasard tombe
L'œil bleu de la blanche colombe,
Lorsqu'aux cieux elle prend son vol !

Heureux qui de sa bouche rose,
Recueille un mot plus doux que rose,
Plus doux que chant de rossignol !

A ***

Jeune fille au front chaste, aux longs cheveux d'ébène,
O toi qui dans ces lieux où je traîne ma chaîne,
Laissant ton œil distrait par hasard s'égarer,
Viens d'un rayon si pur soudain les éclairer...
Oh non! tu ne sauras jamais, vierge chérie,
Jamais tout ce qu'au fond de mon ame attendrie,
Ce regard, qui peut-être est pour d'autres que moi,
Jette d'enchantement et d'ineffable émoi ;
Et tout ce qu'à te voir j'éprouve de délices,
Quand le long des vitraux d'un pied léger tu glisses,
Svelte et blanche, semblable à ces anges de Dieu,
Qu'on croit voir effleurer le parvis du saint lieu,
Alors que de la nef franchissant les barrières,
Les chants d'un peuple entier et la voix des prières,
Aux sons de l'orgue émue, aux feux mourants du jour,
Montent avec l'encens au céleste séjour !...
Oh ! je voudrais, bercé par l'amoureuse ivresse,
Et sur ton seuil béni l'œil attaché sans cesse,
Et captif volontaire en ma sombre prison,
N'ayant que toi pour but, que toi pour horizon,
Je voudrais rester là des heures à t'attendre,
A t'adresser des vœux que tu ne peux entendre,
Les vœux d'une ame à toi, les vœux d'un cœur aimant,
A te voir tout d'un coup m'apparaître un moment,
Dans toute ta fraîcheur, ta grâce printanière,
Comme aux portes du jour un esprit de lumière,
Belle avec tes cheveux sur ton front partagés,
Et semant sur ton cou leurs anneaux négligés,

Avec ton gai souris qui chasse les alarmes,
Avec ton regard plein d'inexprimables charmes,
Qui, perçant de ces murs l'affreuse obscurité,
Y porte de l'Éden la suave clarté.

SONNET 50.

Le Rameau d'or.

> . . . . Uno avulso, non deficit alter
> Aureus.
>
> VIRGILE.

En vain le temps s'envole, et chaque jour emporte
De mes illusions quelque rameau béni,
Comme la feuille aux bois, leur nombre est infini,
Et sans cesse renaît sur l'arbre qui les porte.

Ce qu'un songe m'enlève, un autre me l'apporte...
L'espace à mes regards s'ouvre immense, aplani,
Jusqu'en ces champs d'amour d'où l'homme fut banni,
Et dont, le glaive en main, l'ange défend la porte.

Devant la branche d'or le messager de Dieu
Baisse soudain l'épée et la lance de feu,
Et, sous les vastes plis des ailes qu'il déploie,

Je passe... et, de la mort et du serpent vainqueur,
Là je retrouve, au sein de l'éternelle joie,
L'Ève de mes désirs, la femme de mon cœur.

𝕷𝖆 𝕸𝖚𝖘𝖊.

Fra magnanimi pochi a chi 'l ben piace,
Io vo gridando : Pace, pace, pace !
PÉTRARQUE.—Canzone XXVIII.

A M. Charles Nodier.

I.

Fille du ciel, de grâce et d'amour couronnée,
Le souris sur la bouche et des fleurs dans les mains,
Oui, la Muse ne doit verser sur nos chemins,
Qu'indulgence, harmonie et bienveillance innée.

Paix ! paix ! s'en va criant la vierge de Dieu née,
Et soudain, jetant bas les glaives inhumains
Déjà tournés contre eux, à ses pieds, les humains
S'embrassent, réunis dans un vaste hyménée.

Puis ils prêtent l'oreille attentive à ces chants
Qui conjurent la haine et les coups des méchants,
Et des cœurs amollis tirent de douces larmes.

Et quand d'un vol léger, elle échappe à leurs yeux,
Ils écoutent encor sa voix pleine de charmes,
Qui vibre et meurt au loin dans les déserts des cieux.

SONNET 52.

Au même.

II.

Poète, ainsi tu sers et tu comprends la Muse !
Tel, dominant la fange et les vains bruits du jour,
Et ces luttes de nains dont la tourbe s'amuse,
Tu planes avec elle au céleste séjour.

Et lorsque, reflétant la grâce en elle infuse,
Parmi nous sur ses pas tu descends à ton tour,
Ton œil, qu'aucun mensonge, aucun leurre n'abuse,
Ne cherche que frais calme et doux tableaux d'amour.

Que vingt partis entre eux semant l'injure amère,
S'arrachent les lambeaux d'un pouvoir éphémère,
Qu'importe ? quand tu vois sur ton sein paternel

Se jouer une troupe enfantine et fleurie,
Et, suspendue aux bras de ta blanche Marie,
Leur sœur qui déjà rit au souris maternel ?

Caprice.

J'AI toujours dans l'ame
Quelque douce flamme
Qui la fait brûler ;
Quelque vierge tendre
Dont je crois entendre
La voix me parler.

C'est tantôt la blonde,
Dont la tresse en onde
Se roule à l'entour
D'un cou blanc et rose,
Où le cœur se pose,
Éperdu d'amour.

Tantôt à la brune,
C'est la jeune brune,
Dont l'œil vif et noir
Rayonne dans l'ombre,
Comme en un ciel sombre
L'étoile du soir.

Ou, parmi l'herbette,
C'est quelque fillette
Que, d'un pied léger,
Sur la fleur nouvelle
Et moins fraîche qu'elle,
On voit voltiger.

C'est aussi la fée
De bluets coiffée,
Qui vole dans l'air,
Et devant moi passe,
S'enfuit et repasse
Comme un prompt éclair.

Abeille volage,
Tel de plage en plage,
Mon cœur tourmenté,
Au hasard s'égare,
Ayant pour tout phare
L'œil de la beauté.

Princesse ou grisette,
Maîtresse ou soubrette,
Il importe peu,
Pourvu qu'on soit belle,
Blanche et non rebelle
A son chaste feu.

Il entraîne l'une,
Au clair de la lune,
Au fond des bois verts ;
Près de l'autre il chante,
Et tout bas l'enchante
D'amour et de vers.

Là d'un sein de neige,
Par un doux manége,
Il va mollement
Effleurer le globe ;

Ailleurs il dérobe
Un baiser charmant.

Dans son vol rapide
Il suit la sylphide,
Et va jusqu'au ciel,
A quelque jeune ange
Demander l'échange
D'un souris de miel.

Là joyeux il puise
Grâce, amour exquise,
Suave trésor,
Et des saintes voûtes,
Le vient sur nos routes
Répandre à flots d'or.

De baume arrosée,
Ainsi la rosée
Aux mille couleurs,
En larmes perlées
De parfums mêlées
Descend sur les fleurs.

J'ai toujours dans l'ame
Quelque douce flamme
Qui la fait brûler ;
Quelque vierge tendre
Dont je crois entendre
La voix me parler.

SONNET 54.

La Verginella.

Qu'elle est belle, la jeune fille,
Debout sur sa porte, le soir,
Levant au ciel son grand œil noir,
Où si doux feu d'amour pétille !

Avec cette grâce gentille,
Qu'on ne se peut lasser de voir,
Et ses cheveux qui vont pleuvoir
En flots bouclés sur sa mantille !

Puis, penchant le front sur sa main,
Elle rêve, et couve en son sein
Quelque ardeur chaste et mutuelle...

Tandis que la foule en émoi
L'admire, et, tout bas, comme moi,
Murmure en passant : qu'elle est belle !

SONNET 55.

— LAISSE sur moi, vierge timide,
Tomber ton regard un moment,
Un regard dè ton œil humide,
Qui porte au cœur joie et tourment ;

Plus doux que l'étoile limpide,
Des sombres nuits clair diamant,
Plus ardent que le feu rapide
Dont l'éclair brille au firmament.

Oh ! laisse, qu'en tes yeux de flamme
Je puise tout ce que ton ame
Renferme de trésors d'amour !

Et que la mienne y soit unie,
Comme à celle d'un bon génie
Qui sur moi veille nuit et jour !

Désir.

Sur ton cou, vierge blanche,
Où l'or de tes cheveux
Si mollement s'épanche
Et flotte en mille nœuds ;

Sur ton cou qui se penche
Mol et voluptueux,
Comme un lys sur sa branche,
Un lys majestueux...

Mon ame vole heureuse
Et se fixe amoureuse,
Comme on voit se poser

L'abeille sur la rose,
Et ma bouche y dépose
Un timide baiser.

Au bord de l'eau.

Assis au bord du fleuve aux flots calmes et lents,
J'abandonne à son cours mes pensers indolents.
Oh ! volontiers j'irais, loin, bien loin de la rive,
Sur un fragile esquif voguant à la dérive,
Par la première brise au hasard emporté,
Et de mes rêves seuls en voyage escorté,
Aux clartés du soleil, aux lueurs des étoiles,
Vers un monde inconnu flotter à pleines voiles !
Oui, j'aimerais, tantôt debout sur le tillac,
Et tantôt mollement bercé dans mon hamac,
Voir passer devant moi les rivages sans nombre,
Les arbres sur le fleuve allongeant leur grande ombre,
Les coteaux d'où le jour en souriant nous luit,
Les vallons argentés par l'astre de la nuit,
Et les hameaux semés sur le flanc des montagnes,
Et les troupeaux paissant épars dans les campagnes,
Et les vastes cités qui dans les flots tremblants
Renversent leurs remparts, leurs dômes chancelants.
Ainsi de fleuve en fleuve, au·gré de son caprice,
M'entraînerait la vague ou la brise propice,
Là-bas, jusques au sein de ces bleuâtres mers,
De l'abîme sans fond silencieux déserts,
Où les pas des humains ne laissent point de trace,
Où, quelque point lointain que le regard embrasse,
Partout on voit s'étendre et rouler spacieux,
Les ondes sous ses pieds, sur sa tête les cieux !

SONNET 57.

Solitude.

PARTOUT en vain je cherche ici-bas un appui,
Quelque cœur fraternel en qui le mien s'abrite,
Quelque doux reconfort au chagrin qui m'irrite,
Quelque heureux lendemain aux peines d'aujourd'hui.

Les belles amitiés de la jeunesse ont fui ;
L'amour a pris au loin son vol encor plus vîte ;
Plus de fleurs au désert, plus d'ombre qui m'invite,
Et je reste, hélas ! seul... Seul avec mon ennui !

Ou si, parfois, l'aimable et sainte poésie
Me présente en riant la coupe d'ambroisie,
Ma bouche aride à peine en effleure le miel ;

Et des cieux étoilés où me ravit l'extase,
Sur la terre bientôt je retombe... et le vase
Ne m'offre que déboire et d'absynthe et de fiel.

Saint-Ursanne. (1)

Hic gelidi fontes, hic mollia prata.
Là, de fraîches fontaines, là, de molles prairies.
VIRGILE.—Églogue 10.

SOUVENT, lorsqu'au milieu du calme de la nuit,
Le corps en deux plié contre une table où luit
La douteuse clarté d'une lampe économe,
Barbouillant maint grimoire et feuilletant maint tome,
Contre le sort jaloux vainement mutiné,
J'allonge encor du jour le labeur obstiné,
Le bruit rauque de l'Ourcq qui, d'écluse en écluse,
Précipite soudain son eau long-temps recluse,
Jusqu'en mon humble gîte apporté mollement,
Vient au travail ingrat m'arracher un moment.
A ce bruit je tressaille, et, l'oreille attentive,
Laissant sur le papier tomber ma plume oisive,
Et le front tristement appuyé sur ma main,
J'écoute plein d'émoi le murmure lointain ;
Et, tandis que l'écho dans l'ombre le prolonge,
En ses rêves confus tout mon cœur se replonge.
O val de Saint-Ursanne ! ô cascades du Doubs !
Beaux lieux où mon destin s'écoulerait si doux,
Vous qu'à peine entrevit ma jeunesse naïve,
Et qui m'avez laissé souvenance si vive,
C'est vers vous, je ne puis dire par quel attrait,
Que le flot qui gémit me rappelle en secret !

(1) Village du pays de Porentruy, sur les bords du Doubs.

Là je passais léger, joyeux, l'ame ravie,
Plein d'un immense espoir, et près d'unir ma vie
A celle que j'aimais, à celle dont l'amour
Fait encor tout mon bien, tout mon charme en ce jour.
Là, comme pour fêter notre heureux hyménée,
De ses plus gais atours la terre était ornée,
Et m'offrait, dans un cercle étroit et gracieux,
Tout ce qui plaît au cœur et délecte les yeux.
Là des ruisseaux roulant leurs ondes cristallines,
Et des châlets épars au penchant des collines,
Et, sur le faîte aigu du sourcilleux rocher,
De l'ermitage saint le rustique clocher...
Là, des bocages verts, des pelouses fleuries,
Le sapin sur les monts et le saule aux prairies...
Là, de blanches maisons avec leurs frais berceaux
Et leurs vergers riants se penchent sur les eaux ;
Après mille détours, là, le fleuve rapide
Dans un baste bassin suspend son flot limpide,
Semblable au voyageur qui, d'un beau site épris,
Pour en jouir, s'arrête, émerveillé, surpris.
Mais bientôt, reprenant sa course impétueuse,
De rochers en rochers l'onde tumultueuse
Bondit, bouillonne, gronde, écume, et d'un bruit sourd
Remplit au loin les bois, les monts qu'elle parcourt.

Amertume.

Povera ed ignuda vai.

PÉTRARQUE.

Oh oui ! mon Dieu, sans doute elle est rude la voie
Où vous m'avez jeté, pauvre, nu, sans soutien,
N'ayant qu'un luth, des chants, des rêves pour tout bien,
Sans un œil qui me rie, un guide qui me voie,

Et rende au droit chemin mon pied, s'il se fourvoie ;
Sans un frère, un ami, qui fasse avec le mien
Échange de son cœur et d'un libre entretien,
Qui de mes maux s'afflige, et pudique y pourvoie...

N'importe ! il faut marcher ; et toujours en avant
Je marche, seul et fier, contre marée et vent,
Me confiant en toi, pur esprit qui m'animes !

En toi, souffle divin, qui contre les assauts,
Contre les coups du sort et l'injure des sots,
Prêtes force et courage aux ames magnanimes !

Consolation.

Segui animosamente il tuo sentiero.
ARIOSTE. Roland furieux.

Oui, marche, me dis-tu, marche ! le monde est grand,
Et l'espace sans borne ! avance d'un pas ferme ;
Si la carrière est âpre, il est si beau le terme,
Le prix si glorieux, si digne d'un cœur franc !

Marche ! en tous lieux, au loin, porte ton pas errant.
Dieu t'ouvre les trésors que sa sagesse enferme.
Marche au milieu des fleurs dont il couve le germe.
Mange le fruit de l'arbre et bois l'eau du torrent.

Marche au chant de l'oiseau caché sous la feuillée,
Au souffle harmonieux de la brise éveillée,
Au bruit plaintif de l'onde épandant son trésor !

Marche ! les voix d'en haut à ta voix se marient,
Et les anges du ciel, les vierges te sourient,
Balancés dans les airs sur un nuage d'or.

A M. Désiré Baron,

Sur la mort de sa Fille.

Noluit consolari, quia non sunt.
ÉCRITURE SAINTE.

ENCORE à ton parterre une fleur enlevée,
Un jeune et svelte saule aux rameaux chevelus
Qui tombe... un cygne blanc de moins dans la couvée,
Un ange qui remonte au séjour des élus !

Encor bonheur, délice et joie en vain rêvée !
Et les cris, les sanglots, les regrets superflus,
Et le cœur tout saignant d'une mère abreuvée
D'un désespoir sans fin !... Car sa fille n'est plus !

Celui qui te l'avait dans sa grâce donnée,
Te la reprend, d'amour, de candeur couronnée,
Avant que de la vie elle ait goûté le fiel.

Père, je sens le poids de ta douleur de père.
L'adoucir n'appartient qu'à Dieu... que puis-je faire ?
Mêler mes pleurs aux tiens, et te montrer le ciel.

Le Calme après l'Orage.

Quand, soudain déchaîné, l'archange des ténèbres
Enveloppait Saül de ses vapeurs funèbres,
Que le courroux montait sur son front pâlissant,
Que, prête à seconder sa noire frénésie,
La lance entre ses mains, avec fureur saisie,
      Vibrait, ivre de sang.

Un jeune et bel enfant, pour calmer son délire,
Timide s'approchait, tenant en main la lyre,
Laissant flotter aux vents ses longs cheveux bouclés ;
Et ses doigts exprimaient de l'instrument sonore
Les accords les plus beaux qu'aucune lyre encore
      Ait jamais exhalés.

Le monarque, à sa voix, du fardeau qui lui pèse
Sent le poids s'alléger, et par degrés s'apaise.
Déjà dans son regard un feu moins sombre a lui.
Déjà la lance échappe à sa main frémissante,
Et la paix du Seigneur vient, calme, bienfaisante,
      Redescendre sur lui.

Ainsi, dans ce vallon de misère et de doute,
Quand, les pieds tout meurtris des ronces de la route,
Pour reposer ma tête en vain je cherche un lieu ;
Et que mon cœur, lassé d'un monde où tout le froisse,
S'abreuve d'amertume et se serre d'angoisse,
      Et désespère en Dieu....

Alors, ô vierge pure, ange de l'espérance,
Ma sœur en poésie et ma sœur en souffrance,
Si j'entends tout à coup résonner votre voix,
Comme un souffle embaumé qu'au désert on aspire,
Comme le chant plaintif de l'oiseau qui soupire,
      Le soir, au fond des bois...

Mon cœur ému soudain se calme aussi ; l'orage
En larmes s'y résout comme un léger nuage ;
A l'amour, au bonheur, il s'ouvre, ranimé ;
Et je sens que la vie est douce à qui vous aime,
Douce à qui, plus heureux qu'on ne l'est au ciel même,
      De vous serait aimé.

SONNET 61.

Actions de Grâces.

Moi, me plaindre ! eh ! de quoi ? Je suis pauvre, il est vrai.
Qu'importe ? N'ai-je point femme aimée et qui m'aime,
Trésor sans prix, bonheur, délice, autre moi-même ?
Et bel enfant vermeil, au front naïf et gai ?

Puis, n'ai-je point aussi, me chantant son doux lai,
Et les cheveux ornés de son frais diadème,
La Muse qui partout me rit, et sur moi sème
Plus de fleurs que n'en porte un beau matin de mai ?

Qui dans un seul rayon teint de pourpre et de rose,
Montre à mes yeux plus d'or, plus de richesse enclose,
Que le Pérou n'en verse en ses brillants filons ?

Qui me garde des flots d'amour, de sainte ivresse,
Les grâces du printemps parmi les aquilons,
Et d'un cœur enchanté l'éternelle jeunesse ?

SONNET 62.

— Oui, de tous les présents que Dieu fit aux humains,
  La Muse est le plus beau ! c'est une charmeresse
  Qui n'a pour nous qu'amour, que voix enchanteresse,
  Que souris à la bouche et palmes dans les mains.

Qui conjure les coups des astres inhumains,
  Sait fléchir les rigueurs d'une jeune maîtresse,
  Console l'ame en deuil et le cœur en détresse,
  Et fait luire une étoile aux plus sombres chemins.

Par elle, le poëte à ce globe de boue
  Échappe, et des destins et des hommes se joue ;
  Puis, aux parvis d'azur sous ses pieds frémissants,

Parmi les chœurs sacrés radieux il s'avance,
  Du bonheur des élus s'enivre par avance,
  Et porte au ciel des flots d'harmonie et d'encens.

Rayon d'Avril.

A Mmes VOÏART.

Du milieu d'un nuage où ruisselait la pluie,
Le soleil, ce matin, a surgi gracieux,
Et d'un rayon d'avril tiède et délicieux
Il caressait déjà la terre réjouie.

La brume, à son aspect, fuyait évanouie,
Faisant place à la pourpre, au bel azur des cieux ;
Et, brisant le bouton qui la cachait aux yeux,
La primevère d'or brillait épanouie.

Et moi, je m'élançais vers ce ciel pur et clair,
Joyeux comme l'oiseau, libre enfin comme l'air,
Puis, j'allais, près de vous, parmi l'herbe et les mousses,

Du rossignol aux bois goûter les premiers chants,
Et le souffle amolli de la brise des champs,
Et le parfum nouveau des violettes douces.

A mon Enfant.

Dis-moi, mon doux Clément, toi, si gai, si folâtre,
D'où vient donc que, parfois, tout seul au coin de l'âtre,
Et sur ton humble siége assis paisiblement,
Tu tournes tes yeux bleus vers le bleu firmament,
Et, qu'insensible même à la voix de ta mère,
Tu lui sembles déjà rêver comme ton père ?
Aimable enfant, ô toi qui ne connais encor
Que d'heureux jours, des jours filés de soie et d'or,
Qui, d'un pied si joyeux, d'une ame si ravie,
Portes tes premiers pas dans les champs de la vie,
Quoi ! déjà voudrais-tu, triste et silencieux,
Sur un monde meilleur interroger les cieux ?
Comme, le soir, lassé d'une longue carrière,
Le voyageur s'arrête et regarde en arrière,
Ou cherche quelque abri, dans l'espace sans fin,
Où sa tête pourra se reposer enfin.
Mais n'est-ce point plutôt qu'un jeune ange, ton frère,
S'est abaissé vers toi de la céleste sphère,
Et, dans un saint langage aux mortels inconnu,
Parle de Dieu, du ciel, à ton cœur ingénu ?
Et tu prêtes l'oreille à la voix douce et tendre
De ton guide invisible ; et, charmé de l'entendre,
Tu sens la vérité descendre dans ton sein,
Comme une jeune fleur boit les pleurs du matin.
Et tu souris alors d'un souris ineffable ;
Car ton œil a percé le voile impénétrable
Qui dérobe à nos yeux l'aspect du Dieu vivant :
Tu le vois entouré d'un chœur d'anges fervent,

Qui toujours le célèbre, et toujours pour nous prie ;
Et, près de lui, debout, la divine Marie
Tenant entre ses bras un enfant gracieux,
Le bel enfant Jésus qui te sourit des cieux.

SONNET 64.

Marie.

Mulier amicta sole, et luna sub pedibus ejus, et in capite
ejus corona stellarum duodecim.

APOCALYPSE.

ELLE est aux plus hauts cieux assise sur un trône.
Les rayons du soleil forment son vêtement ;
Son pied presse la lune, et, sur son front charmant,
Douze étoiles de feu s'élèvent en couronne.

La charité, la foi, l'espoir saint l'environne ;
Jésus entre ses bras repose doucement,
C'est la rose d'Éden, la vierge au cœur aimant ;
C'est celle qui console et celle qui pardonne.

Toute ame qui gémit trouve en elle une sœur ;
Elle arrache le faible aux traits de l'oppresseur ;
Et, quand le pécheur tombe à ses pieds qu'il embrasse,

Sa bienveillante main le relève confus,
Le présente à l'Enfant source de toute grâce,
Qui sourit... et le ciel compte un ange de plus.

Un jour de Fête.

Ce matin, en voyant se lever sur ma tête
Ce beau soleil... la nuit fuir dans le clair obscur ;
En aspirant ces bruits de l'air, ce souffle pur
Qui des vieux pins agite en frémissant le faîte...

Je me disais : oh oui ! mon Dieu, c'est pour sa fête
Que tu répands les fleurs, que tu sèmes l'azur ;
Protége-la ; sois-lui son guide toujours sûr ;
Éloigne de son ciel la foudre et la tempête.

Pour t'aimer, te bénir, être immortel et bon !
Pour répandre en tous lieux la gloire de ton nom,
C'est toi qui la tiras de son humble alvéole.

Que tes desseins cachés s'accomplissent, Seigneur !
Et pour tous sur son front fais luire une auréole
De paix sainte, d'espoir, d'amour et de bonheur.

Le quinze Août.

C'était le jour sacré de ta fête, ô Marie !
Les cloches la chantaient sur de si joyeux airs,
Que des anges émus et des harpes des airs
On dirait que la voix à leur voix se marie.

L'azur brillait au ciel ; la terre était fleurie,
Et j'entendais vibrer tous ces pieux concerts,
Et je voyais frémir tous les feuillages verts ;
Et je vins à songer à l'absente patrie...

Aux beaux chants de l'église, à la mère de Dieu
Qui veille sur l'enfance ; à tout ce qu'au saint lieu
Je goûtai de délice et d'innocente joie...

A tout ce qu'un moment à peine j'effleurai !
Puis, m'asseyant au pied d'un arbre, sur la voie,
Et dans mes mains cachant ma tête, je pleurai.

A mes amis d'Enfance.

Ces vieilles amitiés de l'enfance première !
André Chénier.—Élégie 16.

Doux compagnons de mon enfance,
Pourquoi les destins ennemis
Me font-ils pleurer votre absence ?
Où donc êtes-vous, mes amis ?

Mon cœur de chagrins se consume ;
Mon ame succombe aux ennuis ;
Mes jours coulent dans l'amertume ;
Des fantômes troublent mes nuits.

Hélas ! et je suis seul au monde !
Et nul ne s'approche de moi ;
Et nul à ma douleur profonde
Ne vient dire : espère et prends foi !

Au sein des amitiés nouvelles
J'avais cru me réfugier ;
Et je n'ai rien trouvé près d'elles,
Où mon cœur se pût appuyer.

Vous seuls aviez dans la parole,
Dans le regard et dans l'accueil,
Ce qui charme, ce qui console,
Ce qui souriait à mon deuil.

Au devant de ma peine amère
Vous seuls accouriez vous offrir,
Avec tout l'amour d'une mère
Pour l'enfant qu'elle voit souffrir.

Une main serrée et tremblante,
Un coup d'œil, un mot bien-aimé,
Sur ma blessure encor sanglante
Versaient un dictame embaumé.

Devant vous soudain les alarmes,
Les soins cuisants, le noir dessein,
Fuyaient, ou se changeaient en larmes
Qui s'écoulaient dans votre sein.

Tel sur la terre réjouie,
Sur l'émail du gazon vermeil,
Se résout un nuage en pluie
Devant un rayon du soleil,

Et la verdure se ranime,
Et l'oiseau chante et prend l'essor ;
Et le lys sur sa blanche cîme
Voit scintiller des gouttes d'or.

Mais moi, pauvre fleur des montagnes,
Arrachée à leur doux abri,
Je laisse en vain sur ces campagnes
Tomber mon front pâle et flétri.

Nul souffle joyeux ne me berce ;
Il n'est pour moi printemps aucun,
Ni rayon d'en haut qui me verse
La lumière et le frais parfum.

Et sur l'humble plante la foule
Jette à peine un œil dédaigneux,
Ou dansante, du pied la foule,
Et va courir à d'autres jeux.

Oh ! venez, amis dans la plaine,
D'un souris, d'un regard aimant,
Du souffle pur de votre haleine
Venez m'animer un moment !

Venez, de la brise natale,
Autour de moi, m'imprégner tous,
Et que vers le ciel j'en exhale
Un dernier parfum près de vous !

Doux compagnons de mon enfance,
Pourquoi les destins ennemis
Me font-ils pleurer votre absence ?
Où donc êtes-vous, mes amis ?

SONNET 67.

La Lampe.

> Humble et chaste maison !
> La Fontaine.

Voyez là haut ce feu de lampe qui vacille
Derrière une fenêtre, en cet humble réduit,
Comme au firmament sombre une étoile scintille,
Et verse un pâle éclat sur le front de la nuit.

C'est de tout mon bonheur l'astre serein qui brille.
Là, près du bel enfant qui dort, veille sans bruit
L'épouse de mon cœur, la mère de famille,
Saint trésor, qui dans l'ombre et pour moi seul reluit.

Elle m'attend, et compte avec tristesse l'heure...
Et, libre enfin du joug, vers la chaste demeure,
Moi, je vole éperdu, sûr de rencontrer là

Pleurs joyeux, baiser tendre, ame qui sent mon ame,
Amour toujours plus vif, et tel que jamais femme
N'en conçut de pareil !.. N'est-ce rien que cela ?

Pauline,

OU LES PREMIÈRES AMOURS.

Pourquoi donc, ô mon Dieu ! nous faites-vous vieillir ?
Pourquoi sentir ainsi chaque jour défaillir,
Non pas soi seulement, mais, chose plus cruelle !
La grâce, la beauté, qu'on croyait immortelle,
Tout ce qui fut l'objet de nos premiers amours,
Ce qu'on jurait d'aimer et d'adorer toujours ?...
Et puis l'absence arrive... et lorsque, par mégarde,
On vient à se revoir, long-temps on se regarde,
Et l'on se dit tout bas et d'un cœur bien amer :
Est-ce donc là, mon Dieu ! ce qui nous fut si cher ?

Quinze ans s'étaient passés, quinze ans ! toute une vie,
Souvent de bien des soins, de bien des maux suivie !
Depuis qu'un sort jaloux nous avait séparés ;
Elle ne quittant point l'émail de nos verts prés,   .
Le foyer paternel et les yeux de sa mère ;
Et moi, triste jouet d'une vaine chimère,
Allant au loin subir, sous un ciel étranger,
La fortune marâtre et l'homme mensonger.
Dès-lors, d'autres ardeurs avaient brûlé nos ames ;
Car ces premiers amours, ce sont trop belles flammes
Pour long-temps subsister ; et puis, ne faut-il pas
Faire, comme l'on dit, son chemin, ici-bas ?
Dérision ! avoir un état, une place,
Prendre femme ou mari, perpétuer sa race...

Que sais-je ? moi... Si donc il le faut dire ici,
Elle était mariée, et je le suis aussi,
Et, ma foi ! l'un à l'autre on ne songeait plus guère.
Quand voilà que m'arrive une lettre naguère :
« Elle est, dit-on, partie avec son vieil époux,
« Si vous alliez la voir ! ce n'est pas loin de vous...
« Elle en serait charmée...— Eh bien donc ! m'écriai-je,
« Voyons-la, s'il le faut ; après tout, que risqué-je ? » —
Et me voilà parti, le bâton blanc en main,
Et, dans les bois, à pied, seul, suivant mon chemin.
Le printemps renaissait ; c'était vraiment un charme ;
Chaque fleur distillait une limpide larme ;
C'était partout verdure et gazons embaumés,
De véronique bleue et de muguet semés.
Parfois un rayon d'or glissait à travers l'ombre ;
La brise frémissait sur le feuillage sombre ;
L'oiseau chantait joyeux le réveil d'un beau jour ;
Tout respirait la vie et s'ouvrait à l'amour.
Et moi, je me disais, voyant ce doux spectacle
Qui m'allait jusqu'au cœur : — « Oh ! si, par un miracle,
« L'homme, ce fils de Dieu, chaque nouveau printemps,
« Pouvait renaître ainsi comme la fleur des champs,
« Avec le frais éclat, la naïve allégresse,
« Et les riants parfums de sa verte jeunesse !...
« Dans un monde meilleur tel doit être son sort,
« Et ce monde, on n'y va qu'en passant par la mort.
« On le dit, je le crois... eh ! n'y faut-il pas croire,
« Pour supporter un peu la vie et son déboire,
« Pour trouver, se traînant ainsi jusqu'au tombeau,
« Moins amer le calice, et moins lourd le fardeau ? »
Ainsi philosophant, courant de rêve en rêve
A travers champs et prés, mon voyage s'achève.

A sa porte j'arrive, et j'y frappe en tremblant.
Nul ne m'a répondu ; j'ouvre, j'entre à pas lent.
Elle était seule alors... mais était-ce bien elle ?
Elle jadis si fraîche, et si rose, et si belle,
Si pleine de jeunesse !... et dont l'œil enchanté
Versait à pleins rayons la vie et la santé !
Et pâle maintenant je la voyais paraître,
Assise tristement au coin d'une fenêtre,
Les yeux voilés, le front de cheveux moins garni,
Et déjà par les soins avant l'âge terni.
Je ne sais dans sa main quel ouvrage de femme
Elle tenait ; mais là n'était point sa pauvre ame ;
L'aiguille avait quitté le léger canevas ;
Elle le regardait et ne le voyait pas.
Elle rêvait... rêver !... elle folle et rieuse !
Dont la joie égayait toute ame soucieuse,
Elle était donc aussi malheureuse, ô mon Dieu !
Ah ! loin de sa patrie, oui, sans doute, en ce lieu,
Elle y rêvait alors, la plaintive exilée !
Elle rêvait aux bois, aux monts, à la vallée,
De ses jeux enfantins théâtres verdoyants,
A sa mère là-bas laissée en ses vieux ans,
A quelque blond jeune homme aux paroles fleuries
Des jours de son printemps... puis, à ces causeries
Sur le soir, entre amis, au seuil de la maison,
Ou, par le gai matin, aux prés, sur le gazon,
Quand le joyeux banquet réunit les familles,
Que la terre est si belle aux yeux des jeunes filles,
Et qu'à leur cœur ému la brise mollement
Et d'un souffle suave apporte un doux serment.
Oh oui ! c'était bien là son rêve, à ma Pauline.
Puis un profond soupir souleva sa poitrine ;

Sur son visage éteint une larme glissa,
Et son front vers le sol tristement s'abaissa.
Pauvre, pauvre Pauline!... Un berceau, tout près d'elle,
Renfermait un enfant encore à la mamelle.
L'enfant cria : la mère au même instant le prit
Entre ses bras, et bonne et douce lui sourit,
L'appela son trésor, son amour, son délice,
Couvrit de cent baisers son front vermeil et lisse,
Puis approcha de lui le doux sein nourricier.
Il le prit à deux mains, et cessa de crier.
La mère cependant le contemplait ravie ;
Puis, l'ayant abreuvé de la source de vie,
Elle le berce, berce, et l'endort par ces chants
Qui calment les douleurs des beaux petits enfants.

En remettant le sien dans sa blanche nacelle,
Pauline m'aperçoit : — « Eh quoi! c'est vous, dit-elle !
« Oh ! que j'ai de plaisir à vous voir, mon ami !
« Mais venez, regardez mon enfant endormi ;
« N'est-ce pas qu'il est beau ?... » Puis, toujours bonne fille,
Elle me saute au cou d'une façon gentille.
Et moi, je la pressais aussi contre mon sein :
«—O Pauline, lui dis-je en lui serrant la main,
« Oh oui ! vous êtes bien encor celle qu'on aime,
« Et votre cœur toujours est demeuré le même !... »
Cet accueil, ce baiser, le son de cette voix,
Virginal, argentin, frais, pur comme autrefois,
Semblable au dernier son murmuré par la brise,
D'un luth harmonieux qui gémit et se brise,
Tout venait retentir sur mon cœur éperdu,
Et lui rendre un moment tout ce qu'il a perdu.
Sur le berceau fragile avec un trouble étrange

Me penchant, j'admirai dormir le petit ange,
Et doucement, de peur de troubler son sommeil,
Des lèvres j'effleurai son visage vermeil.
Elle s'assit ; j'allai m'asseoir aussi près d'elle ;
Et là, nous retraçant d'un souvenir fidèle
Les plaisirs écoulés du bel âge des fleurs,
Et mêlant quelquefois le ris avec les pleurs,
Nous causions... quand l'époux parut sur l'entrefaite.
Il me sembla bien vieux ; elle devint muette ;
Je partis.. et ce fut sans doute pour toujours...
Et tel est le roman des premières amours !

Les deux Elise.

A Mmes VOÏART.

VOYEZ au vert rameau d'un jeune peuplier
Se suspendre en festons la clématite blanche,
Et sous le ciel d'azur, et la fleur et la branche
Au souffle d'un vent frais mollement se plier.

Telles, charme et parfum d'un toit hospitalier,
L'une au bras de sa mère en souriant se penche,
L'autre au sein de sa fille avec amour s'épanche,
Et le nœud qui les joint ne se peut délier.

Toutes deux cultivant, bonnes, simples, modestes,
La vertu bienfaisante et les arts, dons célestes,
Ayant toujours esprit, cœur, ame, à l'unisson.

L'une, alliant la grâce à la sagesse austère,
A déjà répandu de doux fruits sur la terre ;
L'autre en promet aussi la plus riche moisson.

SONNET 69.

Dieu.

I.

A l'Orient, la pourpre et les coteaux dorés,
L'étoile du matin resplendissant encore
Dans le limpide azur... et la lune incolore
Vers le sombre Occident s'effaçant par degrés.

Ici, du sein des bois, là, du milieu des prés,
Tous les oiseaux en chœur chantant la jeune aurore,
Et la brise agitant le feuillage sonore,
Et glissant sur les flots de son souffle effleurés.

Puis, au dessus des cieux, des sphères infinies,
L'être en soi rassemblant toutes les harmonies,
Invisible partout et présent en tout lieu.

En qui tout se vient perdre, et par qui tout commence;
Immuable, éternel, universel, immense,
Devant qui l'ame adore et le cœur tremble... Dieu !

II.

DIEU, dont la main puissante a lancé dans l'espace
Et guide des soleils le brûlant tourbillon,
Devant qui, tour-à-tour baissant leur pavillon,
Avec un saint respect chacun passe et repasse!

Dieu, qui jette à la terre un regard plein de grâce,
Qui peint l'émail des fleurs, l'aile du papillon,
Donne à l'oiseau son chant et les blés au sillon,
Et d'un seul germe enfante une innombrable race.

Dieu, qui répand au ciel les anges par essaim,
Qui d'un souffle fit l'homme, et versa dans son sein
Un rayon incréé d'immortelle lumière !

Dieu, dont nul œil ne peut sonder la profondeur,
Centre unique où tout être aspire avec ardeur,
Comme au suprême but, comme à sa fin dernière !

La Poésie.

D'après un tableau de CARLO DOLCE.

> Jeune et divine poésie !
> André CHÉNIER.

Son front est couronné des rayons du Thabor ;
Autour de son cou blanc tombent ses tresses blondes,
Et la brise embaumée en déroule les ondes
Sur un manteau d'azur semé d'étoiles d'or.

Sa main est sur un livre, ineffable trésor,
Fermé comme un mystère à tous regards immondes ;
Sa bouche va d'un mot créer de nouveaux mondes,
Et son œil vers le ciel prend un sublime essor.

Et puis, je ne sais quoi de gracieux, de sage,
De noble, d'ingénu, se peint sur son visage,
Qui d'abord vous enchaîne à ses chastes attraits.

Et d'un ardent amour l'ame toute saisie,
La contemple, et s'incline, en adorant ses traits,
Devant la jeune et belle et sainte Poésie.

Le Lys de la Vallée.

A Mme **VIRGINIE G.*****

Flos campi et lilium convallium.
La fleur des champs et le lys des vallées.
CANTIQUE DES CANTIQUES.

Au temps de la jeunesse et de la poésie,
Quand d'un trouble inconnu l'ame soudain saisie
   Rêve un premier amour ;
Qu'on voit de tous côtés des visions étranges,
Et des vierges sourire, et descendre des anges
   Du céleste séjour....

Alors que, seul, au loin, sous les feuillages sombres,
Dans le creux des vallons, sous l'épaisseur des ombres
   Que forment les ravins,
On s'en va, le cœur plein d'une image charmante,
Poursuivre, tout songeur, quelque idéale amante,
   Fantôme aux yeux divins ;

Qu'on la croit voir briller dans chaque fleur éclose,
Dans le rayon vermeil, sur le nuage rose,
   A l'horizon lointain ;
Et que sa douce voix résonne dans la brise,
Dans l'onde, et dans le chant de l'alouette grise
   Qui vole au gai matin ;

Et que souvent, lassé de suivre une chimère,
On se dit, sous le poids d'une tristesse amère
   Qu'augmente chaque jour :

« Hélas ! où la trouver cette vierge chérie ?
« Ah ! sans doute, là haut le ciel est sa patrie,
    « Le ciel est son séjour !... »

Oh ! si... Madame, alors, si, dans cette vallée [1]
Qui fut votre berceau, blanche et demi-voilée,
    Par un jour de bonheur,
Vous m'aviez apparu sous l'arbre solitaire,
Et telle qu'autrefois se montraient à la terre
    Les Esprits du Seigneur !...

Cieux, et terre, et soleil ! quelle eût été ma joie !
Comme mon cœur ravi sur cette douce proie
    Aurait fondu soudain !
Comme il eût trouvé là ses Eloa, ses Èves,
Tout ce qu'il adorait, tout ce que ses beaux rêves
    Lui promirent en vain !

Là, sans plus de désirs, sans plus de vaine attente,
J'aurais voulu fixer ma vagabonde tente,
    Et, pour toujours campé,
Voyant errer partout votre image limpide,
Laisser couler les jours, couler l'heure rapide,
    De vous seule occupé.

Là, j'aurais pu vous voir, tantôt folâtre et gaie,
Passer en souriant, et, près de la saulaie,
    Courir après les fleurs ;
Tantôt, vierge naïve et qu'un souffle intimide,
Le front rouge, et levant au ciel un œil humide,
    Où brillent quelques pleurs.

[1] La vallée de Bornay.

Là, du sein des rochers, des bois, du fond des grottes,
Vous auriez cru sentir d'harmonieuses notes
      Flotter autour de vous,
Et la brise jouant parmi vos tresses blondes,
Les rouler en anneaux, les dérouler en ondes,
      De son murmure doux.

Là, j'aurais épuisé pour vous, plein d'allégresse,
Tout ce qu'enferme un cœur d'amour, de sainte ivresse,
      D'ineffables transports,
Et tout ce qu'ici-bas la jeune poésie
Peut verser de parfums, de grâce, d'ambroisie,
      De ravissants accords.

O mon val de Bornay ! mon jardin de délice !
Vers tes bords regrettés, oh ! quel souffle propice,
      Quel Dieu m'emportera !
Avec quel vif émoi, quelle extase nouvelle,
Je reverrais les lieux qu'habita la plus belle
      Des vierges du Jura !

Elle était là ! dirais-je. Un ange sur son aile
Parmi l'émail des prés, de la voûte éternelle
      Enfant la descendit.
D'un doux frémissement les arbres s'agitèrent,
Tous les oiseaux en chœur sur leurs branches chantèrent,
      Et le ciel resplendit.

Là, suave, entr'ouvrit sa corolle étoilée
La Rose de Sarron, le Lys de la Vallée,
      Le Bouton d'or de mai ;
Et, dans tous ses parfums sa tige épanouie

Au soleil du printemps étalait réjouie
    Son trésor embaumé.

Là, fraîche, gracieuse et bonne jeune fille,
Elle allait visiter l'indigente famille
    Sur son lit de douleur.
Dans les yeux affligés sa main séchait les larmes,
Et l'espoir, à sa voix douce, pleine de charmes,
    Souriait au malheur.

Là, tout parle encor d'elle et tout lui rend hommage ;
Avec l'azur des cieux là se peint son image
    Dans le cristal des eaux ;
Et de son nom charmant, du nom de Virginie,
L'écho prolonge encor la douceur infinie
    De coteaux en coteaux.

Eh pourquoi !... volontiers on s'égare en ses rêves,
Pourquoi mes yeux encor dans ces bois, sur ces grèves,
    Ne la verraient-ils pas
S'avancer, le front ceint d'une blanche auréole,
Et dans sa course à peine effleurant l'herbe molle
    Qui fleurit sous ses pas !

Oh oui ! dans cette verte et riante demeure,
Mon Dieu ! que je la voie un jour, et que je meure...
    Comme on mourrait joyeux,
Comme on sentirait fondre et se dissoudre l'ame,
Devant un seul rayon de l'éclatante flamme
    Qui brûle dans tes yeux !

SONNET 72.

Le Sentier.

Rara per occultos ducebat semita calles.

VIRGILE.

QUAND seul, et poursuivant au loin ma promenade,
Je rencontre en chemin quelque odorant sentier
Que la mousse et les fleurs recouvrent tout entier,
Où le peuplier monte en verte colonnade ;

Où le saule arrondit ses rameaux en arcade ;
Où l'ombre et la lumière aiment à s'allier,
Et que de son lit borde un fleuve hospitalier,
Qui tantôt dort, tantôt tombe en fraîche cascade ;

Si j'entends près de moi frémir un pas léger,
Si j'ai vu tout à coup ou cru voir voltiger
La Sylphide à l'œil noir sous une tête blonde...

Oh ! volontiers alors, à travers bois et champs,
Le cœur bercé d'amour, de rêves, de beaux chants,
J'irais, j'irais ainsi jusques au bout du monde.

SONNET 73.

A M. de Lamartine.

Justum et tenacem.
HORACE.

HONNEUR à toi, qui, calme au sein de la tempête,
Tel qu'un roc follement battu par tous les flots,
Au dessus des partis et de leurs vains complots,
Elèves immobile et sereine ta tête !...

A toi, qui, d'un esprit, d'une voix de prophète,
Seul défends contre tous, noble athlète en champ clos,
Et fais sortir de l'ombre et des bruits du chaos,
Les saintes lois du vrai, du juste et de l'honnête !

La gloire du tribun, la faveur du pouvoir,
Ni la plèbe en courroux, ne peuvent t'émouvoir.
La doctrine émanant du feu qui te consume,

N'obéit point au temps, à la personne, au lieu.
Écho du Sinaï, toute elle se résume
En ces trois mots sacrés : l'homme, le peuple et Dieu !

Deux tableaux de Raphaël.

I.

La Vierge au Voile.

Il dort, l'aimable enfant, marqué du divin sceau !
Et dormant, il sourit, comme bercé d'un rêve ;
Tout près de lui sa mère est penchée, et soulève
Le blanc tissu de lin qui couvre son berceau.

A ses pieds, et tenant une croix de roseau,
Le petit saint Jean tombe à genoux sur la grève,
Et, d'un œil enchanté, ravi, la nouvelle Ève
Lui montre son Jésus qui repose si beau !

Oh ! qu'elle est belle aussi ! qu'elle est douce, Marie !
Comme en elle avec grâce et calme se marie
La pudeur virginale et l'amour maternel !

On s'arrête, on admire ; un feu pur vous embrase.
L'ame échappe à la terre, et s'unit en extase
A la Madone, au Dieu que peignit Raphaël.

II.

Le Réveil de Jésus.

VOYEZ, de son berceau, comme il court, tout joyeux,
S'élancer dans les bras de sa mère chérie ;
Et comme, en rougissant, la divine Marie
L'accueille, le souris et l'amour dans les yeux !

En lui-même absorbé, Joseph silencieux
Les contemple et s'émeut. Le fils de Zacharie,
A genoux, et joignant ses petites mains, prie
Le Sauveur d'Israël, l'enfant venu des cieux.

De la voûte d'azur légèrement pourprée
Un ange abaisse alors son aile diaprée,
Qui brille comme l'arc peint de mille couleurs.

Puis sur le doux Jésus et sur la vierge sainte,
Il épand dans les airs la rose et l'hyacinthe,
Et tout ce que l'Éden a de charmantes fleurs.

Brise printanière.

Voici pour son hymen la terre qui se pare,
Les premiers dons qu'elle offre, et ceux qu'elle prépare !
Voyez !... les bois déjà verdissent l'horizon ;
Déjà la fleur des champs a brisé sa prison,
Et joyeuse sourit à sa grâce naissante.
Voici le beau soleil, la brise caressante !
Le papillon dans l'air commence à voltiger,
Et le carabe d'or [1] s'enfuit d'un pied léger.

Voici sur les coteaux, voici dans les bocages
Des murmures confus, d'harmonieux ramages !
Sur l'herbe où la rosée étincelle en rubis
Le chevreau suit la chèvre et l'agneau la brebis !
Voici les ris, les jeux, les danses dans la plaine,
Et, d'un propos flatteur l'oreille encore pleine,
La vierge qui soupire et se trouble à son tour !
Voici le gai printemps ! voici le temps d'amour !

(1) Bel insecte aux élytres d'or, du genre des coléoptères.

SONNET 76.

Sur la mort d'un jeune Homme.

Purpureus veluti cùm flos.
VIRGILE.

COMME une jeune fleur au calice vermeil,
Par le tranchant du fer légèrement touchée,
S'incline, et sur la terre avant le temps couchée,
Avec tous ses parfums rend sa vie au soleil...

Tel il s'est endormi d'un paisible sommeil.
Sa tête vers la mort s'est mollement penchée ;
Son ame au sein de Dieu pure s'est épanchée,
Et le bonheur sans fin lui sourit au réveil.

Il a passé, semblable au ruisseau sur la plage,
Au gai printemps que pare un verdoyant feuillage,
Au beau matin doré des premiers feux du jour.

Heureux qui dans sa force et sa grâce ainsi tombe
Sur le seuil paternel ! et qui livre à la tombe
Un cœur vierge, encor plein d'espérance et d'amour !

Les jeunes Filles.

Vous êtes les grâces du jour, et la nuit vous
aime comme la rosée.
CHATEAUBRIAND.—Atala.

VENEZ avec moi converser,
Venez, les belles jeunes filles !
Anges aimés, vierges gentilles,
Venez de vos chants me bercer !

Venez avec vos bouches fraîches,
Avec vos célestes souris,
Et vos visages de houris,
Teints du mol incarnat des pêches.

Venez, avec vos beaux yeux bleus
Qui font les ames si joyeuses,
Et vos chevelures soyeuses
Flottant en anneaux onduleux.

Avec vos haleines plus douces
Qu'un souffle de rose embaumé,
Que violette au mois de mai,
Que serpolet parmi les mousses.

Avec vos chants plus gracieux,
Plus gais que ceux de la fauvette,
Et que la voix de l'alouette
Qui monte et se perd dans les cieux.

Venez, les blondes Joséphine,
Et les Thérèse au cœur aimant,
Et les Cécile au doux aimant,
Et les Laure à la taille fine !

Des monts, des coteaux empourprés,
Des bois, des collines natives,
Dans toutes vos grâces naïves,
Vierges charmantes, accourez !

Venez me rendre à la jeunesse,
Et que vos blanches mains encor
Dans ma pleine coupe à flots d'or
Versent le nectar d'allégresse.

Trésors d'amour, joyaux d'hymen,
Ames et parfums de la vie,
Fleurs du banquet où nous convie
Le Dieu du ciel dans son Eden !

Oh ! venez !... qu'à vous je me livre ;
Entourez-moi de vos concerts ;
De printemps, d'espoir et de vers,
Que près de vous mon cœur s'enivre !

Venez avec moi converser,
Venez, les belles jeunes filles !
Anges aimés, vierges gentilles,
Venez de vos chants me bercer !

A Béranger.

Manibus castis et pectore puro.

QUAND, las de ce tableau sans cesse renaissant
De trafics effrontés, de corruption vile,
De sang versé pour l'or, d'abaissement servile,
Et d'altière insolence humble aux pieds du puissant...

En proie au doute affreux, on tombe en frémissant
Au désespoir de soi, de la vertu futile,
De Dieu qui garde en main son tonnerre inutile,
Et plie au joug du fort le faible gémissant.

Si l'œil alors vers vous s'élève, noble phare
De foi, d'intégrité, d'honneur antique et rare,
Qui seul encor nous guide au droit sentier du beau !...

La paix revient au cœur ; l'ame se rassied ferme,
Le ciel rit plus serein, et, d'un pas sûr, au terme
On marche, à la clarté de l'immortel flambeau !

A mon Enfant.

I.

Tu dors, aimable enfant ! Le sommeil embaumé
Est mollement venu sur tes longs cils descendre.
L'aile d'un ange ami sur toi semble s'étendre ;
La paix candide siége en ton front bien-aimé.

Ta lèvre encor sourit du rire accoutumé,
Et murmure un bruit vague, un son confus et tendre,
Un soupir vers ce Dieu qui se plaît à t'entendre,
Et qui de tant de grâce et d'amour t'a formé.

Et moi, la lampe en main, me penchant sur ta couche,
Je reste à contempler tes blonds cheveux, ta bouche,
Comme autrefois Psyché son jeune et bel époux...

Et, le cœur palpitant, plein d'un trouble ineffable,
Il me semble, en ton souffle insensible et si doux,
Respirer du ciel même un parfum délectable.

II.

—Et souvent l'heure ainsi s'écoule taciturne...
Puis, encor tout ému du sourire enfantin,
Changeant en pleurs joyeux mes plaintes au destin,
Sous la pâle clarté de la lampe nocturne,

Je retourne accomplir la longue œuvre diurne ;
Tandis que tous les bruits se taisent au lointain,
Et qu'à peine entend-on le murmure incertain
De l'eau qui roule lente et plaintive en son urne.

Oh oui ! d'un poids immense on se sent soulager,
Et la veille est facile, et le travail léger,
Lorsque, tout près de soi, dans une paix profonde,

Un jeune ange repose avec un ris d'amour,
Et que les sombres nuits le disputent au jour,
Pour lui rendre plus doux son passage en ce monde.

Le Perce-Neige.

A Mme Marie HENNESSIER-NODIER.

De douces fleurs pour la douce Ophélie !
SHAKSPEARE.—Hamlet.

Au pied de ces coteaux où de nos monts sublimes
Par degrés s'abaissant viennent mourir les cîmes,
Dans un discret repli du val hospitalier,
Où, par un doux matin de soleil printanier,
Ta mère te trouva, parmi les fleurs mi-closes,
Bel enfant nouveau-né, dans un buisson de roses
Où Philomèle aussi venait de se poser,
Et t'offrit, souriante, au paternel baiser ;
Il est un bois touffu que chérissent les fées,
Où, le soir, de pavots, de verveine coiffées,
Loin de tout œil profane, elles viennent sans bruit
Danser aux blancs rayons de l'astre de la nuit.
Là, sous leurs pieds s'étend un fin tapis de mousse ;
Le feuillage est plus clair, la verdure plus douce,
Et, dans chaque saison, mille joyeuses fleurs,
Y mêlant leurs parfums, y joignant leurs couleurs,
Forment de cet enclos un gracieux parterre,
Les délices du ciel et l'amour de la terre.
Là, dès que Février voit sourire un beau jour,
Sylphides et follets au fortuné séjour
Revolent empressés, et, sous leur tiède haleine,
Du milieu des frimas qui blanchissent la plaine,

Soudain la perce-neige offre à l'œil étonné
Son calice de miel et son front couronné.
Là, le chantre, l'ami, le confident des fées,
Ton père, qui leur doit ses plus brillants trophées,
De son cher Quintigny [1], par un secret chemin,
Toute petite encor, te menait par la main
Admirer avec lui la naissante merveille ;
Et sur le frais calice et sur l'enfant vermeille
Ses regards attendris se portant tour à tour,
Il confondait, ému d'un indicible amour,
La fleur de tes beaux ans, celle de la prairie,
Le printemps de l'année et celui de Marie :
Doux rêve, qui du moins lui fut toujours permis !
Charmant espoir, qui tient tout ce qu'il a promis !
Mais bientôt le vallon de sa robe de fête
Se revêtait ; bientôt, pour en orner ta tête,
Près de la fleur précoce accouraient à la fois
Ses innombrables sœurs des coteaux et des bois,
Le muguet odorant, la fraîche primerose,
Le bois-joli glacé d'une teinte de rose,
La renoncule d'or, la pervenche d'azur,
Et l'humble violette à l'arôme si pur,
Et tout ce jeune essaim qu'en avril fait éclore
Un souffle de la brise, un regard de l'aurore ;
Filles du gai printemps, aux reflets diaprés,
Couvrant de leur émail l'émeraude des prés,
Et dont la fleur d'espoir, la blanche perce-neige,
Précède, en souriant, le suave cortége !

(1) Village du Jura où M. Nodier s'est marié, et a vu naître sa fille.

A Mlle Amélie d'Aumont.

Ah ! si... comme autrefois, jeune et belle Amélie,
Les poètes avaient de ces chants souverains
Par qui tout mal s'endort, toute langueur s'oublie,
Et qui de l'ame en deuil apaisent les chagrins !...

Comme ma voix, de miel et de dictame emplie,
Vous irait mollement bercer de ses refrains,
Et, chassant loin de vous peine et mélancolie,
Vous ferait désormais les jours purs et sereins !

Mais quoi ! le cri du cœur monte aux cieux où tu règnes,
Dieu sauveur ! je te viens prier pour que tu daignes
Rendre avec le printemps les fleurs de la santé,

A celle que ton œil de tant d'amour embrasse,
A l'ange le plus doux, le plus exquis en grâce,
Qu'ait jamais sur la terre envoyé ta bonté.

Fin d'Avril.

Il est bien triste encor, mon bien-aimé vallon !
Il reproche aux zéphyrs printaniers leur paresse.
Pas une feuille aux bois, une fleur qui paraisse,
Et qui confiante ose affronter l'aquilon !

A peine quelque peu de verdure au sillon
Parfois vient-il sourire à l'œil qui le caresse ;
Le vent s'élève et pousse un cri sourd de détresse,
Et l'air gémit du chant du plaintif oisillon.

Et cependant avril va finir ; l'hirondelle
Au toit natal déjà revient à tire d'aile,
Et le cœur à l'espoir s'est un moment rouvert,

Puis s'y ferme... abusé d'une illusion vaine.
Ce n'est point le printemps, et ce n'est plus l'hiver ;
C'est la tristesse encor, si ce n'est plus la peine.

SONNET 82.

La Vie.

Tandis que le ciel rit et que la terre est belle,
Que des senteurs d'avril l'air est tout parfumé,
Contre un joug qu'on abhorre, en un cloître enfumé,
Sous le poids de ses fers lutter, en vain rebelle.

Quand l'ame ardente vole à la sphère éternelle
Se retremper au feu par Dieu même allumé,
Dans l'humble basse-cour, pauvre oiseau déplumé,
Retomber tout d'un coup, chétif et traînant l'aile.

Sentir son cœur ému regorger à pleins bords
D'amour, de poésie et de divins transports...
Et, lorsqu'au monde ainsi confiant on se livre,

Voir autour de soi tout morne, stérile, étroit,
Et rester là, glacé d'un souffle aride et froid...
Est-ce donc là, mon Dieu, ce qui s'appelle vivre?

La première Hirondelle.

A Mme Elise VOÏART.

> Autrefois Progné l'hirondelle
> De sa demeure s'écarta.
>
> LA FONTAINE.

J'AI vu la première hirondelle,
Ce matin, effleurer le sol,
Puis, vers les cieux, à tire d'aile,
En gazouillant prendre son vol ;

Et, le cœur tressaillant de joie,
J'ai dit à l'oiseau passager :
Aux lieux où mon désir t'envoie,
Vole, vole, heureux messager !

Vers une blanche maisonnette
Qui s'élève au milieu des champs,
Où tu diras ta chansonnette,
Sans craindre l'abord des méchants ;

Une maisonnette gentille,
Où des vertus le saint trésor
Se garde toujours vierge, et brille
Sans tache comme au siècle d'or.

Vole en ces paisibles retraites,
Vole à leurs hôtes bien-aimés,
Du printemps et des violettes
Annoncer les jours embaumés.

Rasant le fleuve et la campagne,
Va sous leur toit hospitalier,
Te nicher avec ta compagne,
Comme un doux esprit familier.

Dis-leur que partout la froidure
Devant le beau soleil a fui,
Que jamais plus fraîche verdure
Au regard enchanté n'a lui.

Dis-leur que de pourpre et de rose
Le pêcher vient de se couvrir ;
Que la primevère est éclose,
Que l'aubépine va s'ouvrir ;

Et, comme au béni patriarche
Flottant sur l'abîme de l'eau,
La blanche colombe de l'arche
Porta le verdoyant rameau....

Porte-leur des jours tout de fêtes,
Des nuits que berce le sommeil,
Un ciel azuré sur leurs têtes,
A leurs pieds un gazon vermeil ;

Aux champs de longues promenades
Le long des buissons d'églantier,
Le long des saules en arcades
Se courbant sur l'étroit sentier ;

Avec tous ces mille murmures,
Ces ramages, ces chants confus,
Ces bruits de vents et de ramures,
Que soupirent les bois touffus ;

Avec de délectables rêves
Qui se succèdent à leurs yeux,
Frais et riants comme les grèves
Que foulera leur pied joyeux.

Vas, et dans l'agreste royaume,
Pour prix du message chéri,
Comme sous l'humble toit de chaume,
Tu trouveras un sûr abri.

Là, sage et prudente architecte,
Entre l'ardoise et le granit,
Du limon que ton bec humecte
Tu te bâtiras un doux nid ;

Où, le soir, ta sœur Philomèle,
Quand tout se taira dans les airs,
A sa vieille amitié fidèle,
Te redira ses plus beaux airs.

Où, sous tes ailes élevée,
Et sous les yeux de ton amour,
Tu verras croître la couvée,
Qui, prenant l'essor à son tour,

Avec chaque saison fleurie,
Viendra, de la part du Seigneur,
Porter au toit qui l'a nourrie,
Paix, caresse, espoir et bonheur.

A M. Désiré Ordinaire.

Sur sa démission des fonctions

de Directeur de l'Institut des Sourds et Muets.

Ah ! pour un noble cœur, oui, sans doute, il est dur,
Après tant de travaux, de voir la basse intrigue,
Et la haine envieuse, et l'insolente brigue,
Sur le bien qu'on a fait asseoir leur règne impur.

Mais quoi ! le ciel toujours nous doit-il son azur ?
Puis, contre toi que peut leur passagère ligue ?
Le fleuve au lit profond rit de la folle digue ;
Au pied du chêne en vain rampe l'insecte obscur.

Ce qu'un siècle a semé, l'autre âge le recueille.
L'arbre croît, pousse au ciel sa verdoyante feuille,
Et de son vaste dôme ombrage le chemin.

Vient une ère qui dit : honte à l'époque ingrate !
Vois ! le poison valut des autels à Socrate,
Et la croix de Jésus sauva le genre humain.

SONNET 84.

Una fleur de Mancy.

A Mme Pauline GAUTHIER.

Sous le fardeau des fers qui m'enchaînent ici,
Si je ne vous peux suivre, heureux anachorète,
Au pied du vert coteau, dans la belle retraite
Que votre souris m'offre au chalet de Mancy...

Ah ! je voudrais, du moins, pour charmer mon souci,
Avoir de votre main quelque simple fleurette
Cueillie en nos vallons, soit l'humble paquerette,
Soit la fleur de l'exil, le modeste souci.

Et mon cœur tout joyeux bénirait ce doux gage,
Et je le garderais comme on garde au jeune âge,
Un premier don d'amour, non jamais oublié.

Et je croirais, voyant la corolle chérie,
Respirer avec l'air de l'absente patrie,
Les parfums de votre ame et ceux de l'amitié.

Le Séducteur.

L'INFAME ! il a souillé le lit de l'innocence !
De toute sainteté hardi profanateur,
Il brise sans remords cette jeune existence,
Qui s'élevait si pure aux yeux du Créateur !

Sur qui le ciel jaloux a, dans sa complaisance,
Versé des plus beaux dons l'assemblage enchanteur,
Esprit, grâces, trésors d'amour et d'espérance,
Gai savoir, œil d'azur, doux ris, parler flatteur !

Lui, cependant, tout fier d'une lâche victoire,
Dans la bruyante orgie applaudit à sa gloire,
Et chante insolemment ses heureuses amours...

Tandis que, de si haut et pour jamais tombée,
Elle, à tous les regards avec soin dérobée,
Voudrait anéantir sa honte avec ses jours.

La Primevère.

La primevère est la fleur des fées.

SHAKSPEARE.—Le Songe d'une nuit d'été.

VOICI, voilà la primevère,
La fleur qui chante les beaux jours,
La fleur que chérit le trouvère,
La fleur de mes premiers amours !

Voyez, amis, comme elle est belle !
Comme elle rit dans le vert pré !
Et quels parfums son sein recèle,
Son sein de points d'or diapré !

Telle et peut-être encor plus douce,
Au retour du printemps joyeux,
Dans ses vallons couverts de mousse,
Le Jura l'offrait à mes yeux.

Telle sur la rosée humide
Je la cueillais dès le matin ;
Puis de quelque vierge timide
Elle parait le chaste sein.

Et, le soir, en l'heureuse place
Je la voyais fleurir encor,
Sous la gorgerette avec grâce
Cachant à demi son trésor.

Las ! il n'est plus de vierge rose,
De vierge rose au frais souris,
A qui naïve aujourd'hui j'ose
Offrir ces simples dons fleuris.

Elle a fui, la belle jeunesse,
D'une aile légère elle a fui,
Emportant avec elle ivresse,
Bonheur, espoir évanoui.

Mais la fleur est toujours la même ;
Nul printemps ne la voit faillir,
Et toujours pour celle qu'il aime
Le jeune amant la vient cueillir.

Toujours autour d'elle voltige
Quelque ange du bleu firmament ;
Et la fée à son humble tige
Vient suspendre un frais diamant.

Toujours mon cœur avec délice
Croit avec elle rajeunir,
Et puise au suave calice
Un parfum d'exquis souvenir.

Et joyeux encor je m'écrie,
Voyant le trésor embaumé,
Comme en ma jeunesse fleurie,
Comme en mon pays bien-aimé :

Voici, voilà la primevère,
La fleur qui chante les beaux jours,
La fleur que chérit le trouvère,
La fleur de mes premiers amours !

A Meyer-Beer.

Nil mortale sonans.
VIRGILE.

Il était là ! c'est lui... je l'ai vu !... le Génie
S'est à moi révélé ! mon ame, à son aspect,
A tressailli soudain, et, dans un saint respect,
Recueillait chaque mot de sa bouche bénie.

Il marchait, entouré de chœurs de symphonie.
En lui, rien de mortel, de terrestre, d'abject.
Sur sa tête un rayon de Dieu tombait direct,
Et sa voix exhalait des torrents d'harmonie.

Tel, tout resplendissant des feux d'Adonaï,
Moïse des sommets brûlants du Sinaï
Descendait, au milieu de prodiges étranges.

La terre sous ses pieds tremblante chancelait ;
Les monts grondaient émus, la foudre étincelait,
Et mêlait ses éclats à l'hosanna des anges.

Le Nénufar.

« Elle se retourne, voit tomber son fils, part comme un trait,
« et s'elance après lui. »

J.-J. ROUSSEAU.—La Nouvelle Héloïse.

« O MAMAN, laisse-moi cueillir cette fleur blanche,
« Qui là-bas sur les eaux toute seule se penche !
« Je la veux joindre aux lys, aux beaux pavots pourprés,
« Aux bluets que pour moi tu cueillis dans les prés.
« Puis je ferai du tout un bouquet pour ta fête,
« Ou de ma jeune sœur j'en coifferai la tête ;
« Oh ! laisse, je te prie !...—Eh bien ! va, mon enfant,
« Mais au moins prends bien garde. » Et libre, et triomphant,
Aussi fier qu'un marin d'une île découverte,
L'enfant de s'élancer sur la pelouse verte.
Aux bords du lac bientôt, par un étroit chemin,
Il arrive, s'incline en allongeant la main,
Pour atteindre, s'il peut, la fleur capricieuse,
Cachant dans les roseaux sa tête gracieuse,
Et qui toujours semblait vouloir fuir devant lui.
Mais son pied tout à coup glisse, manque d'appui...
Il tombe, il disparaît au sein des eaux profondes.
Même on dit qu'on a vu les nymphes de ces ondes
Le saisir par la main, tout pâle, et doucement
Vers elles l'entraîner dans leur moite élément,
Comme autrefois Hylas... Là, leur troupe charmée
Rassurait à l'envi son enfance alarmée,
Et dans des antres frais de corail et d'azur,
Couvrait de vingt baisers son front naïf et pur.

Lui, cependant, il pleure, et, dans sa peine amère,
Il appelle toujours, il appelle sa mère ;
Mais sa voix faible expire au milieu des roseaux,
Ou se mêle plaintive au murmure des eaux.

La mère tout à coup vers la plage regarde,
Et ne voit plus son fils... Elle vole, hagarde :
—« Mon enfant ! mon enfant ! » cria-t-elle, et déjà
Elle est au fond du lac où l'enfant se plongea.
Quelque temps, pauvre mère ! on la vit qui sur l'onde
Élevait dans ses bras la jeune tête blonde ;
Et l'enfant s'agitait, et vers la terre en vain,
Prêt à périr, tendait en suppliant la main ;
En vain la mère au bord touchait pleine de joie ;
Les nymphes en courroux redemandent leur proie.
L'onde soudain mugit, s'élève au dessus d'eux,
Et dans un tourbillon les engloutit tous deux.

Le jour suivant, à l'ombre et du saule et de l'aune,
Sur le lac transparent flottait une fleur jaune,
Et des feuilles en cœur dans leur large contour
La pressaient, en nageant éparses à l'entour.
C'est le bel enfant blond qui sur les flots se joue ;
Puis, c'est sa mère aussi, qui, de peur qu'il n'échoue,
Semble encor le serrer contre son cœur aimant,
Et vouloir dans ses bras le bercer mollement.

L'Adonide, (1)

DES filles du printemps ouvrant le gai cortége,
Au pied du mont Ida, sous les ombrages frais,
L'anémone, la grâce et l'émail des forêts,
Semait sur le gazon ses pétales de neige.

Lorsqu'un berger, qu'en vain Cypris aime et protége,
L'objet de tant de soins et d'éternels regrets,
Le charmant Adonis vient, en ces lieux secrets,
Expirer sous la dent d'un monstre sacrilége.

Son sang coule... une goutte a jailli sur la fleur,
Et, d'un pourpre vermeil en teignant la pâleur,
Lui laisse le doux nom du héros qui succombe.

Dans son ami qui meurt ainsi lui-même atteint,
Un cœur tendre s'afflige, et jusque dans la tombe
D'un cher ressouvenir saigne à jamais empreint.

(1) Espéce d'anémone , vulgairement appelée GOUTTE DE SANG.

La Fondrière.

Par les sentiers poudreux d'une immense carrière,
Sur un sol inégal, pauvre, nu, crevassé
Et croulant sous mes pas, j'arrive, harassé,
De ravins en ravins, dans une fondrière.

Dans les fentes du roc, dans les joints de la pierre,
Là croissait au hasard, pêle-mêle entassé,
Tout ce qu'un mai joyeux a jamais amassé
De verdure, de fleurs, de grâce printanière.

Et j'allai me coucher sur le gazon vermeil,
Et, mollement bercé dans un demi-sommeil,
Laissant aller mon ame au charme qui l'enivre,

J'étais là, seul au monde et ne songeant à rien,
Vivant, comme l'enfant, pour le plaisir de vivre,
Loin des méchants, du bruit, des cœurs faux... j'étais bien.

Courage!

En vain par cent assauts leur malice m'éprouve ;
Ils ont beau le flétrir et vouloir l'étouffer,
Ce feu venu du ciel, qui dans mon ame couve,
Et dont ta bonté daigne, ô Seigneur, m'échauffer !

Que la tourbe stupide insulte et désapprouve...
De tous les sots dédains il saura triompher,
Et, jusqu'au fond du cœur même qui le réprouve,
Se frayant une issue, il ira se greffer.

Peut-être alors, brûlé par cette flamme intime,
Le prêtre sur l'autel devenu la victime,
Aura fait à la terre un long et triste adieu...

Ne laissant après soi qu'une vaine fumée.
Qu'importe ? si d'encens et d'amour parfumée,
Jusqu'au pied de ton trône elle monte, ô mon Dieu !

L'Euphraise.

A MON AMI TERCY.

. . . . Nullo munuscula cultu.
VIRGILE.—Églogue 4.

AMI, reçois le don
De cette fleur gentille,
Qui parmi l'herbe brille
Dans le val de Meudon.

C'est de la fleur d'euphraise [1],
Simple et riante fleur,
Par qui toute douleur
Au seul parfum s'apaise.

C'est la fleur qu'un beau jour
De notre amitié douce,
Je cueillis sur la mousse,
Près de ce frais séjour [2],

Où le ciel au calice
Trop souvent plein de fiel,
De quelque peu de miel
Te versa le délice ;

(1) *Euphraise,* du grec ευφραινω, *je réjouis.*

(2) A Villebon, près de Meudon, charmante villa qu'habitaient alors lord Suffolck
et sa famille.

Où souriaient aux yeux
Et des vierges si blanches,
Et des ames si franches,
Et des cœurs si joyeux ;

Où le mien se donna,
Esclave non rebelle,
D'abord à la plus belle,
A la charmante Anna...

Anna, la jeune Anglaise,
Aux noirs cheveux épars,
Aux suaves regards,
A la bouche de fraise !

Avec qui, seul à seul,
Le soir, aux forêts sombres,
J'errais parmi les ombres
Du chêne et du tilleul ;

Plein d'un si beau délire...
Tandis qu'au loin sa voix,
Dans le calme des bois
Vibrait comme une lyre ;

Et, d'un accent vainqueur,
Me versait l'ambroisie,
La belle poésie,
Et l'amour dans le cœur....

Quand la vierge en extase,
A la voûte d'azur
Levait un œil si pur,
Qu'au doux feu qui l'embrase,

On eût cru voir aux cieux,
De ce globe de fange
Prendre son vol un ange
A l'essor gracieux ;

Et qu'on sentait son ame,
Libre aussi de ses fers,
Parmi les saints concerts,
Sur des ailes de flamme,

Jusqu'aux pieds du Seigneur
Monter calme et sereine,
Et s'unir à la sienne
Dans l'immense bonheur.

SONNET 90.

Le Chrétien.

A M. Désiré Baron.

Ses jours dans les bienfaits coulent pleins ; les méchants
Ne peuvent rien sur lui. Des œuvres qu'il opère
Dieu seul a le secret ; il aime, il croit, espère,
Et suit sans nul effort ses vertueux penchants.

Les oiseaux sous son toit l'éveillent par leurs chants ;
Les pauvres soulagés l'honorent comme un père ;
Pour eux toujours il laisse, en sa moisson prospère,
Quelque grappe à la vigne, et des épis aux champs.

Aussi voit-il régner l'abondance en ses plaines,
Et d'un nectar exquis fumer ses caves pleines,
Et ses granges partout sous les gerbes ployer.

Et de ses fils nombreux la troupe au gai visage,
Sous les yeux d'une mère aimante, et belle, et sage,
Lui forme une couronne autour de son foyer.

Les Fleurs.

A MON ENFANT.

Considerate lilia agri.
ÉVANGILE selon St. Mathieu.

Viens voir, enfant chéri, comme les fleurs sont belles,
Et quels trésors d'amour sont répandus en elles !
Vois-les au frais matin, sortant de leur sommeil,
Gaîment s'épanouir sur le gazon vermeil.
Leur aspect porte au cœur la naïve allégresse ;
De ses rayons dorés le soleil les caresse ;
La rosée en tombant y suspend ses rubis,
Et Dieu les orne alors de si riches habits,
Que Salomon, ce roi que tant d'éclat couronne,
N'en revêtit jamais de pareils sur son trône ;
C'est Jésus le sauveur qui l'a dit parmi nous.
Leur haleine emplit l'air des parfums les plus doux ;
L'oiseau leur vient chanter sa chanson matinale ;
Zéphyr baise en passant leur robe virginale ;
Le papillon léger s'y pose gracieux ;
L'abeille en leur sein puise un miel délicieux,
Et les petits enfants et les vierges aimantes
Forment de leurs débris des couronnes charmantes ;

Si bien que nul spectacle au monde n'est plus gai
Qu'un pré couvert de fleurs sous le soleil de mai.

Et cependant, mon fils, il est ailleurs encore,
Des fleurs que plus de grâce et plus d'attrait décore,
Et qui de leur calice épanchent plus de miel
Et de baume suave... elles naissent au ciel.
Là le Dieu qu'aux élus ne dérobe aucune ombre,
Sous leurs pas émaillés les sème en plus grand nombre
Que sous nos pieds brûlants la poussière aux déserts,
Ou que les grains de sable au rivage des mers.
Là, sous les feux pourprés de la vive lumière
Qui du sein du Très-Haut s'épandit la première,
Il semble qu'à toute heure on les voit rajeunir,
Brillantes d'un éclat que rien ne peut ternir.
La rose, l'aloès, l'iris, le cinnamome,
Demeurent sans parfums près de leur doux arôme ;
Les astres, dont tu vois, dans le bleu firmament,
En gerbes de rubis, en jets de diamant,
Le soir, étinceler les blanches auréoles,
Sont un rayonnement de leurs riches corolles.
La splendeur de Dieu vient en elles se mirer,
Et l'œil ravi ne peut assez les admirer.
Sur ce riant émail du céleste parterre,
Pendent des fruits vermeils inconnus à la terre,
Pur aliment des saints, comme ceux dont jadis
Adam se délectait en son beau Paradis,
Et d'un goût si parfait, d'une saveur si fraîche,
Que ni la grappe d'or, ni framboise, ni pêche,
Ni l'ananas exquis pour les rois préparé,
N'ont rien qui leur puisse être ici-bas comparé.
Les ames à les voir restent extasiées,

Et n'en peuvent jamais être rassasiées,
Tant il découle d'eux, sans s'épuiser jamais,
Et d'amour, et de grâce, et d'ineffable paix !

Or, ces fruits merveilleux, ces fleurs aux beaux calices,
Dieu nous en garde à tous les joyeuses délices,
Et c'est à les goûter un jour, à les saisir,
Que de ton jeune cœur doit tendre le désir.
Et, pour cela, mon fils, écoute et suis, docile,
Ce que dit le Sauveur en son saint évangile,
Ce qui, dans les chemins où tes pas vont errer,
Te doit toujours servir de guide et t'éclairer.
Et d'abord, aime Dieu par dessus tout au monde,
Ce Dieu qui, d'un seul mot de sa grâce féconde,
A tiré du néant l'homme et son vert séjour.
Honore et chéris ceux dont tu reçus le jour,
Et qui de tant de soins entourent ton jeune âge :
De ton père céleste ils sont ici l'image,
Et leur amour a mis ses délices en toi.
Mais ce n'est point assez ; pour accomplir la loi,
Aime aussi ton prochain, et, si tu veux qu'il t'aime,
Fais-lui ce que tu veux qu'il te fasse à toi-même.
Immole ton repos et ton bonheur au sien ;
Rends le bien pour le mal ; c'est là tout le chrétien.
Imite en sa bonté des cieux le maître auguste,
Qui fait pour le méchant ainsi que pour le juste
Ruisseler sa rosée et briller son soleil.
A chacun de ton mieux offre aide et bon conseil.
Pardonne, si tu veux que le ciel te pardonne ;
Sois doux, humble, indulgent ; ne méprise personne ;
C'est pour tous que le Christ s'est en victime offert,
Et qu'il a sur la croix au Golgotha souffert.

Mais surtout prends pitié du pauvre dans ses peines,
Le sang du fils de Dieu coule aussi dans ses veines ;
Que sa voix toujours trouve un écho dans ton cœur.
Car Jésus nous tient compte, au séjour du bonheur,
D'un verre d'eau qu'on donne en son nom sur la terre,
Tandis que sa terrible, implacable colère
Poursuit le mauvais riche en ces gouffres ardents
Où sont les pleurs, les cris, les grincements de dents.

Voilà pour qu'en l'Éden le Seigneur te convie,
Pour y cueillir les fleurs et le fruit de la vie,
Ce qu'il faut pratiquer : amour, espoir et foi !
L'amour surtout, mon fils, voilà toute la loi !

A Mme Amable Tastu.

LE BULBUL.

« C'est un oiseau merveilleux, qui a la propriété d'attirer tous les
« oiseaux qui chantent, lesquels viennent accompagner ses chants. »
MILLE ET UNE NUITS.—Trad. de l'abbé Galland.

Il est, aux lieux où règne et le Sylphe et la Fée,
Il est, il m'en souvient, un bel oiseau des bois,
Dont le chant retentit plus doux que le hautbois,
Plus doux que les accords de la lyre d'Orphée,

Roulant dans l'Èbre encore une plainte étouffée.
Tous les chantres de l'air accourent à sa voix,
Et forment un concert dont il règle les lois,
Dont il est à lui seul l'ame et le coryphée.

C'est le Bulbul !... C'est vous, de qui les vers heureux
Vont ainsi résonnant dans le feuillage ombreux,
Et le font frissonner de joie et d'harmonie.

Moi, je viens, après tous, payer l'hommage dû,
Et, d'un faible gosier, joindre à la symphonie
Une note, un soupir, un dernier son perdu.

SONNET 92.

Sur la mort de la Princesse Marie.

I.

LA MORT.

Transii.... et ecce non erat.
ÉCRITURE SAINTE.

LA terre à son hymen souriait ; dans les airs
Les drapeaux agitaient leurs triples oriflammes,
La joie était au ciel comme en toutes les ames ;
C'étaient partout des ris, des parfums, des concerts.

Trianon l'inondait de fleurs, d'ombrages verts.
La jeune vierge, au cœur troublé de douces flammes,
La proclamait heureuse entre toutes les femmes,
Et le poète ému la chantait dans ses vers.

Elle, fille des rois ! Elle, artiste inspirée !
Elle enfin rassemblant sur sa tête sacrée
Tout ce que peut de gloire offrir le plus beau sort !

Et tout cela, jeux, chants, fêtes, pompes des trônes,
Roses, myrtes, lauriers, triomphales couronnes,
Long avenir d'amour... mon Dieu, c'était la mort !

SONNET 93.

II.

L'IMMORTALITÉ.

—La mort, à vingt-cinq ans, sur la plage étrangère,
Quand les arts, l'hyménée et la jeune saison,
Prodiguent sous nos mains leur riche floraison ;
Que la vie à porter est si douce et légère !...

La mort, loin des regards et des soins d'une mère,
Et lente, et goutte à goutte épanchant son poison,
Et par degrés à l'œil effaçant l'horizon
Si bel à voir... oh oui ! c'est chose bien amère.

Mais quoi ! se dérober au monde, rendre au ciel
Une ame pleine encor de parfums et de miel ;
Ange du Dieu vivant, aux chœurs sacrés unie,

S'aller vers lui rasseoir en sa sérénité,
Et léguer à la terre une œuvre de génie...
Ce n'est point la mort, non ! c'est l'immortalité !

Rêverie.

ERRER à travers champs, suivre la molle pente
D'un murmurant ruisseau qui dans les prés serpente ;
Cueillir, d'un doigt distrait, la fleur qui sur ses bords
Tout fraîchement éclose, étale ses trésors ;
Effeuiller, en rêvant, sa fragile corolle
Qui, devant vous, au loin, jouet léger, s'envole,
Et dans l'air se disperse, ou surnage sur l'eau ;
Voir le saule frémir et trembler le bouleau ;
Ouïr le doux refrain d'une chanson plaintive,
Qu'en passant près de vous, une vierge craintive
Interrompt tout à coup, rouge et baissant les yeux ;
Sentir, à son aspect aimable et gracieux,
Le cœur ému se perdre en chimères nouvelles,
En beaux songes d'amours longues et mutuelles ;
Et, là-dessus, rimer au hasard quelques vers,
Et bâtir jusqu'au ciel maint château dans les airs,
Voilà de tout poète et la joie et la vie,
Et c'est le plus grand bien qu'en ce monde j'envie.

La côte de Mancy.

Des coteaux de Mancy le clair ruisseau coulait ;
Comme un miroir d'argent, ici, calme et limpide,
Il luisait au soleil ; plus loin, son flot rapide
Sous l'ombrage du saule en murmurant roulait.

Aux champs, tout était vert ; partout le pied foulait
La fleur naissante ouvrant son calice timide ;
Les larmes du matin tremblaient sur l'herbe humide ;
Le vent soufflait léger, et l'oiseau roucoulait.

Et moi, libre et joyeux, comme aux temps du jeune âge,
J'errais avec extase en ce frais paysage,
Inondé de parfums, d'harmonie et d'azur.

Trouvant charme, délice, amour, en chaque atôme ;
Et l'air natal jamais n'eut pour moi tant d'arôme,
Et le ciel ne brilla si vermeil et si pur.

Une Soirée d'Automne.

A Mme la duchesse d'E.***

Voyez, vers l'occident quand le soleil s'incline,
De quel vif incarnat il revêt la colline,
Quels beaux nuages d'or il sème dans les cieux !
Le soir, du haut des monts, à pas silencieux,
Et d'ombre enveloppé, s'abaisse sur la terre.
C'est une heure d'amour, de calme et de mystère.
La fleur, qu'agite à peine un faible souffle ami,
Penche son front de neige et se ferme à demi,
De ses plus frais parfums embaumant la campagne.
Le ramier dans les bois, auprès de sa compagne,
Gazouille encor, bercé sur un frêle rameau.
A ses plaintifs accords la cloche du hameau,
Tout d'un coup s'éveillant, joyeuse se marie ;
Tous les échos émus chantent l'hymne à Marie ;
Et l'ange, qui, brûlant d'une sainte ferveur,
A la vierge sans tache annonça le Sauveur,
Vient, des plaines d'azur franchissant les barrières,
Recueillir ici-bas nos vœux et nos prières,
Puis, souriant, les porte au céleste séjour,
Avec les derniers bruits, les derniers feux du jour.

Tel, du seuil paternel, sans trouble, sans envie,
Le juste voit passer le beau soir de sa vie.
Long-temps battu des vents et jeté loin du bord,
Il peut goûter enfin les délices du port.

Sa vigne et son figuier l'environnent d'ombrage ;
Et, tandis qu'à ses pieds mugit encor l'orage,
Dans la foi de son ame et la paix de son cœur,
Il rend grâces au Dieu qui lui fit ce bonheur...
Et Dieu sur lui répand sa plus douce rosée ;
De baume et de fraîcheur sa vie est arrosée.
Il recueille en soi-même, heureux et satisfait,
Les maux qu'il a soufferts et le bien qu'il a fait.
Les brises n'ont pour lui que de molles haleines ;
De fertiles moissons jaunissent dans ses plaines ;
Le lait, le miel limpide y coulent en ruisseaux,
Et des flots d'un vin pur distillent des coteaux.
Comme d'un large fleuve aux libérales ondes
Ces trésors parfumés, ces richesses fécondes,
Partout, autour de lui, s'épanchent de sa main.
Le pauvre aime à trouver ses pas sur son chemin.
OEil de l'aveugle, appui du faible sans défense,
Espoir de la vieillesse, asile de l'enfance,
Il entend vers le ciel, il voit, pour le bénir,
Tous les cris s'élever et tous les cœurs s'unir.
Chaque jour, plus nombreux, autour de lui se groupe
L'essaim de ses enfants, jeune et riante troupe,
L'environnant de soins, d'allégresse, d'amour,
Et, par elle, il se sent renaître chaque jour.
La terre ainsi n'a rien qui ne lui soit aimable ;
Tout lui porte au cœur joie et charme inexprimable ;
Il ne trouve qu'espoir et grâce dans les cieux ;
Son œil au loin s'égare en leurs champs spacieux,
Puis sur le soir tombant mollement se repose,
Et déjà, dans sa pourpre et ses teintes de rose,
Voit briller d'un éclat que rien ne peut ternir,
L'aurore du beau jour qui ne doit pas finir.

SONNET 95.

A M. le Duc de Doudeauville,

sur sa maladie.

Tu frappes, tu guéris, tu perds, tu ressuscites.
RACINE.—Athalie.

VEILLE sur lui, grand Dieu ! que ta main vengeresse
Seuls nous frappe en ces temps d'amertume et d'ennui,
Où partout l'espérance avec l'amour a fui,
Où la foi qui soutient manque à l'ame en détresse !

Épargne en ta clémence, épargne en ta sagesse
Le mortel bienfaisant sur qui ta grâce a lui !
Au pauvre, à l'orphelin qui t'implore pour lui,
Garde un sauveur, un père, un cœur plein de tendresse !

Conserve encore un juste en ce val des douleurs.
De tant d'infortunés que les vœux, que les pleurs
Te puissent désarmer, Seigneur !... sois-nous propice,

O toi l'unique auteur et source de tous biens !
Et s'il faut qu'une hostie apaise ta justice,
Retranche de nos jours pour ajouter aux siens !

À Mme la marquise de P.***

Sur son Album.

ALLEZ, mes vers, joyeux d'une faveur si douce,
A de plus beaux accords tout bas vous marier ;
Timides fleurs des champs, laissez votre humble mousse
Croître au pied de la rose et du brillant laurier.

A l'ange qui vous daigne abriter de son aile,
A celle que nos cœurs vont suivre à chaque pas,
Et dont l'exil aux lieux où le devoir l'appelle,
Nous plonge ici dans l'ombre et le deuil du trépas ;

A celle en qui la grâce à la beauté s'allie,
Dame exquise en tout point de sagesse et d'honneur,
Allez sous le ciel pur de l'heureuse Italie,
Porter nos vœux ardents, nos souhaits de bonheur.

Sur la terre étrangère, ah ! que la noble dame
D'un souris, d'un regard, veuille encor vous bénir !
Et, parfois, puissiez-vous rappeler à son ame
De la patrie absente un vague souvenir !

Tel un souffle léger qui frémit dans la feuille,
Un son qui par hasard a traversé les airs,
Et que l'oreille oisive et complaisante accueille
Comme un écho lointain d'harmonieux concerts.

A mon Enfant.

Tu vas m'être rendu, charme de tous mes maux,
Mon doux Clément ! Enfin l'épouse la plus tendre
Te ramène, et bientôt j'aurai joie à t'entendre
Me parler de ta course et des lointains hameaux ;

Me dire la colline avec ses beaux châteaux,
Le papillon qui fuit la main qui le veut prendre,
Et l'oiseau gazouillant qu'au nid l'on va surprendre,
Et la grande rivière où voguent les bateaux.

Ainsi ton long babil remplira la veillée,
Et de son bel enfant ta mère émerveillée
Viendra conter encor cent prodiges de toi.

Et moi, vous écoutant d'une oreille ravie,
Je laisserai mon cœur renaître à cette vie
De famille et d'amour, si bien faite pour moi.

La Pervenche.

A Mlle Elise VOÏART.

Ah ! voilà de la pervenche !

J.-J. ROUSSEAU.

Je sais, non loin des murs de ma ville chérie,
Je sais dans la vallée un verdoyant buisson,
Et tout près, un ruisseau qui court dans la prairie,
Y versant doux murmure et limpide boisson.

Je sais, sous le buisson, une secrète place
Où comme un point d'azur en un ciel nébuleux,
Dans tout son chaste éclat, dans sa naïve grâce,
S'épanouit la fleur aux frais pétales bleus.

Là je la voyais ceindre au printemps sa couronne ;
L'ombre me la gardait des ardeurs de l'été,
Et jusqu'aux derniers jours de la brumeuse automne,
Elle m'offrait encor son sourire enchanté.

Enfant, j'aimais déjà d'amour la fleur discrète ;
Et fuyant tous les jeux, chaque jour, à l'écart,
Comme un autre épierait le nid de la fauvette,
Je l'allais visiter et couver du regard.

Du clair ruisseau des prés mes mains lui portaient l'onde ;
J'émondais avec soin son beau feuillage vert,
Et de la mouche avide et de l'insecte immonde,
Je mettais tendrement sa corolle à couvert.

Et puis je revenais joyeux de l'avoir vue ;
Et, rien qu'au seul penser de ce trésor de miel,
Il s'élevait au fond de mon âme ingénue,
Je ne sais quoi de doux, de beau, venant du ciel.

Cette fleur, je l'ai su plus tard, c'est la pervenche,
La pervenche à l'œil bleu, qui rit, près du ruisseau,
A l'ombre du troène et de l'épine blanche.
C'est la fleur du Jura ! c'est la fleur de Rousseau !

ENVOI.

Et vous, soyez de moi, jeune Élise, bénie !
Vous qui pour moi du sort apaisant la rigueur,
Venez, aux champs d'exil, telle qu'un bon génie,
Et la rendre à mes yeux, et la rendre à mon cœur.

SONNET 97.

Le sentier qui circule en fuyant dans les bois,
Une feuille qui tombe, un oiseau sur la branche,
Le timide regard de quelque vierge blanche,
Le bruit léger du vent, le souffle du hautbois ;

Un sylphe qui dans l'air vole, et que seul je vois,
Un ruisseau qui des monts dans la plaine s'épanche,
Le verdoyant rameau qui sur l'onde se penche,
L'harmonieux accent d'une céleste voix ;

Un rayon du soleil, un songe, une ombre vaine,
Tout me charme, tout rit à ma féconde veine,
Et de naïve joie emplit mon cœur sans fiel.

Tout prend un corps, une ame, une angélique forme,
Et, des sucs recueillis de chaque fleur je forme
Un nectar aussi doux que l'abeille son miel.

SONNET 98.

Fleurs d'Octobre.

Il est encor pour moi des fleurs dans le vallon
Où la Marne à longs plis en serpentant circule ;
Des fleurs dans la prairie, et sur le monticule
Qui domine les bois de son frais mamelon.

Là j'ai trouvé l'œillet cher aux fils d'Apollon [1],
Quelques fleurons épars de jaune renoncule,
Le serpolet rampant, la frêle campanule
Avec ses grelots bleus qu'agite l'aquilon ;

Puis le rouge pavot, la pâle scabieuse
Vers le sol inclinant sa tête soucieuse,
Et la veuillette [2] au pré qui commence à jaunir ;

Et sur le bord des eaux, la verte tanaisie
Aux yeux d'or, aux cheveux parfumés d'ambroisie,
Et la mignonne fleur du constant souvenir [3].

(1) L'œillet de poète.
(2) Nom vulgaire du colchique.
(3) Le myosotis.

A une Campanule.

PAUVRE petite campanule !
L'hiver en nos bois sans abris
Accumule en vain les débris ;
La sève en toi toujours circule ;

Ta frêle tige encore ondule
Au gré des aquilons surpris,
Et parmi les gazons flétris
Lève en riant son frais globule.

Ainsi tout tombe autour de moi,
Espoir, amour, amitié, foi !
Seule, ô divine poésie,

Seule, au dessus d'un monde impur,
Tu fais pour moi briller l'azur
De ta corolle d'ambroisie.

Les petits Oiseaux.

Prière du matin pour mon Enfant.

> Que chantez-vous, petits oiseaux,
> Qu'avec plaisir j'écoute ?
>
> VIEUX CANTIQUE.

QUE chantez-vous, petits oiseaux,
Qu'avec tant de plaisir j'écoute ?
C'est Dieu qui vous a faits si beaux,
C'est Dieu que vous louez sans doute.
Et moi, je viens à deux genoux,
Aux premiers feux de la lumière,
Beaux petits oiseaux, comme vous,
Je viens lui dire ma prière.

De l'enfant et du faible oiseau
Il est le sauveur et le père ;
C'est lui qui près de leur berceau
Fait veiller une tendre mère ;
Qui prend soin d'eux à tout moment,
Les réchauffe de son haleine,
Et les nourrit du pur froment
Dont il couvre en été la plaine.

Pour le chanter, quand je m'endors,
Pour le chanter, quand je m'éveille,
Oh ! prêtez-moi vos doux accords,
Dont ma jeune ame s'émerveille ;
Puis, pour m'envoler, plein de foi,
Près de lui, dans les cieux limpides,
Beaux petits oiseaux, donnez-moi
L'essor de vos ailes rapides !

SONNET 100.

L'œillet.

Sur le plus haut sommet des montagnes ardues,
Quand le sombre aquilon, précurseur des hivers,
Agitant des vieux pins les cîmes éperdues,
Sème de leurs débris les derniers gazons verts ;

Loin du séjour de l'homme, en des routes perdues,
Seul, au creux des rochers, sur les sables déserts,
Le bel œillet vermeil de fleurs inattendues
Vient enchanter les yeux, vient embaumer les airs.

Ainsi, battu des vents, entouré de naufrages,
Le poëte se joue au milieu des orages,
Et, tandis qu'à ses pieds tout tombe, tout périt...

Seul vers le ciel encore il dresse un front superbe,
Et du sein des frimas, à sa voix, parmi l'herbe
La corolle rayonne et le parfum sourit.

SONNET 101.

Raffale.

Oh ! que le ciel est gris, et que la terre est sombre !
Voyez comme, là–bas, dans les airs spacieux,
Ce nuage blafard roule silencieux,
Puis s'engouffre, semblable au lourd vaisseau qui sombre !

Un autre lui succède, et passe comme une Ombre.
L'aquilon siffle et gronde aux quatre coins des cieux ;
Et les petits oiseaux, tristes et soucieux,
Se pressent tout transis sur les arbres sans ombre.

Seul le noir corbeau mêle au bruit du vent ses cris ;
Les bois jonchent partout le sol de leurs débris ;
Quelques brins d'herbe jaune à peine aux champs demeurent.

Ainsi nos beaux printemps dans la nuit du tombeau,
Hélas ! et pour toujours éteignent leur flambeau !
Ainsi les jours s'en vont ! ainsi les hommes meurent !

Adieux aux Fleurs.

Adieu, fleurs, mon trésor, mes études chéries,
Fleurs, des bosquets d'Éden suave exhalaison,
Fleurs, le plus bel atour de la jeune saison,
Fleurs, délices des bois et charme des prairies !

L'hiver vient, l'aquilon bat vos tiges meurtries.
Adieu ! quand votre émail s'efface à l'horizon,
La terre, hélas ! n'est plus qu'une sombre prison ;
Tous plaisirs sont éteints, toutes grâces flétries.

Adieu ! je reviendrai vous voir, ô mes amours,
Quand le soleil de mai, ramenant les beaux jours,
Vous ira doucement réchauffer de ses flammes ;

Qu'avec vous l'on verra renaître en même temps
Et la verdure aux prés, et le ris dans les ames.
Adieu, jusqu'aux zéphyrs ! Adieu jusqu'au printemps !

Prière du Soir

POUR MON ENFANT.

Mon Dieu ! l'unique appui du faible sans défense,
Vous avez répandu sur moi votre soleil,
Et, dès l'aube du jour, gardé de toute offense,
Préservé de tout mal et nourri mon enfance,
    Jusqu'à l'heure où vient le sommeil.

Grâce vous soit rendue, ô père que j'implore !
Vous en qui j'ai placé ma joie et mon bonheur !
Ma voix jusques à vous a monté dès l'aurore.
Des cieux où vous régnez veuillez entendre encore
    Mon humble prière, ô Seigneur !

Faites qu'en votre paix doucement je sommeille,
Que je songe de vous, de votre beau séjour,
Que près de mon chevet un ange toujours veille,
Et que pour mes parents, pour moi, demain s'éveille
    Et brille au ciel un heureux jour [1] !

(1) Cette prière a été inspirée à l'auteur par la belle prière du matin qui se trouve
en tête de l'Éducation maternelle de Madame Amable Tastu.

A Mme Honorine Queyras.

Sɪ nous étions au temps des jasmins et des roses,
Dépêchant près de vous quelque Sylphe au chant gai :
Vole auprès d'Honorine, et lui chante un doux lai,
Et l'entoure des fleurs les plus fraîches écloses,

Dirais-je ; et conte-lui de ces charmantes choses
Qui savent réjouir un cœur naïf et vrai ;
Puis, ceins du vert feuillage et des trésors de mai
Sa fille, ses amours, jeune ange aux lèvres roses...

Mais voyez mon malheur ! l'hiver glace le ciel,
La neige est sur la terre, et mon triste Ariel
Reste au coin du foyer, blotti contre son maître.

Aussi vous offrirai-je, et quoi donc ? presque rien.
Quelques grains de l'encens que les muses font naître.
Le puissiez-vous goûter un peu ? C'est tout mon bien.

Le Convoi du maréchal Lobau

SUR LA PLACE VENDÔME.

QUAND les sombres coursiers lentement amenèrent
Le char funèbre au pied du bronze, où des grands jours
L'indestructible gloire est inscrite à toujours,
Et que de tant d'exploits les héros sillonnèrent...

A tous les bras soudain les armes résonnèrent ;
Le clairon retentit plus bruyant ; les tambours
Mêlèrent à sa voix leurs longs roulements sourds,
Et d'un même respect les glaives s'inclinèrent.

Puis les bruits tout d'un coup se turent.., les drapeaux
Sur leurs plis abaissés tombèrent au repos.
Un aigle prit son vol et plana dans l'espace.

Le fût d'airain trembla... puis, par un geste prompt,
L'homme d'en haut portant la main droite à son front,
Il s'écria : salut au vieux brave qui passe !

SONNET 105.

Noel.

Christus natus est nobis !
SAINTS ÉVANGILES.

NOEL ! cloches, dans l'air, cloches, chantez Noël !
Noël ! chantez l'enfant qui naît dans une crêche,
Près de qui l'agneau bêle, et que la brebis lèche,
L'espoir des nations, l'attente d'Israël !

Noël ! chantez celui qu'annonça Gabriel,
Que Moïse prédit, que Jean au désert prêche,
Celui qui vient du joug sauver l'homme qui pêche,
Le fils, l'oint du Seigneur, le Christ, Emmanuel !

Noël ! chantez Jésus, les délices de l'ame,
La source de tout bien, et qui fait de la femme
La mère de Dieu même, et la reine du ciel !

Noël ! gloire au Très-Haut dans le séjour des anges !
Et sur la terre paix, joie, amour et louanges !
Noël ! cloches, dans l'air, cloches, chantez Noël !

SONNET 106.

Sur la mort d'un Enfant.

PAUVRE petite fille ! Elle était si joyeuse
Au premier jour de l'an ! pleine de beaux souhaits,
Et voyant mille atours, mille nouveaux jouets
Pêle-mêle étalés sur sa couche soyeuse !

On frappe... Entrez, entrez, dit l'enfant gracieuse.
Hélas ! c'était la Mort, la Mort aux noirs regrets,
Qui s'approche, la prend entre ses bras distraits,
Et l'emporte au loin pâle et toute soucieuse.

—Oh viens, douce maman ! viens, mon père chéri !
Cria-t-elle. Oh ! vers moi, tous deux, au ciel fleuri,
Venez aussi goûter le bonheur sans mélanges.

Sa bouche encor sourit en ce dernier adieu,
Puis elle prend son vol, et va s'unir à Dieu,
Et, jeune ange, là haut jouer avec les anges.

A Béranger.

VISITE.

Par ce froid aquilon, ma Muse, jeune fille
Qui volontiers au loin aime à se fourvoyer,
Vient demander asile et doux feu qui pétille
    A ton humble foyer.

Sur la flamme elle étend d'abord sa main glacée ;
Puis, secouant le givre et la brume du soir,
A tes pieds chaudement elle reste placée,
    Heureuse de te voir !

Heureuse aussi d'ouïr répéter à ta bouche
Quelqu'un de ces beaux chants, de ces heureux accords,
Qui tour à tour console, égaie, enflamme, touche,
    Au gré de tes transports.

Soit qu'en de gais refrains où le rire étincèlle,
Et d'où l'Aï fumeux jaillit à flots d'argent,
Tu chantes le nectar qui des coupes ruisselle,
    Et Lise au cœur changeant ;

Lise ou Rose à l'œil vif, la folâtre grisette,
Ange de la mansarde et sylphe du grenier,
Et qui de tant de joie énivra la couchette
    Du jeune chansonnier.

Soit qu'à tes fiers accents l'étendard tricolore,
Secouant sa poussière et las de son repos,
Surgisse, et de ses plis vienne ombrager encore
    Un peuple de héros !

Rappelant à leurs yeux les jours de la victoire,
Et l'homme sous qui tremble encor tout l'univers,
Et dont le grand nom brille immortel en l'histoire,
    Immortel en tes vers !

Soit qu'à l'humanité, même sur cette terre,
Ta Muse bienfaisante ouvre un meilleur chemin ;
Que, foulant à leurs pieds la discorde et la guerre,
    Et se donnant la main,

Tous les peuples unis forment la sainte ligue,
Et sans craindre les rois ni les destins changeants,
Chantent l'amour, l'hymen et le vin que prodigue
    Le Dieu des bonnes gens !

Et, lorsqu'ainsi l'errante et curieuse fée
A dans son cœur ému recueilli tes leçons,
Et que, sur tes genoux, elle s'est réchauffée
    Au bruit de tes chansons ;

Elle part, et vers moi revient, volage abeille,
Prenant à travers champs et coteaux son essor,
M'apporter quelques sucs des fleurs dont ta corbeille
    Garde le saint trésor ;

Quelques sons affaiblis de ta voix libre et pure,
Et du luth que tes doigts font vibrer mollement,
Et dont je crois entendre encore un sourd murmure
    En son bourdonnement.

Puis, devant que partir, elle t'offre, timide,
Ses seuls biens dans le monde, et les seuls dont tu veux,
Les seuls qui puissent plaire à ton ame candide,
    Des souhaits et des vœux !

Des vœux, non de richesse et d'or que la fortune
Livre en proie au plus vil, ni de ces vains honneurs
Où tu ne vois que soins, et que charge importune,
    Et dons empoisonneurs !

Des vœux, pour que vers nous ramenant ta nacelle,
Tu viennes rendre au peuple et ta voix et ton luth,
Et, dans ton noble exemple, offrir à qui chancelle
    Une ancre de salut !

Des vœux, pour que sur toi le Dieu bon qui t'inspire
Veille d'un ciel d'azur, et te garde toujours
Santé, loisir et joie, et les chants et la lyre,
    Charme de tes beaux jours !

Scène d'Hiver.

L'AIR est tiède ; un ciel pur a remplacé la nuit :
Mais aux champs plus de fleurs, aux arbres plus de feuille...
Seul, par hasard encor le pâle mille-feuille [1]
Lève son front tremblant vers le soleil qui luit.

Le fleuve débordé, fangeux, roule à grand bruit.
Pas un petit oiseau dont le chant vous accueille !
Tout est morne et désert... L'ame en soi se recueille,
Se navre de tristesse et songe au temps qui fuit...

Au temps qui, de sa faux infatigable et forte,
Moissonne en se jouant nos jours, et les emporte
Dans le sépulcre immense où tout s'abîme et dort !

Puis l'on entend soudain siffler la froide bise,
Et, dans les bois flétris branlant leur tête grise,
Passer en frissonnant un murmure de mort.

[1] L'achilæa millefollium.

A la famille Voïart.

ALLEZ, mes vers, légers comme un jeune chevreuil,
Qui, libre et joyeux, court dans les bois, dans la plaine;
Allez, des aquilons bravant la froide haleine,
Gais comme au mai fleuri, chantant comme un bouvreuil;

D'une timide main allez frapper au seuil
D'une blanche maison de vertu toute pleine,
D'où s'exhale un parfum de lis, de marjolaine,
Et qui vous promet grâce et bienveillant accueil.

—Soyez-nous amenés par la bonne fortune!
Vous diront aussitôt trois voix qui n'en font qu'une,
Et par qui tout chagrin au cœur est endormi.

Allez à l'hôte aimable, aux deux belles hôtesses,
De vos plus doux accords présenter les caresses,
Et porter le bonjour et les vœux d'un ami.

La Brume.

Oui, mon œil, le matin, en hiver, aime à suivre
La brume qui s'étend sur un sombre manoir ;
A contempler les toits blanchis, à voir le givre
Se suspendre en festons de fleurs à l'arbre noir.

Parfois, le soleil vient d'une teinte de cuivre
Colorer un nuage et sur ses flancs s'asseoir.
La nature à ses feux semble un moment revivre,
Puis retombe dans l'ombre et le calme du soir.

Puis, du sein des vapeurs, des formes diaphanes
De fantômes légers, de sylphes, de doux mânes,
De vierges au corps mince, aux longs cheveux bouclés,

Détachent tout à coup leur silhouette svelte ;
Et l'air s'emplit des sons de la harpe du Celte,
Et de plaintifs soupirs au bruit des vents mêlés.

A mon ami Maurice. [1]

S'IL est un bien réel et justement vanté,
Un trésor, un doux fruit plus digne qu'on y veille
Que les filles d'Hesper sur leur pomme vermeille,
Une perle, un joyau sans prix... c'est la santé !

Ah ! quand d'un mal cruel le corps gît tourmenté,
Que nous fait le souris d'une jeune merveille,
Et l'immortel labeur de quelque docte veille,
Et d'un beau ciel d'azur le regard enchanté ?

Donc, ami, désormais, ne songe qu'à bien vivre ;
Et, calme, indifférent à ce qui peut s'ensuivre,
Laisse couler joyeux les jours que Dieu te fit.

Crois-moi ; c'est le secret de la sagesse antique ;
C'est là tout l'homme enfin ! Dans un livre authentique
Salomon le disait, et n'a jamais mieux dit.

(1) Pierre Maurice, de Lons-le-Saunier, alors professeur de rhétorique au collége de Dole, et mort peu de temps après victime de son ardeur pour le travail, et de son dévouement au devoir. *Multis ille bonis flebilis occidit.*

Au capitaine Perraud

ET

AU 7.ᵉ RÉGIMENT D'INFANTERIE LÉGÈRE

(Ancienne Légion du Jura).

———

HOMMAGE RECONNAISSANT.

> Honneur aux enfants de la France !
> BÉRANGER.

I.

OH ! oui, vous êtes bien de la race des braves,
Qui, brisant tout d'un coup les antiques entraves,
Des sommets du Jura, dans les champs meurtriers,
Aux immortels exploits coururent des premiers.
A leur tête en chantant marche un autre Tyrtée [1] ;
Aux armes ! criait-il ; et, partout répétée,
A chacun de ses cris, sous chacun de ses pas,
L'hymne des Marseillais enfantait des soldats.
Là, du doigt Pichegru leur montrant l'Allemagne,
Lecourbe l'Helvétie, et Delort les Espagne,
Levaient leurs jeunes fronts mâles et belliqueux.
Et toi, mon père aussi, tu marchais avec eux [2] !
Paris les vit passer ; Paris dans ses murailles
Reçut avec orgueil ces géants des batailles,
Quand ils vinrent sceller, sur l'autel de la loi,
Le serment qui devait unir le peuple au roi [3]...
Et lorsqu'au Champ de Mars, la tête haute et fière,
Défila, l'arme au bras, leur cohorte guerrière,

Que, sous leurs pas pressés, jusqu'en ses fondements
Le sol ému tremblait en sourds frémissements,
Alors, ce fut un cri de triomphe et de gloire,
Tel que la Seine encor en garde la mémoire,
Et, du sein de la foule, un immense houra
S'élève et dit : honneur aux enfants du Jura [4] !

II.

Et, de là, s'élançant aux sanglantes mêlées,
Comme un torrent fougueux qui fond sur les vallées,
D'un ramas d'étrangers vomis sur nos sillons,
Ils poussent devant eux les pâles bataillons,
Et volent, à l'envi prodiguant leur grande ame,
Partout où la patrie, où l'honneur les réclame,
Où gloire et liberté se peuvent acquérir,
Où quelque beau trépas leur reste à conquérir.
Les Alpes à leurs pieds s'abaissèrent... leur sabre
Fit plier sous le joug l'indomptable Cantabre ;
Le Tage et la Vistule ont roulé sous leurs lois ;
Le Danube et l'Oder redisent leurs exploits ;
Sur les sphynx que le Nil voit sortir de ses sables,
Ils ont gravé leurs noms en traits impérissables,
Abattu dans son vol l'aigle altier des Césars,
Et sur le vieux Kremlin planté leurs étendards.
Puis, lorsque ayant enfin fatigué la victoire,
La France succomba sous le poids de sa gloire,
En ce jour de fatal et sombre souvenir,
Jour à jamais néfaste, où tout devait finir,
Elle était encor là, leur troupe magnanime [5],...
Terrible, inébranlable ! et d'un cœur unanime,
Sous la mitraille anglaise affrontant le trépas,
Criait : LA GARDE MEURT ! ELLE NE SE REND PAS !

III.

Et vous, les dignes fils de ces glorieux pères,
Soldats ! vous seuls encor, en ces temps improspères,
Où quelques vains tribuns, héros des jours mauvais,
Changent en noirs poisons les doux fruits de la paix,
Où l'âpre soif du gain corrompt toutes les ames,
Vous seuls du feu sacré gardez les vives flammes,
Et rêvez les hauts faits, et pour vos fronts guerriers
D'un nouvel Austerlitz convoitez les lauriers.
En vous est le salut, l'espoir de la patrie,
Seule elle est tout pour vous ! C'est la mère chérie
Pour qui seule, à flots purs, votre généreux flanc
Voudrait par chaque pore épuiser tout son sang.
En vous s'unit toujours, sans honte ni sans crainte,
Le saint respect des lois à la liberté sainte ;
La gloire est votre idole, et, même en leur repos,
Son souffle harmonieux fait frémir vos drapeaux.
Ainsi, que Waterloo réclame sa vengeance,
Que le Russe ou l'Anglais ose insulter la France,
Qu'en Afrique égorgés, vos frères en mourant
Tournent vers vous les yeux... Alors dans chaque rang,
D'un même élan soudain les sabres et le glaive
Se tirent, et des cœurs un même cri s'élève,
Notre vieux cri de guerre, un cri qui va bravant
Les dangers et la mort : En avant ! en avant !

(1) Rouget-de-Lisle, de Lons-le-Saunier, auteur de la MARSEILLAISE, qu'il composa à Strasbourg, en face de l'ennemi, sous le titre de Chant de guerre de l'armée du Rhin.

(2) Nommé d'abord lieutenant dans le 14.ᵉ bataillon de volontaires du Jura, mon père remplaça à Besançon, comme capitaine, M. Jean-Baptiste Mangin, de Messia, promu au grade de chef du bataillon.

(3) Le 14 juillet 1790, jour de la fédération.

(4) Le fait doit être consigné dans les journaux du temps; il m'a été raconté à Paris par plusieurs témoins oculaires.

(5) Les Jurassiens remplissaient la garde impériale et tous les corps d'élite.

SONNET 111.

Sur la mort de Redouté,

LE PEINTRE DES FLEURS.

Que n'était-il plutôt un sabreur de batailles,
Un de ces barbouilleurs, faisant de l'art métier,
Qui, du haut jusqu'en bas, de leur pinceau grossier
Vont des séjours royaux profanant les murailles ?

Ou le peintre sans foi de pieuses grisailles ?
Alors, peut-être eût-on daigné le soudoyer ?
L'or, à défaut de gloire eût été son loyer.
Qui sait même ? il eût pu figurer dans Versailles.

Mais non ! il ne savait que peindre, aimer les fleurs,
Qu'avec grâce assortir l'émail de leurs couleurs ;
Et quand l'âge pesant, quand l'amère indigence,

Aux Mécènes du jour le force à recourir :
—Non ! répond une avare et brutale Excellence,
Vieillard, nous n'avons rien pour toi... tu peux mourir.

A Mlle Elisa Blondel. [1]

Vedi ben quanta in lei dolcezza piove.

PÉTRARQUE.—Sonnet 159.

COMME un brillant rubis, comme un fin diamant,
Dont l'éclat le dispute aux feux du firmament,
Sous des voûtes de nacre, au murmure des ondes,
Le Jura la vit naître en ses grottes profondes.
Reine de ces beaux lieux, une fée, en naissant,
L'accueillit, la berça dans son bras caressant,
Chassa tout gnôme impur, tout malfaisant génie,
Puis, imposant la main sur sa tête bénie,
La doua de ces dons affables et vainqueurs
Qui d'abord à ses pieds soumettent tous les cœurs.
Sur les lys de son front, comme un signe céleste,
Elle mit la décence et la rougeur modeste,
Dans ses regards l'amour, l'espérance, la foi,
Et le charme puissant qui vous attire à soi,
Le souris du printemps sur ses lèvres vermeilles,
Dans l'accent de sa voix des grâces non-pareilles,
Et dans son cœur ouvert à la tendre pitié,
Des trésors d'indulgence et de chaste amitié.
Puis, pour mieux accomplir l'œuvre sainte, en son ame
Elle allume un rayon de la céleste flamme,
Elle verse d'en haut le souffle inspirateur,
Par qui l'homme un moment s'égale au Créateur.

---

(1) Cette jeune artiste, dont les gracieux tableaux font l'ornement des expositions du Louvre, est originaire des montagnes du Jura, et l'un des élèves les plus distingués du célèbre peintre genevois Hornung.

Un jour enfin, la terre était verte et fleurie,
Les larmes du matin brillaient sur la prairie,
Les arbres secouaient leurs parfums dans les airs,
Et le doux rossignol chantait ses derniers airs ;
La fée en souriant prit la vierge avec elle,
La vierge déjà grande, et svelte, et blanche, et belle,
Et du creux des vallons aux cîmes du Jura,
A travers les châlets et les bois l'égara.
Là, du doigt lui montrant les campagnes fertiles,
Les clochers des hameaux et les dômes des villes,
Et les tours, vieux débris des châteaux écroulés,
Et les grands horizons à ses pieds déroulés,
Puis ramenant ses yeux à la voûte azurée
Qui nageait dans des flots de lumière empourprée :
« Contemple, admire, observe, et prends courage et foi,
« Ma fille ! maintenant la nature est à toi, »
Dit-elle, et sur les monts qu'en son vol elle rase
Disparaît, en laissant à la vierge en extase
La toile et les pinceaux tout imprégnés du feu
Que ravit Prométhée au sein même de Dieu.
Comme un soleil de mai levé sur les montagnes,
Comme une étoile d'or qui luit sur les campagnes,
Comme un ange abaissé des célestes parvis,
Elle apparut alors à tous les yeux ravis,
Et les vertus du ciel s'émurent autour d'elle
Avec des chants d'amour, et leur troupe fidèle
Pour leur sœur d'ici-bas versait à pleine main
Sur sa tête des fleurs, des fleurs sur son chemin.
Telle, d'un pied léger effleurant la pelouse,
Les collines de l'Ain, les champs de la Reyssouse,
La virent des hauts monts descendre, et tout joyeux
L'accueillirent d'abord en leur sein gracieux,

Comme on accueille un jour de fête enchanteresse ;
Et la terre partout tressaillait d'allégresse,
Et, partout l'adorant, heureux de son pouvoir,
Les mortels oubliaient leurs peines à la voir.
La Saône la berça sur ses ondes dormantes ;
Le Rhône lui soumit ses vagues écumantes,
Et le Léman charmé, de son beau lac d'azur
Devant elle aplanit le flot limpide et pur.
La Seine avec orgueil aujourd'hui la possède,
Et pour se la garder n'a rien qu'elle ne cède ;
Et la vierge au front noble, aux suaves regards,
Déjà marque son rang dans le temple des arts,
Près des jeunes rivaux de Xeuxis et d'Appelle,
Parmi ce peu d'élus que le Seigneur appelle,
Et qui toujours guidés par le divin flambeau,
Nous font aimer le ciel, en nous peignant le beau.

Promenade du Matin.

DEVANT que l'heure ingrate au labeur me ramène,
Et sous le joug de fer tienne mon front caché ;
Devant que, pauvre serf à la glèbe attaché,
Je retourne creuser mon sillon dans la plaine ;

Je puis donc un moment, libre encor de ma chaîne,
Fouler en paix le sol de jeunes fleurs jonché,
Verser leur frais parfum sur mon cœur desséché,
Aspirer du matin la caressante haleine.

Les cieux en soient bénis !... et que leur beau soleil,
Dont va pour moi bientôt pâlir l'éclat vermeil,
Sur d'autres plus heureux puisse tout le jour luire,

Ouvrir à leurs regards de riches horizons,
Et, du rêve au bonheur, sur l'émail des gazons
Vers quelque gîte ami lentement les conduire !

A la ville de Nancy.

Lai ! qui vourro bin être
L'oselot des bô voulant !

VIEILLE CHANSON LORRAINE.

Je voudrais, je voudrais bien être
Le jeune oiseau des bois volant ;
Quand le printemps s'en va renaître,
J'irais par les bois m'envolant,
Vers les bords que la Meurthe arrose,
J'irais annoncer les beaux jours,
Les jours où refleurit la rose,
La verte saison des amours.

Nancy, la ville aux maisons blanches,
La ville aux toits hospitaliers,
J'irais, sautant de branche en branches,
M'abriter sous les peupliers ;
Et là, défendu de l'orage,
Hôte de ton sol maternel,
Je croirais dans le tiède ombrage
Trouver le doux lit paternel.

Là, dès que s'éveille l'aurore,
Je chanterais d'un cœur joyeux ;
Et le soir, non moins vif encore,
Mon chant monterait vers les cieux ;
Comme sur les blés l'alouette
Élève en gazouillant sa voix,

Comme aux frais vergers la fauvette,
Et le rossignol dans les bois.

Je chanterais ce que les plaines
Ont d'épis dorés et de fruits,
Tes brises de molles haleines,
Et les coteaux de vins exquis ;
Tes guerriers d'intrépide audace,
Féconde en immortels exploits,
Et tes jeunes vierges de grâce
Qui soumet toute ame à ses lois.

Et, quand le soir devient plus sombre,
Si l'une, d'un cœur palpitant,
Se glisse légère dans l'ombre
Vers le bien-aimé qui l'attend ;
Ma voix à leurs soupirs unie
Leur modulant tout bas ses airs,
D'amour, d'extase et d'harmonie
Embaumerait pour eux les airs.

SONNET 113.

A M. de Waldat. (1)

SUR LA STATUE DE JEANNE-D'ARC,

à Versailles,

PAR LA PRINCESSE MARIE.

> Fille grande et sublime !
> André CHÉNIER.

C'EST elle ! oh oui, c'est elle ! il semble qu'elle vive !
Sous cet air calme et fier, simple et noble à la fois,
C'est bien de Vaucouleurs la bergère naïve,
La céleste envoyée, et le vengeur des rois !

Sous l'inspiration d'une foi sainte et vive,
Elle a quitté ses monts, ses collines, ses bois.
France, elle vient briser les fers que l'Anglais rive,
Et ses mains ont saisi le glaive de Fierbois.

Voyez de quel regard la vierge l'examine !
De quel rayon soudain son front pur s'illumine !
Et quel dessein hardi couve en ce jeune cœur !

Oui, déjà le guerrier, le héros se révèle !
Dieu même arme son bras d'une force nouvelle,
Et l'étranger surpris fuit devant son vainqueur.

(1) Secrétaire perpétuel de l'Académie des sciences, belles-lettres et arts de Nancy, et arrière-petit-neveu de l'héroïne de Vaucouleurs.

Sur une statue de Jeanne-d'Arc

Par le sculpteur RINALDI, de Rome. [1]

ELLE vient d'accomplir sa mission guerrière ;
De toutes parts a fui l'Anglais épouvanté,
Et sur la forte lance où flotte sa bannière,
La vierge se repose en sa noble fierté.

Son casque ouvert, qu'ombrage une longue crinière,
Laisse de son front pur voir la mâle beauté,
Et son œil chaste où luit le feu de la prière,
Et d'un ange en ses traits le calme reflété.

Près de l'autel où fume encor le sacrifice,
On dirait un soldat de la sainte milice,
Élu par Jéhova pour sauver Israël.

Et bientôt, cependant, sur un bûcher infâme
La mort sera son prix ! Qu'importe à sa grande ame ?
Elle a sauvé la France... elle appartient au ciel !

(1) Cette statue appartient à Madame la duchesse d'Escars.

Le Foyer domestique.

Hic secura quies et nescia fallere vita.
VIRGILE.

Le matin, je m'éveille aux chansons des oiseaux ;
De son premier rayon le soleil me caresse ;
Le soir, à l'occident je le vois qui s'abaisse,
Et, la nuit, je m'endors au murmure des eaux.

Sur un frais horizon de villas, de coteaux,
D'ombrages verts, mon œil s'égare avec ivresse,
Et des sourdes clameurs de la grande Lutèce,
Pensif, j'entends mourir à mes pieds les échos.

Un enfant plein de grâce, une épouse chérie,
Un vieux cadre où mon cœur retrouve la patrie,
Quelques livres épars... Voilà tout mon trésor.

Eh ! que faut-il de plus ? Là, sans soins, sans alarmes,
Je laisse en paix couler des moments pleins de charmes.
En peut-on dire autant parmi la pourpre et l'or ?

Au lieutenant Magnien,

DE LA 10.ᵉ COMPAGNIE

DU 1.ᵉʳ BATAILLON DE L'INFANTERIE LÉGÈRE D'AFRIQUE (1).

Veré et tu ex illis eras !
ÉVANGILE SELON SAINT MATHIEU.

Toi donc aussi, l'enfant de ma noble patrie,
Intrépide Magnien ! sur l'Arabe en furie
On te voyait frapper terrible... et Mazagran
Parmi ses défenseurs te compte au premier rang.
Oh ! ce fut là sans doute une chose héroïque
Et telle qu'aucun siècle, aucune république,
Aucun exploit d'antique ou jeune souvenir
N'en offre de pareil aux siècles à venir.
Quatre grands jours entiers, quatre nuits sans relâche,
On les vit acharnés à l'immortelle tâche,
D'un ennemi féroce, altéré de leur sang,
Repousser les assauts, à peine un contre cent !
C'étaient de sombres jours où sans cesse la foudre
Tombait autour d'eux, prête à les réduire en poudre ;
Des nuits où se mêlaient, s'entrecroisaient dans l'air,
Le sourd bruit des canons et leur rapide éclair.
Eux cependant restaient sur la brèche impassibles,
Résolus à mourir, et partant invincibles,
Défendant sans faiblir d'un seul pas, l'humble fort,
Et partout sous leur main multipliant la mort.

(1) Sa belle conduite à Mazagran l'a fait nommer capitaine de l'héroïque compagnie.

En vain, pour les combattre, en colonnes serrées,
Les tribus succédaient aux tribus massacrées ;
Cent fois contre eux, en vain, fantassins, cavaliers,
Vinrent d'un même choc se ruer par milliers,
Qui tous, sur l'yatagan et par le grand prophète,
Juraient d'exterminer l'impie en sa retraite,
L'impie en holocauste à leur vengeance offert,
Et d'égaler son fort au niveau du désert.
LES CENT VINGT-TROIS SONT LA ! Sur leurs murs en ruine
Ils opposent au nombre ardeur et discipline,
Et, tel que l'onde en vain grondant contre un écueil,
L'Arabe à leurs pieds vient briser son fol orgueil.
Ils suffisent à tout, et tout leur est facile ;
Dans leurs terribles mains un fusil en vaut mille,
Tant les morts sur les morts s'élèvent entassés,
Et tant les coups aux coups se succèdent pressés !
Enfin, sans que rien puisse abattre son courage,
L'Hadjoute irrité tente un dernier coup de rage ;
Tous ont mis pied à terre, et sanglants et meurtris,
S'élancent à la fois avec d'horribles cris,
Après les murs croulants se cramponnent, s'attachent,
Les mordent de leurs dents, de leurs mains les arrachent,
Et sur l'étroit glacis viennent, fiers assaillants,
Combattre corps à corps avec quelques vaillants.
Mais eux dans le péril ils grandissent encore,
Et debout, sur ces murs que leur valeur décore,
On croit voir ces géants aux bras, au cœur d'acier,
Que la chute du ciel ne peut même effrayer,
Ils attendent d'abord, le pied sûr et main ferme,
Et, devant que la horde en cercle les renferme
La poussant devant eux soudain de toutes parts,
La jettent tout entière au bas de leurs remparts.

Ceux qu'épargnent la mort, vers leurs sables arides,
Sur leurs coursiers légers courent à toutes brides,
Criant : malheur à nous ! l'infidèle aujourd'hui
Nous foule aux pieds, et Dieu s'est prononcé pour lui.
Puis, lorsque vint la nuit, à l'horreur des ténèbres
Se mêlèrent des cris, des hurlements funèbres ;
Femmes, enfants, vieillards et farouches soldats,
Des grands chefs de tribus tués dans les combats,
Sous les tentes pleuraient l'irréparable perte.
Le lendemain, la plaine était libre et déserte,
Tous les bruits se taisaient autour de Mazagran,
Et, tel qu'un vieux drapeau d'Arcole ou de Wagram,
Troué par la mitraille et tout criblé de balles,
Déroulant au soleil ses flammes triomphales,
Seul l'étendard de France aux reflets glorieux,
Sur le réduit sacré flottait victorieux.

Honneur aux cent vingt-trois ! à la troupe indomptable !
Lelièvre, honneur à toi ! leur chef inébranlable,
A toi son lieutenant et son digne soutien,
Enfant de mon pays, intrépide Magnien !

A Mme Clarisse Vigoureux. [1]

Tout est mal, nous dit-on ; et l'homme sur la terre
Passe un jour pour souffrir ; sa vie est un combat
Où contre un sort de fer en vain il se débat,
Sa naissance, un opprobre, et sa mort, un mystère.

Tout est bien, dites-vous, et l'homme seul altère
Ce que Dieu fit de bon ; le ciel pour lui s'abat,
Le blé mûrit son grain, la fleur aux champs s'ébat ;
L'arbre verse les fruits et l'ombre salutaire.

Tout l'appelle à jouir, et lui forme un hymen
De joie et de bonheur ; tout lui rend son Éden
D'amour, de volupté, de délices, de fêtes.

Ainsi du Créateur, votre éloquente voix
Nous enseigne à bénir partout les douces lois ;
Partout vous proclamez le bien, et vous le faites.

(1) Originaire de Besançon, auteur des *Paroles de Providence.*

A M. Voïart.

SUR LE PORTRAIT DE MON ENFANT.

Sic oculos... sic ora ferebat.
VIRGILE.—Énéide.

Voilà ses yeux, sa bouche.
RACINE.—Andromaque.

Cours, aimable enfant, cours à travers la prairie ;
Sur l'émail du gazon, parmi l'herbe fleurie,
Cours, de l'étroit sentier qui te cache à demi,
Offrir ta blonde tête au pinceau d'un ami.
Qu'aux regards de sa mère, à son cœur il retrace
L'angélique candeur de ton front plein de grâce,
Et ta bouche vermeille, et ton rire joyeux,
Et le limpide azur qui se peint dans tes yeux,
Comme on le voit briller dans un ciel sans nuage,
Par un matin d'avril, lorsqu'au naissant feuillage,
Au bourgeon qui s'entrouvre, au frais bouton vermeil,
Sourit avec amour un printanier soleil.
De ta bouche ingénue, écho d'un cœur sans feinte,
A ce don vénéré de son amitié sainte,
Dis-lui tout ce qu'un père, une mère attendris,
Attachent de bonheur, d'inestimable prix.
Ainsi pour eux toujours revivra fraîche et pure
De ton matin doré la charmante peinture,
Et de l'artiste ami le tendre souvenir,
Désormais dans leur cœur au tien viendra s'unir.
« Oui, diront-ils, voyant ce doux tableau, quand l'âge
« Aura grandi ton corps et bruni ton visage,

« C'étaient bien là ses yeux, sa bouche, son souris,
« Ses blonds cheveux, son front et tous ses traits chéris !
« Tel devant nous sur l'herbe il courait dans sa joie,
« Folâtre, à chaque instant s'écartant de la voie,
« Pour cueillir une fleur, pour suivre un papillon,
« Ou le vol incertain du timide oisillon.
« Tel son regard naïf admirait les grands ormes,
« Tout le long du chemin rangés sous mille formes,
« Et les champs étendus sans borne, et le ciel bleu
« Où luit le beau soleil, où règne le bon Dieu.
« Tel, prodigue de fleurs, de fruits, de gais ombrages,
« Quand Choisy l'accueillait parmi ses verts bocages,
« Il allait dérober ces grains de pourpre et d'or
« Sur le pampre jauni mûrissant leur trésor,
« Et tentant de ses yeux la jeune convoitise ;
« Tel, au foyer du peintre et vers ses deux Élise,
« En flatteuse caresse, en soins pleins de douceur,
« Il croyait retrouver une mère, une sœur. »

Le Papillon.

J'ENTENDS l'oiseau qui chante ;
Je vois le papillon
Sur la fleur qui l'enchante,
Sur l'herbe du sillon,

Sur la feuille tremblante,
Poser, frêle oisillon,
Son aile étincelante
Peinte de vermillon.

Et, comme lui, volage
Je vais de plage en plage,
Quand luit un soleil d'or,

Au chant de l'alouette,
Sans rien qui m'inquiète,
Porter mon vague essor.

SONNET 118.

Le Vautour et le Pigeon.

PERCHÉ sur Notre-Dame, en ses serres cruelles
Un vautour étreignait un doux et beau ramier.
Là, sous le saint abri, bravant un peuple entier,
Et fécond en tourments, en tortures nouvelles,

Tranquille, il déchirait sa proie aux blanches ailes.
C'était pitié de voir sous les ongles d'acier
Et sous le bec retors du tyran carnassier,
Panteler et frémir l'oiseau des cœurs fidèles.

Et les enfants en vain lui lançaient des cailloux,
Et criaient... Lui, sans crainte, insultant à leurs coups,
Dressait plus fier au ciel sa tête sanguinaire...

Quand, on ne sait par qui ni comment allumé,
Un mousquet part... il tombe, atteint par le tonnerre ;
Mais le pauvre pigeon n'était pas moins plumé.

Tableau de Famille.

Pertentant gaudia pectus.

MA femme ! mon enfant ! objets chéris et doux !
Dieux ! avec quels transports, quand finit la journée
Au dur labeur du scribe, à l'ennui condamnée,
J'échappe à ma prison, je revole vers vous !

Quel plaisir de la voir épier son époux,
Puis courir dans ses bras, tendre, passionnée,
De joie et de bonheur toute désordonnée,
Et le fruit de son sein s'ébattre à nos genoux !

Elle, l'enchantement de ma triste jeunesse,
Trésor de volupté, de grâce, de sagesse,
Qui chaque jour me fait bénir le joug d'hymen !

Lui, de ce nœud sacré gage unique et couronne,
Et que d'autant d'amour notre cœur environne,
Que l'antique Jacob son jeune Benjamin !

Les Alcyons. [1]

A Mlle Amélie D'Aumont.

O vous, oiseaux sacrés,
Oiseaux chers à Thétis, doux Alcyons. . . .

THÉOCRITE, Idylle VII.—André CHÉNIER.

J'ERRAIS d'un pas rêveur sur les bords de la Seine ;
Un vent frais et léger soulevait l'onde à peine,
Et glissant sur les flots mollement assouplis,
En roulait à mes pieds les mille et mille plis.
Le soleil du matin, sur leur face azurée
Jetait le vif éclat d'une teinte empourprée.
Dorés de ses rayons, au doux souffle bercés,
Les arbres y plongeaient leurs dômes renversés ;
Les oiseaux du bon Dieu chantaient leur symphonie ;
Tout était près de moi paix, lumière, harmonie,
Et mon ame un moment oubliant ses douleurs,
S'abreuvait de rosée et du parfum des fleurs...
Quand voilà tout à coup que rasant le rivage,
Deux jeunes alcyons, de fortuné présage,
Viennent du firmament s'abattre sur les eaux,
Et mêler pour mon cœur à ces riants tableaux
Tout le charme inspirant des fables d'Hellénie.
C'est la fille d'Éole, en la belle Ionie,
Qui, sur l'humide azur de son aile effleuré,
Retrouve, heureuse enfin, l'époux long-temps pleuré.

(1) C'est l'oiseau plus généralement connu sous le nom de Martin-Pêcheur.

C'est l'oiseau qui bâtit son nid parmi les ondes,
Qui le berce en chantant sur les vagues profondes,
Et devant lui soudain voit le courroux des mers
Tomber, et s'aplanir au loin les flots amers.
Alors l'air est paisible et le ciel sans orage,
Et partout les nochers, sans crainte du naufrage,
Livrent aux vents la voile, et par des cris joyeux
Accueillent en passant l'oiseau venu des cieux.
Long-temps je vis ainsi les deux aimables hôtes
Tantôt plonger, tantôt s'envoler côte à côtes,
Sur le miroir poli tantôt en cent façons
Entrecroiser leurs jeux et de vagues chansons,
Ou devant moi perchés sur une branche frêle,
Étaler au soleil, en déployant leur aile,
Le saphir, l'émeraude, et l'or et le corail
Qui les vêtent de lustre et du plus riche émail.
Mais soudain, tels qu'un trait lancé par l'arc rapide,
Ils partent, remontant le grand fleuve limpide,
Et près de vous s'en vont, le long du pré fleuri,
Sur un rivage aimé chercher un calme abri.
Et moi, du même essor avec eux je m'élance,
Vers ces lieux où me rit la douce bienveillance,
Et je vais avec eux vous porter de beaux jours,
Et des rêves charmants et de belles amours.

À M. L.-J.-G. de Chénier,

Neveu d'André et de Marie-Joseph CHÉNIER.

Le doux nom des vertus et de la liberté.

André CHÉNIER.—Hymne à la France.

JEUNE homme, sois béni ! toi dont le nom sacré,
Entre les noms fameux doublement consacré
Par le sceau du génie et le sceau du martyre,
A résonné sur moi plus doux qu'un son de lyre,
Que la voix d'un ami fidèle aux mauvais jours,
Ou qu'un mot d'espérance aux premières amours !
O toi, qui du poète objet d'un saint hommage,
Dans tes yeux, sur ton front, m'offres la noble image,
Des vertus de son sang généreux héritier,
Toi, le digne neveu de mon André Chénier !
Hélas ! toi—même aussi tu n'as pu le connaître !
En des jours moins affreux quand le Ciel te fit naître,
Il n'était plus... déjà le fatal tombereau
Avait livré sa tête à la main du bourreau ;
Sa voix parmi les chants était morte étouffée
Comme celle du cygne, et sur ce jeune Orphée
La bacchante aux bras nus, la farouche Terreur
Avait sans nul remords assouvi sa fureur.
Mais il laissait aux siens un grand exemple à suivre,
Leur enseignant à tous et comment il faut vivre,
Et comme il faut mourir, plutôt qu'à notre front
Imprimer d'un vil joug l'indélébile affront.
Ainsi, nourri du lait de ses belles doctrines,
Formé, dès ton enfance, à ses leçons divines,

Au doux bruit de ses vers tu te laissais bercer,
Ton ame avec la sienne aimait à converser,
Et tu balbutiais, d'une bouche naïve,
Où la blonde Euphrosine ou LA JEUNE CAPTIVE,
Soit quelque chant d'amour tour à tour triste ou gai,
Soit son hymne héroïque à Charlotte Cordai,
Cette fille au grand cœur, qui, dans ces jours de crime,
Trouva du moins en lui, le jeune magnanime !
Aux yeux d'un peuple entier tremblant et stupéfait,
Un chantre digne d'elle et de son beau forfait !
Ainsi, l'illuminant de la céleste flamme,
Il l'apprit comme on doit toujours joindre en son ame
Le culte des vertus au culte des beaux arts,
Et chérir la patrie, et, bravant les hasards,
La servir de la plume à défaut de l'épée [1],
Réduire à son néant toute gloire usurpée,
Mépriser les faux biens et les fausses splendeurs,
Arracher leur vil masque aux ignobles grandeurs,
Poursuivre, le front haut, toutes les tyrannies ;
Planer calme au dessus des noires calomnies ;
De la loi qu'on outrage et de la liberté
Partout offrir en soi le vengeur redouté ;
Flétrir du crime heureux l'infâme apothéose ;
L'œil fixé vers le ciel, à la plus sainte cause
Immoler ses jours même, et changer, s'il le faut,
En l'autel du martyr le sanglant échafaud.

[1] M. L.-J.-G. de Chénier, avocat et chef du bureau de la justice militaire au ministère de la guerre, est auteur du *Manuel des conseils de guerre*, du *Guide des tribunaux militaires*, et de plusieurs remarquables articles de journaux sur la législation criminelle de l'armée.

La jeune Fille.

A Mademoiselle Élise Voïart.

> *Quanto si mostra men, tanto più é bella.*
>
> Le Tasse.—Jérusalem délivrée.

Heureuse mille fois la douce jeune fille
Qui, loin du monde, au sein d'une chaste famille,
Voit, sous le cher abri du regard maternel,
Son gai printemps fleurir sur le sol paternel,
Comme au soleil de mai, dans les forêts natales,
Aux brises du matin entr'ouvrant ses pétales
Vermeils et rosoyants, sur le bord du ruisseau
S'épanouit la fleur d'un charmant arbrisseau !
A ses côtés toujours est un ange visible
Qui veille, en l'abritant de son aile paisible,
Qui d'elle à chaque instant occupé tout entier,
Devant son pas timide aplanit le sentier,
En écarte avec soin les ronces, les épines,
Et le long des guérets, sur le flanc des collines,
Ne découvre à ses yeux qu'épis d'or, frais gazons,
Et dans de beaux lointains de riches horizons.
Au joug des saintes lois rangé dès son enfance,
Son cœur est un trésor d'amour et d'innocence,
Un vase de candeur et d'amabilité,
D'où montent vers les cieux avec suavité
Des pensers aussi purs que l'azur de leur dôme,
Et qui se vont mêler au délectable arôme
De ces parfums d'encens que dans l'urne de feu,
Le Séraphin balance en présence de Dieu.
Sa voix pénètre à l'ame, et l'enchante et la touche ;

Le mensonge jamais n'a profané sa bouche
Ni fait rougir son front ; le vrai seul la séduit,
Et tout naïf d'abord en elle se produit.
Prévenir et combler tous les vœux d'une mère,
De bonheur et de joie entourer son vieux père,
Se parer chaque jour de plus d'aménité
Et de grâce à leurs yeux ; voilà sa vanité.
Puis sa bonté s'étend sur tout ce qui l'entoure ;
Il n'est point de malheur que sa main ne secoure,
Point de pleurs répandus près de l'humble foyer
Qu'en secret aussitôt elle n'aille essuyer.
Des filles du hameau c'est une sœur modeste,
Et pour le pauvre un ange, un être tout céleste ;
Elle est soir et matin dans sa prière à Dieu
Pour tout ce qui lui vient en aide en ce bas lieu.
Et c'est pourquoi le Dieu propice aux cœurs affables
Lui prodigue ses dons, ses grâces ineffables,
L'offre en exemple à tous et dans ce monde impur
A travers les écueils la guide d'un pas sûr,
Comme ce jeune Hébreux jeté dans la fournaise
Devant qui tout d'un coup l'ardent foyer s'apaise,
Et qui marche en chantant sous le dôme enflammé,
Comme en un pré fleuri sous un ciel embaumé.

Heureuse ainsi la vierge à la vertu fidèle :
Tout profane désir vient mourir auprès d'elle ;
Le méchant même cède à son doux ascendant,
Et d'un mot, d'un souris, elle va répandant,
Bienveillante partout et partout bienvenue,
Ce charme d'indulgence et de grâce ingénue,
Dont sa mère après Dieu prit soin de la former,
Et qui la fait au loin bénir autant qu'aimer.

SONNET 120.

A mon Compatriote

LE STATUAIRE HUGUENIN.

SUR UN MÉDAILLON.

Non omnis moriar.
HORACE.

AINSI, désormais sûr d'un doux reflet de gloire,
Je puis mourir... mon nom, marqué du divin sceau,
S'ira joindre humblement à ceux dont ton ciseau
Consacre à l'avenir l'immortelle mémoire.

Oui, grâce à toi, mon cœur l'eût-il pu jamais croire ?
Le fier Jura, ce mont qui fut notre berceau,
Aux brises des forêts, au bruit du frais ruisseau,
Mêlera quelques sons de ma lyre d'ivoire.

Là, quelquefois peut-être, et c'est assez pour moi,
Les échos, les vallons, les rochers pleins de toi,
De leur poète aussi garderont souvenance.

Et ton front laissera sur mon ombre, au lointain,
Projeter un sillon du feu qui s'en élance,
Comme sur la nuit glisse un rayon du matin.

———

Sur une grande Coupable.

Shame ! shame !
Honte ! honte !
CRI ANGLAIS.

Vous la voyez ! le sceau du mensonge et du crime,
Sur son front impassible, en son œil faux s'imprime.
Foi, loyauté, pudeur, nœuds de jeune amitié,
Rêves de poésie, amour, douce pitié,
Jours sacrés d'un époux, tout au monde elle immole
A soi, son seul tourment, à soi, sa seule idole,
Au besoin d'assouvir avec un cœur d'airain
Sa vanité sans borne et ses désirs sans frein.
Tous les dons que daigna le Ciel plein d'indulgence
Verser sur elle... esprit, grâces, intelligence.
Elle s'en fait, semblable à l'archange infernal,
Un jeu contre Dieu même, une arme pour le mal !
Écoutez-la... sa voix est un chant de sirène ;
C'est aussi vers l'abîme, à la mort qu'elle entraîne !
Son plus naïf souris couve une trahison ;
Et les fleurs dans ses mains se changent en poison.
Un double et juste arrêt cependant la proclame
Aux yeux de tous, voleuse, empoisonneuse infame...
Il semble qu'au verdict trop lent à la punir
Avec crainte et respect chacun doive s'unir,
Ou tout au plus prier qu'un repentir immense
La recommande au Dieu de suprême clémence,
S'il peut entrer aux cœurs nés pour de tels forfaits
D'autres remords que ceux des maux qu'ils n'ont pas faits.

Mais non ! l'abominable et hideuse effrontée
Lève plus haut, dit-elle, une tête éhontée,
Et, d'un œil méprisant, d'une insolente voix,
Elle semble braver la vengeance des lois.
Sur la vile sellette où l'enchaînent ses crimes,
Sa bouche encor outrage et sâlit ses victimes,
Et contre elles invoque, avec menace et fiel,
Et le nom de son père et le saint nom du Ciel !
Ce n'est pas tout !... écho de haine et d'injustice,
Un peuple entier se fait son aveugle complice ;
Sourds à la vérité, contempteurs de la loi,
Le vénal journaliste et l'avocat sans foi
De palmes et de fleurs lui dressent un trophée,
Lui prodiguent l'encens, en font leur coryphée,
La lionne à l'œil fier, l'être supérieur,
L'objet des vœux publics, du culte intérieur ;
Son nom, partout vanté, vole de bouche en bouches.
Karr lui transforme en miel le venin de ses mouches ;
Raspail la sanctifie, et sur le même autel
Balzac l'impatronise à côté de Peytel.
Digne couple en effet !... Joignez-y Lacenaire,
Et Darmès, et tout monstre impie et sanguinaire,
Que l'enfer effrayé vomit du noir séjour,
Et vous aurez les Dieux et les héros du jour ! [1]

(1) Il y aurait sans doute peu de générosité à poursuivre une femme qui subit en ce moment la peine que la justice humaine lui a infligée. Aussi bien n'est-ce pas elle que nous attaquons ; nous l'abandonnons à ses remords et à la clémence de Dieu. Mais ce qu'on ne saurait trop justement et trop hautement flétrir, c'est le crime en lui-même. C'est surtout l'exploitation industrielle qui en a été faite et l'espèce d'apothéose décernée à son auteur ; c'est le sacrifice de la sainte moralité de l'homme, c'est-à-dire, de la plus haute comme la plus simple expression de son intelligence, aux vaines lueurs d'un esprit superficiel et faux ; c'est tout le scandale enfin de cet horrible procès.

VENGEANCE. [1]

Au lieutenant Goy [2]

ET

AUX BRAVES DU 45.ᵉ DE LIGNE.

Exoriare aliquis nostris ex ossibus ultor !

VIRGILE.—Énéide, liv. 4.

Qu'EST-CE à dire ? L'Anglais trahit et t'abandonne...
France! un nouveau Pilnitz se réveille insolent!
Et ses rois en espoir sur ton front sans couronne
Posent leur pied sanglant !

Regarde ! à l'Occident, au Nord, comme ils surgissent !
La terre sous leurs pas tremble... leurs bataillons
L'un sur l'autre pressés, innombrables, hérissent
Les immenses sillons.

---

(1) Fils de soldat, né sous la république, élevé au bruit des tambours de l'empire, il n'est personne néanmoins qui envisage maintenant avec plus d'horreur que l'auteur de ces vers l'homicide fléau de la guerre. Il croit fermement que Dieu a créé les hommes pour jouir dans la paix et dans l'amour des biens qu'il leur prodigue, et non pour s'entr'égorger comme des bêtes féroces, encore celles-ci obéissent-elles nécessairement à leur sauvage instinct et au pressant aiguillon de la faim. LA GUERRE POUR LA GUERRE est donc à ses yeux une chose monstrueuse, abominable, impie. Mais une guerre vraiment nationale, la guerre pour la défense du territoire et des lois de la patrie, lui apparaît au contraire comme le premier, le plus saint des devoirs. Il la proclame hautement comme telle, et il s'y associe de tout son cœur, de toute son âme, de tout son esprit et de toutes ses forces.—Extrait de la Sentinelle du Jura du 23 octobre 1840.

(2) De l'Étoile, près de Lons-le-Saunier.

Dix contre un ! C'est ainsi qu'ils furent toujours braves !
Contre tout peuple libre et jaloux de ses droits,
Ainsi marchent toujours des légions d'esclaves
    Sous les drapeaux des rois.

Tant mieux ! C'est pour le glaive une plus riche proie,
Pour les épis dorés un plus fertile engrais.
Les noirs corbeaux déjà poussent des cris de joie
    Du fond de nos forêts.

Ont-ils donc oublié ce qu'ils sont, qui nous sommes ?
Que peuvent contre nous leurs débiles soldats ?
Eux si fiers d'un seul jour ! Nous, Français! nous les hommes
    Vainqueurs dans cent combats !

Austerlitz, Friedland, Wagram, Fleurus, Arcole,
Sont-ils morts ?... Ces beaux noms, par la gloire transmis ,
Ne font-ils plus briller leur splendide auréole
    Sur nos fronts insoumis ?

Waterloo ! disent-ils ; car c'est leur jour infame...
Jour maudit et pour nous voilé d'un crêpe affreux !
Qu'avec leur sang, en pluie et de soufre et de flamme,
    Il retombe sur eux !

C'est aussi notre cri de vengeance et de guerre.
Assez et trop long-temps dans nos cœurs refoulé,
Il s'en échappe enfin, comme éclate un tonnerre
    Sur le monde ébranlé.

Là, notre chute au moins fut grande, fut sublime,
De leurs morts entassés là fut jonché le sol,
Quand, tout percé de coups, notre aigle magnanime
  Sentit faillir son vol.

Le noble oiseau meurtri se retire en son aire,
Couvant l'amère injure, et laisse impunément
Les vautours assouvir leur rage sanguinaire
  Aux champs du firmament.

Vain triomphe !... à son tour affamé de carnage,
Soudain le roi des airs s'élance, et vers les cieux
Reprend, avec l'orgueil de son jeune plumage,
  Son essor glorieux.

Et, de là poursuivant la horde conjurée,
Il la presse, il l'enserre en ses ongles d'airain,
Et seul encor domine en la voûte azurée,
  Seul plane en souverain ! [1]

  25 *septembre* 1840.

[1] Ce chant nous a valu, de la part de M. Pellet, capitaine au 15.ᵉ de ligne, une pièce de vers où se trouvent dignement exprimés les sentiments généreux qui animent notre jeune et brave armée. Nous regrettons que des expressions beaucoup trop flatteuses pour nous, non moins que les bornes déjà trop étendues de cet ouvrage, ne nous permettent pas de reproduire ce beau morceau lyrique.

A mon ami le Statuaire Huguenin,

SUR SON MÉDAILLON

DU GÉNÉRAL BONAPARTE. (1)

> Il verse en mon esprit le souffle créateur.
> VICTOR HUGO.—*Lui.*

QUAND du cadre immortel, soudain, à mon réveil,
Sur mes yeux demi-clos tombe avec le soleil
Un regard de ton jeune et divin Bonaparte,
Alors la nuit s'efface et tout voile s'écarte !
Le héros devant moi se dresse avec fierté,
Dans sa républicaine et sévère beauté,
Et tel qu'à vingt-sept ans les Alpes sur leur cîme
Le virent tout d'un coup surgir grand et sublime,
Et sur la terre au loin de son astre naissant
Répandre à larges flots l'éclat éblouissant.
Écoutez-le ! « Soldats, criait-il à ses braves,
Sans vivres, sans habits, pâles, décharnés, hâves,
« Voyez quel beau pays se déroule à vos pieds !
« Là, tous vos maux enfin peuvent être expiés ;
« Soldats, là vous attend richesse, honneur et gloire ;
« Ainsi donc, en avant ! Courage ! à la victoire !.. »
Il dit, et le suivant de rocher en rocher,
Des monts où le chamois ose seul approcher,
L'ame de ses accents, de ses desseins remplie,
Sur les sillons dorés de la belle Italie,

(1) D'après un tableau de Gros. peint à Milan en 1796.

Ils fondent, aussi prompts que l'aigle dans son vol,
Et sous leurs pas vengeurs aplanissent le sol.
Partout, à leur aspect, les villes alarmées
S'ouvrent... les murs d'airain tombent... et trois armées,
Tous vieux soldats marchant sous un vieux chef hautain [1],
Coup sur coup devant eux disparaissent soudain.
Entre leurs bras de fer l'Autriche est étouffée ;
Le jour au jour qui suit lègue un nouveau trophée.
Arcole, où le héros, l'étendard à la main,
A travers la mitraille ouvre un large chemin ;
Montenotte, Lodi, jonchés de funérailles,
Dégo, la Favorite, et cent autres batailles,
Sur leurs ailes de feu, tels qu'un sombre ouragan,
Les portent d'un clin-d'œil aux remparts de Milan.
Là, dans sa forte main le dieu retient la foudre ;
Là viennent à ses pieds et le front dans la poudre
S'humilier les rois vaincus et stupéfaits ;
Et d'un geste superbe il leur dicte la paix !
La paix, comme il la faut à la France, à ses braves !
La paix sous les lauriers, la paix libre d'entraves,
Avec le vaste enclos des Alpes et du Rhin,
Et le peuple partout et toujours souverain !
A ces beaux souvenirs de la gloire passée,
Si vive en tous les cœurs, et jamais surpassée,
A l'aspect du héros qui dans son front altier,
Dans son regard profond couve le monde entier,
Je ne sais quoi de grand et de hardi m'enflamme ;
Le démon des combats bouillonne dans mon ame,
Des rêves turbulents me viennent assaillir ;
Comme au bruit du canon je me sens tressaillir ;

(1) Wurmser.

J'entends le tambour battre et sonner la fanfare ;
Je vois l'ardent coursier qui bondit et s'effare ;
Le sabre entre mes mains brille, enivré de sang ;
Dans l'héroïque troupe à mon tour j'ai pris rang ;
« Et moi, criai-je alors d'une ame enorgueillie,
« Et moi je suis aussi des soldats d'Italie ! »

La Guerre.

A mon ami le capitaine PERRAUD.

En avant! marchons!

LA PARISIENNE.

A vous, braves soldats, la guerre,
La guerre et le cri d'en-avant!
Et l'Anglais mordant la poussière,
En exhalant son ame au vent!

A vous, l'aigle noir de la Prusse,
Vaincu, fugitif, harassé!
A vous, l'Autrichien, le Russe
Sous vos pieds sanglants terrassé!

A vous, l'immortelle couronne
Des héros d'Ulm et d'Iéna!
A vous, Moscou, Vienne et Lisbonne,
Rome et la Sierra—Morena!

A vous, les joyeuses Flamandes
Qui s'y livrent de si bon cœur!
A vous, les blondes Allemandes
Se jetant aux bras du vainqueur!

A vous, l'Espagnole lascive,
L'Andalouse aux baisers de feu,
L'Italienne brune et vive,
Et la fière Anglaise à l'œil bleu!

Soldats, pour prix de la victoire,
A vous, le vin, les femmes, l'or !
A vous, l'honneur ! à vous, la gloire !
La gloire, votre saint trésor !

La gloire, aiguillon du courage,
Et qui, lasse d'un vil repos,
Dans les vastes champs du carnage,
Conduit vos frémissants drapeaux !

La gloire, aux clameurs de la foule,
Au bruit des clairons, des tambours,
Et du canon grondant qui roule
Au loin ses mugissements sourds !

A vous, ces foudres de vengeance
Et de courroux trop différé,
Que, depuis vingt-cinq ans, la France
Amasse en son cœur ulcéré !

A vous, la liberté féconde,
Effroi des tyrans meurtriers !
A vous enfin, la paix du monde,
La paix à l'ombre des lauriers !

Novembre 1840.

ÉPILOGUE. [1]

Ad arma cessantes
Ad arma concitat. . . .
HORACE.

Aux armes ! citoyens !
ROUGET-DE-LISLE.—La Marseillaise.

AINSI, quand l'étranger osait braver la France,
Quand, machinant dans l'ombre une infame alliance,
Russe, Anglais, Allemand, ils venaient encor tous,
Comme loups affamés se ruer contre nous,
Alors, quittant les bois et le jeune délire,
Contre le fier clairon changeant la molle lyre,
Des sommets du Jura, du drapeau d'Austerlitz
Je déroulais au loin les glorieux replis,
Et ma voix s'indignant jetait le cri d'alarmes,
Le cri qu'avec effroi l'écho répète : AUX ARMES !
Ce cri que proférait encor d'un cœur si grand,
Le vieux Rouget-de-Lisle entre mes bras mourant [2] !
Et j'entendais partout le sourd bruit de la guerre
Gronder, et je sentais sous moi trembler la terre,
Et de son sein fécond d'innombrables soldats
S'élançaient tout armés et volaient aux combats.
Terrible, au milieu d'eux, majestueuse et sombre,
De leur grand Empereur surgissait la grande ombre,

---

(1) Il n'est pas besoin de dire que cette pièce, aussi bien que les chants guerriers qui la précèdent, a été composée sous l'impression de la menace d'une nouvelle coalition.

(2) A Choisy-le-Roy, au sein de l'honorable famille Voïart, qui fut pour lui une seconde famille.

Qui, vainqueur de la tombe et secouant des fers,
Criait : HONTE ET VENGEANCE A TOUS LES MAUX SOUFFERTS !
Et du doigt leur montrait sur la sainte oriflamme,
Par l'immortel burin gravés en traits de flamme,
Ces noms fameux, ces jours d'incroyables exploits,
Par qui le monde entier se tut devant nos lois.
A cette voix puissante et des braves connue,
D'unanimes clameurs allaient frapper la nue ;
Le vieux drapeau, l'espoir de nos longues douleurs,
Ranimait devant lui ses plus riches couleurs ;
Soudain les bras, les cœurs, les voix, d'intelligence,
Frémissaient de courroux, et répétaient : VENGEANCE !
Et l'insultant défi, l'ardente soif du sang,
Le mépris de la mort, couraient de rang en rang.
Puis les tambours battaient la charge et la victoire,
Les clairons animés sonnaient honneur et gloire ;
Du pied creusant la terre et dévorant leur frein,
Les coursiers sur leur dos sentaient dresser leur crin,
Les casques relevaient leurs altières aigrettes ;
Partout, au lieu d'épis, le fer des baïonnettes
Hérissait les guérets ; à de sombres éclairs
D'effrayants cliquetis se mêlaient dans les airs,
Et les canons au trot et mèches allumées
S'avançaient, en ouvrant leurs gueules enflammées.
Ainsi tous, fantassins, artilleurs, cavaliers,
Des villes, des hameaux accourus par milliers,
Sous les yeux du héros, vers l'immense frontière
Défilaient, et bientôt, la couvrant tout entière,
Des Alpes au Jura, de la Moselle au Rhin,
La bordaient d'un rempart d'impénétrable airain.
Là, rangés fièrement en ordre de bataille,
Prêts à lancer la balle, à vomir la mitraille,

L'arme au bras, sabre au poing, les enseignes au vent,
Tous ils n'attendaient plus que le cri d'EN AVANT!
Pour s'élancer d'un bond dans la carrière ouverte,
Pour dévorer la proie à leur fureur offerte,
Pour dire aux pâles rois ligués : Vous n'êtes plus !
Fouler d'un pied vainqueur les trônes vermoulus,
Et, comme un signe heureux de grâce et de lumière,
Sur les peuples soumis déployant leur bannière,
Les ranger à jamais sous le joug respecté
De la paix fraternelle et de la liberté.

Décembre 1840.

NOTES OMISES.

(1) Page 2. « Les voilà, ces vallons, ces prés où la Vallière, etc. »
La Vallière, petite rivière qui arrose Lons-le-Saunier.

(2) Page 3. « Ici, les verts coteaux du riant Ermitage, etc. »
L'Ermitage, nom d'une colline couverte de grands arbres, à l'occident de Lons-le-Saunier, et où, le lundi de Pâques, les habitants de cette ville vont fêter la résurrection du Christ et le retour du printemps.
Montaigu, dont il est question dans la même strophe, est un village qui s'élève presque à pic et de la manière la plus pittoresque au sommet d'une montagne au midi de Lons-le-Saunier, sur la route de Genève. On y voit encore le vieux manoir du fameux chef de partisans Lacuzon, non loin de la maison patrimoniale de Rouget-de-Lisle, le chantre de la Marseillaise.

(3) Page 4. « Montmorot où Gontran tint Clotilde captive, etc. »
Montmorot, célèbre par ses salines et par son château-fort, dont il ne reste plus que quelques hardis pans de murailles. Une ancienne tradition, d'une authenticité très douteuse, veut que cette forteresse ait servi de prison à la reine Clotilde, peu de temps avant son mariage avec Clovis.

(4) « Dirai-je et de Pymont la tour mélancolique, etc. »
Le château de Pymont n'offre plus aussi que des ruines. Celui du Pin, au contraire, paraît aussi solide encore qu'à l'époque où Henri IV en fit son quartier-général. La chapelle de Saint-Etienne de Coldre, qui s'élève avec ses vieux ifs à l'orient de Lons-le-Saunier, passe pour être le premier temple que les chrétiens aient consacré au vrai Dieu dans la Franche-Comté. On trouve dans les environs de très remarquables vestiges d'un camp romain, et l'on jouit, du haut de la montagne, d'un coup-d'œil magnifique.

(5) « Ta belle ame, ô Tercy, me saura bien comprendre, etc. »
M. Tercy, de Lons-le-Saunier, l'un des poètes qui font le plus d'honneur à la Franche-Comté, et qui, de nos jours, aient le plus fidèlement conservé les saines traditions de la littérature du grand siècle. Heureux l'auteur des Échos du Jura, si on ne le trouve pas indigne de l'amitié et des leçons d'un tel maître !

(6) Page 15. « Un soir j'étais près d'elle, assis sur le Salbort, etc. »
Le Salbert ou plutôt Salberg, montagne du Sungaw ; c'est une chaîne du Lômont, qui relie le Jura aux Vosges.

ERRATA.

Page 66, vers 4. Toues alarmes, lisez TOUTES.
Page 145. Nota. Est professeur, lisez ET.
Page 178. Au bas de la page, ajoutez SHAKSPEARE.—CYMBELINE, acte 4, Scène 3.
Page 310. Sonnet 38. A Mme. BARRÈRE, du Mans, lisez Mme. BARRIÈRE.
Page 457. Sonnet 114, vers 11. Pour SAUVER Israël, lisez pour DÉFENDRE.
Page 473. Vers 20. Comme ce jeune HÉBREUX, lisez HÉBREU.

TABLE.

PREMIÈRE PARTIE.

DEUXIÈME PARTIE.

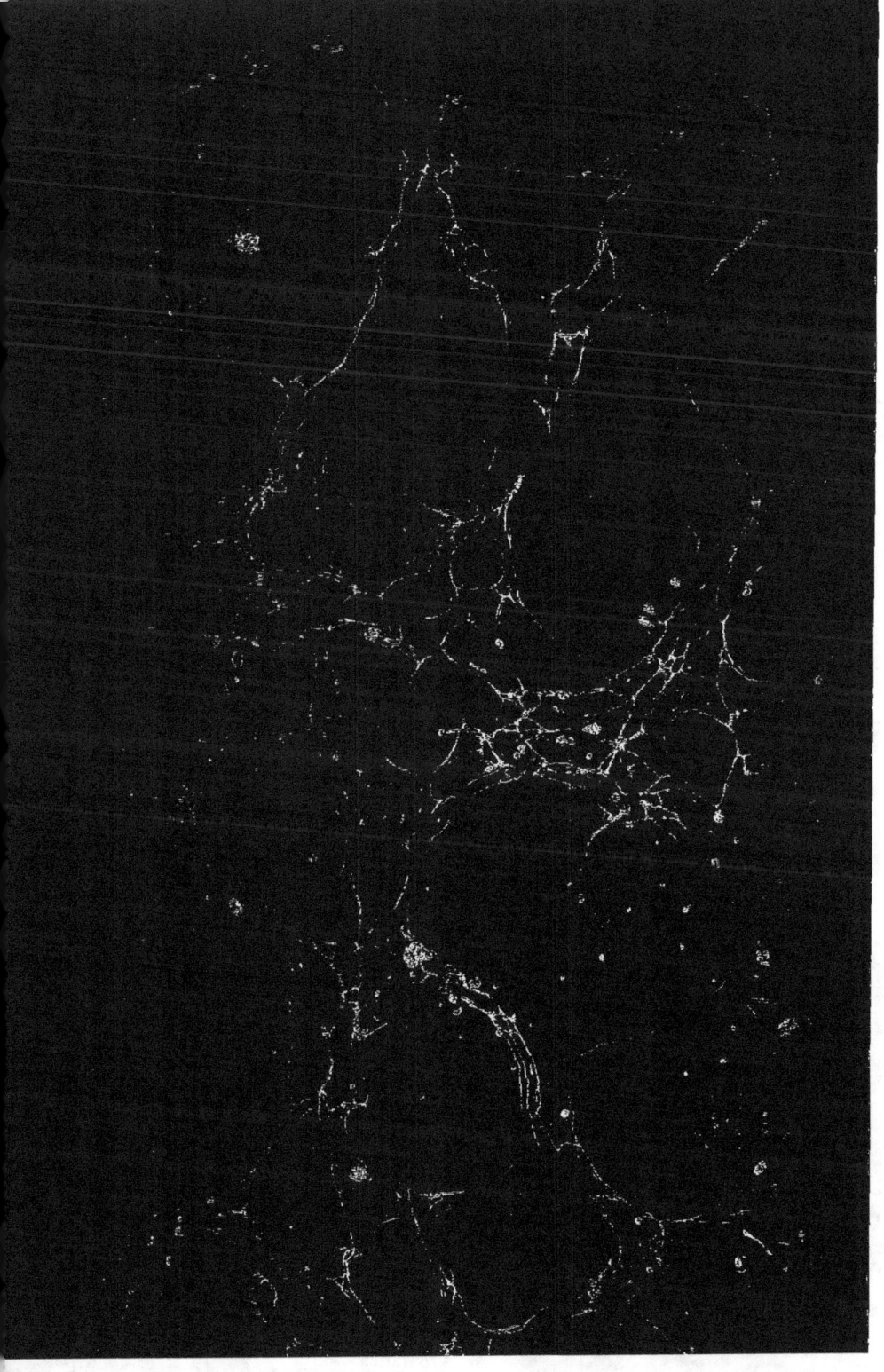

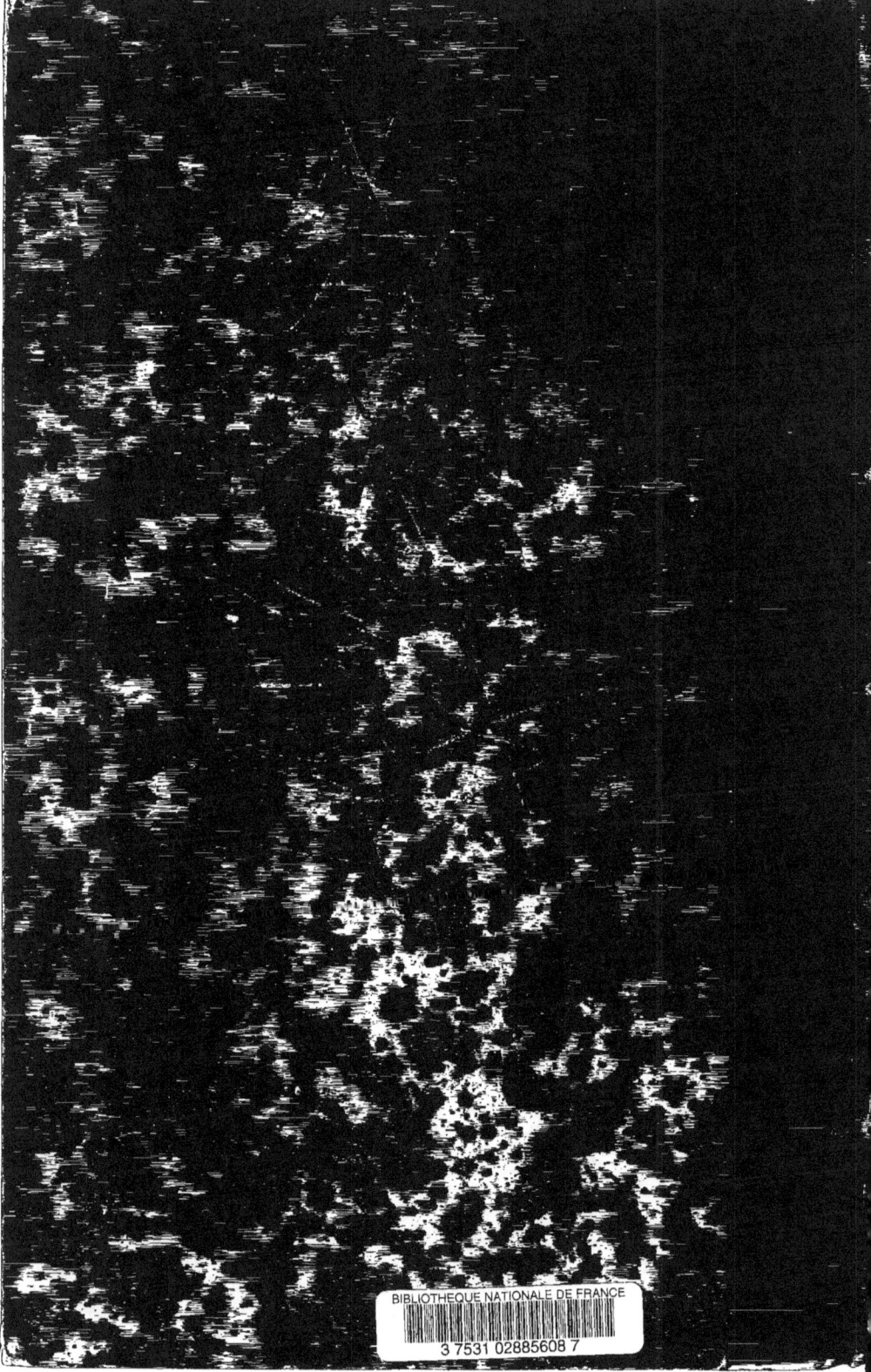

www.ingramcontent.com/pod-product-compliance
Lightning Source LLC
Chambersburg PA
CBHW052349020726
47503CB00001B/166